NF文庫
ノンフィクション

新説 ミッドウェー海戦

海自潜水艦は米軍とこのように戦う

中村秀樹

潮書房光人社

序に代えて（ミッドウェー作戦の歴史的背景）

昭和十七年（一九四二年）六月のミッドウェー海戦は、日米戦の転換点となった海戦として知られている。

しかし、その詳細や背景は必ずしも正確に理解されているとはいえない。本書は、その戦場に海上自衛隊潜水艦がタイムスリップするというSFであるが、戦史の事実関係は極力正確に反映するように努めた。そこでまず、ミッドウェー海戦の背景となる歴史的事実を確認しておこう。

開戦前の日本海軍の作戦計画では、開戦初頭東洋にある敵兵力を撃滅し、その根拠を覆滅し、南方資源要域を攻略して、不敗の態勢を概成するのを「第一段作戦」とした。戦争継続の態勢を優先したものである。

第一段作戦に続き、西太平洋の守勢を強化しながら、米艦隊主力に対する作戦を進め、これを撃滅して長期不敗の態勢を確立するのを「第二段作戦」としていた。すなわち、米本土から来寇する米艦隊主力に対する邀撃作戦が主である。日露戦争における日本海海戦の成功体験が根底にあったのだろう。

その後の作戦については、正式の区分はなかったが、大本営海軍部は、一層堅固な不敗態勢を固めながら、終局において敵の戦意を喪失させ、戦争の終末を図る作戦を「第三段作戦」と考えていた。終戦への詰めの作戦であるが、具体的な計画はなかったようだ。

これら既存の対米作戦に疑問を持っていた山本五十六聯合艦隊司令長官は、長期持久体制をとって戦争が長期化することを怖れた。国力の差が、戦争の長期化にともなって顕在化し、ジリ貧になると見越していたのである。そのための真珠湾攻撃であった。米太平洋艦隊の戦艦群を狙ったものである。

山本長官は、戦艦の兵術的価値は低下したが、なお世界的に海軍力の象徴とみなされていると理解していた。一方空母は兵術的価値が高く、わが本土奇襲の可能性があり、空襲を受けた場合我の受ける精神的、物質的打撃は大きいと考えていた。

結局山本長官は、攻撃目標の第一に戦艦をあげている。航空重視の長官が、米国民や米海軍の精神的打撃を考えて戦艦を優先目標としていたことが推察できる。

真珠湾攻撃が予想以上の成果を上げ、米太平洋艦隊の戦艦八隻をすべて撃沈破できたが、米国は戦意を喪失せず、むしろ復讐心で戦意が向上してしまった。在米大使館の不手際と米国内の騙し討ちキャンペーンの実情は、十七年の二月頃から判明してきた。山本長官の狙いは裏目に出たのである。

真珠湾後、軍令部（大本営海軍部）は以後の作戦方針として、米艦隊とくに空母の西太平洋機動能力を奪うことや、米艦隊主力の来攻を防止し、南方地域の連合軍の士気を低下させ、攻略作戦の進展を促進することを企図した。

山本長官は、軍令部の示した作戦方針に基づき聯合艦隊の作戦計画を決定した。しかし同長官は、海軍部の作戦方針にあきたらず、より積極的な作戦を行なう心構えであったことと思われる。

既述の作戦区分で開戦したところ、開戦劈頭のハワイ奇襲作戦は予想以上の大戦果を収め、これまでに区分した「第二段作戦」の主作戦である米艦隊主力に対する作戦すら、概成したようになってしまったのである。従って開戦後の「第一段作戦」に続く次の作戦、すなわち新「第二段作戦」は、従来考えられていた「第三段作戦」の性格を多分に盛り込まざるを得なくなってしまった。すなわち開戦直後、はやくも「第二段作戦」の性格は一挙に変わってしまったのである。

米空母を重視する山本長官は、これを誘致撃滅することが終戦につながると考えた。開戦劈頭、真珠湾で主力艦（戦艦）をすべて撃沈破しても、アメリカの戦意は衰えない以上、ハワイを直接脅威して、米空母を捕捉撃滅すること、これで戦争終結への道を探ろうとしたのである。

そもそも、軍令部を中心とした海軍首脳部の戦争観と山本長官のそれとは乖離があった。連合国のうち、米国を主敵とする点は一致していたが、戦略は大きな相違があったのである。軍令部は、南方資源地帯を確保して長期持久の態勢を確保し、真珠湾から来寇する米艦隊を日本近海に要撃、艦隊決戦によって決着をつける、構想であった。これは、日露戦争後、長年にわたって日本海軍の基本戦略であり、漸減邀撃ともよばれた。そのために戦艦以下の軍艦と航空機を整備してきたのである。長期不敗の態勢を固め、主として欧州戦局の進展により、英国の屈服とこれによる米国の戦意喪失を期待していた。

これに対し山本長官は、主敵米国に対し連続攻勢をとり、直接その戦意喪失を図る短期決戦を考えていた。

このように山本長官は、短期戦を目指し、相当な危険を覚悟のうえで、最強の米国に対し積極作戦を進めるよりほか戦争の勝利は望めないと信じていた。しかし同長官の抱いていたこの積極作戦方針を、長年守勢作戦方針を堅持してきている軍令部に了解させることは、到底望み得ないことと思われた。そこで同長官は、この方針を厳重に自己の腹の中に収めて外部に示さず、実行によってこれを実現しようと考えたものであろう。

同長官は、その第一着手として、開戦劈頭空母部隊をもってハワイを奇襲し、米艦隊主力を痛撃して、米海軍および米国民に救うべからざる士気の沮喪を与え、精神的物質的に先手をとろうとした。

しかし軍令部にこの作戦の採用を要望したときの理由は、南方資源要域攻略作戦実施中、米艦隊主力の来攻することを防止し、また空母によるわが本土空襲を未然に防ぐというものであった。これらは海軍部の作戦計画の原案で、最も不安を感じられていた点であった。軍令部はこの作戦には大きな危険が予想されるので躊躇したが、遂にこの案を採らざるを得なかったといえよう。

ハワイ攻略さえ主張した山本長官だが、陸軍はもちろん、軍令部も反対したのは当然であろう。攻略は可能かもしれないが、占領の維持はまず不可能である。遠すぎて補給が困難だし、すぐに奪還される危険が大きい。

その代わりに、ハワイに近いミッドウェーの攻略が計画された。これさえ反対は強かったが、昭和十七年四月のドーリットル空襲が反対論を押さえることになった。米空母を捕捉撃滅しないと、戦争の行方以前に、本土の安全が侵されるという現実が突き付けられた。

ミッドウェー作戦は認可されたが、六月の作戦開始まで十分な時間がなく、そのため計画が粗雑になった。周到なハワイ作戦と違い、無理に強行された。

ミッドウェーでの不手際は、不運だけでは無論ない。その前にインド洋で同じ失敗をしている。そして、それへの反省や改善がないまま、作戦が開始されたのは、あまり知られていない。その失敗について詳述しよう。

開戦早々、マレー沖海戦で「プリンス・オブ・ウェールズ」と「レパルス」を失ったイギリス東洋艦隊も、翌十七年には増強されて、総兵力は、空母二、軽空母一、戦艦五、重巡二、駆逐艦一六及び潜水艦七隻であった。

根拠地のシンガポールを失ったので、根拠地はセイロンのコロンボ、トリンコマリーなどに移した。英東洋艦隊はインド洋のみならず太平洋への進出も予測された。山本長官は、ミッドウェー作戦の際、英海軍に後方を脅かされることを怖れ、その脅威を排除すべく南雲機動部隊（第一航空艦隊）をインド洋に派遣した。真珠湾を奇襲した精鋭部隊だが、三月に「加賀」が暗礁に触れて損傷したため、空母は五隻である。

四月五日、淵田中佐が指揮する攻撃隊が、コロンボを空襲した。空襲の効果が不十分と判断した淵田中佐は「第二次攻撃隊を準備されたい」と打電。このため機動部隊では、兵装転換を実施した。空母に待機していた攻撃機や爆撃機の魚雷や徹甲爆弾を、陸用爆弾に積みかえる作業が始まった。

その作業が終わる頃「利根」（これも因縁を感じる）の偵察機から「敵巡洋艦らしきもの二隻見ゆ」の報告が入った。

そこでまた兵装転換が命じられ、陸用爆弾が対艦攻撃用の魚雷や爆弾に取りかえられる騒ぎになった。ミッドウェーの混乱そのものである。幸い、敵襲はなかったから、混乱だけで終わった。重量があるうえ調整が必要な魚雷と違って、爆弾は比較的搭載替えが簡単だ。先に転換の終わった艦爆がとりあえず出撃、あっという間に二隻を撃沈した。そのため、搭載に時間がかかっていた艦攻は出撃をとりやめた。この攻撃の命中率は八八パーセントという驚異的な数字であった。南雲部隊が自称するように、おそらく世界一の練度であったろう。
四月九日、セイロン島東方を北上中の機動部隊はトリンコマリー攻撃の第一次攻撃隊を発進させた。その後、トリンコマリーに向かった第二次攻撃隊は、途中で英空母「ハーミス」と駆逐艦「バンパイア」を発見、これを撃沈した。軽空母「ハーミス」の艦載戦闘機はトリンコマリーに配備されていたが、零戦に撃墜されて「ハーミス」の援護ができず、英艦二隻は裸同然の状態で空襲を受けた。敵戦闘機の妨害もなく、陸用爆弾で空母と駆逐艦を撃沈した。

これらの作戦の結果、とくに初めて空母を撃沈したことに自信を得たこともあり、英海軍の脅威なしと判断した日本海軍は、インド洋での作戦の不手際に対する反省が不十分なまま、ミッドウェーに向かうのである。

小説は、ミッドウェー作戦の直前、昭和十七年四月に始まる。つまり、前述の背景で話が展開する。

本書では、時刻は日本標準時を使用するが、必要に応じて現地時刻を表示する。その場合、日本標準時の下に（）で表示する。

ミッドウェーの現地時刻は、日本標準時のマイナス一日プラス三時間である。

例　三十日一〇：〇〇（二十九日一三：〇〇）

本書は仮想戦記、それもタイムスリップだから、かなり勝手な想定が許される。しかし、スリップした先の歴史的な事実は尊重する。荒唐無稽、トンデモ戦記にはしたくない。

海上自衛隊の潜水艦がミッドウェー作戦に介入する。しかし、その介入が史実に影響する部分にとどめた。それが、軍事専門家としての節度であり、質の高い読者への礼儀と信じるからだ。影響はどこまでおよぶかは難しいから、史実の上で影響の範囲を抑制的にとどめた。

その結果、劇的な変化はない。せいぜい、このようなものであろう。一部の読者の期待が裏切られるかもしれないが、真面目で水準の高い軍事小説の欠点の一つ、として許容されたい。

蛇足ながら、海軍の作戦や戦史を語る時必要な距離の単位について。

海軍では距離表示に浬（海里：かいり）を使用する。これは、緯度一分に相当する距離で、一八五二メートルである。一時間に一浬走る速力を一ノットという。一ノットは時速一・八五二キロ、秒速約〇・五メートルということだ。

略算するときは、一ノットの半分が秒速。ノットを二倍して一割引いたら時速キロだから、読者は他の機会にも活用されたい。

一度は六〇分だから、赤道から極点までは九〇度つまり六四〇〇浬である。地球は自転しているため縦方向（南北）より横方向（東西）が少し膨らんでいる。だから緯度の一分より経度の一分の方がほんのわずかに長いが、誤差の範囲内だから、地球の全周は三六〇度×六

○分＝二一六〇〇浬と見做してよい。実際の航法では、その誤差は当然計算される。

南北方向に一日で地球を一周するために必要な速力は、九〇〇ノット（時速一六六七キロ）である。

地球規模で長距離を移動する艦船や航空機は、キロメートルより浬（海里）を使用する方が便利である。余談ながら、航空会社のマイレージポイントは、陸上マイルではなくノーティカルマイル（浬と同じ）の一八五二メートルが基準である。

日本海軍では浬（海里）だが、米海軍や海上自衛隊ではマイルを使用する。浬とまったく同じもので、陸上マイル（一六〇八メートル）と区別する必要があれば、とくにノーティカルマイル（nm）という。

本書では、米海軍や「あらしお」ではマイルを、日本海軍では浬を使用している。また、必要に応じ、メートル法の数字を併記した。

なお、一マイルは二〇二五ヤードである。マイルとヤードは度量衡が違うから中途半端なのは当然だが、戦闘場面では一マイル＝二〇〇〇ヤードで略算することが多い。海上自衛隊でも、一マイル＝二〇〇〇ヤードを略算で使用している。

蛇足に靴を履かせるようだが、海上自衛隊はメートル法とヤードポンド法を併用（混用というべきか）している。米海軍の装備や戦術を導入したため、日本の国としての度量衡だけでは計算が難しいからで、本書でも混用するのは、リアルな雰囲気を演出するためであり、読者の理解のため、メートル法の数字を併記してある。

また、海上自衛隊の階級では、アラビア数字を使用する。防衛省では正式には二等ではなく2等海佐というので、仕方がない。慣れてくると、2曹は海上自衛官で二曹は海軍下士官とわかるはずだ。

『新説　ミッドウェー海戦』目次

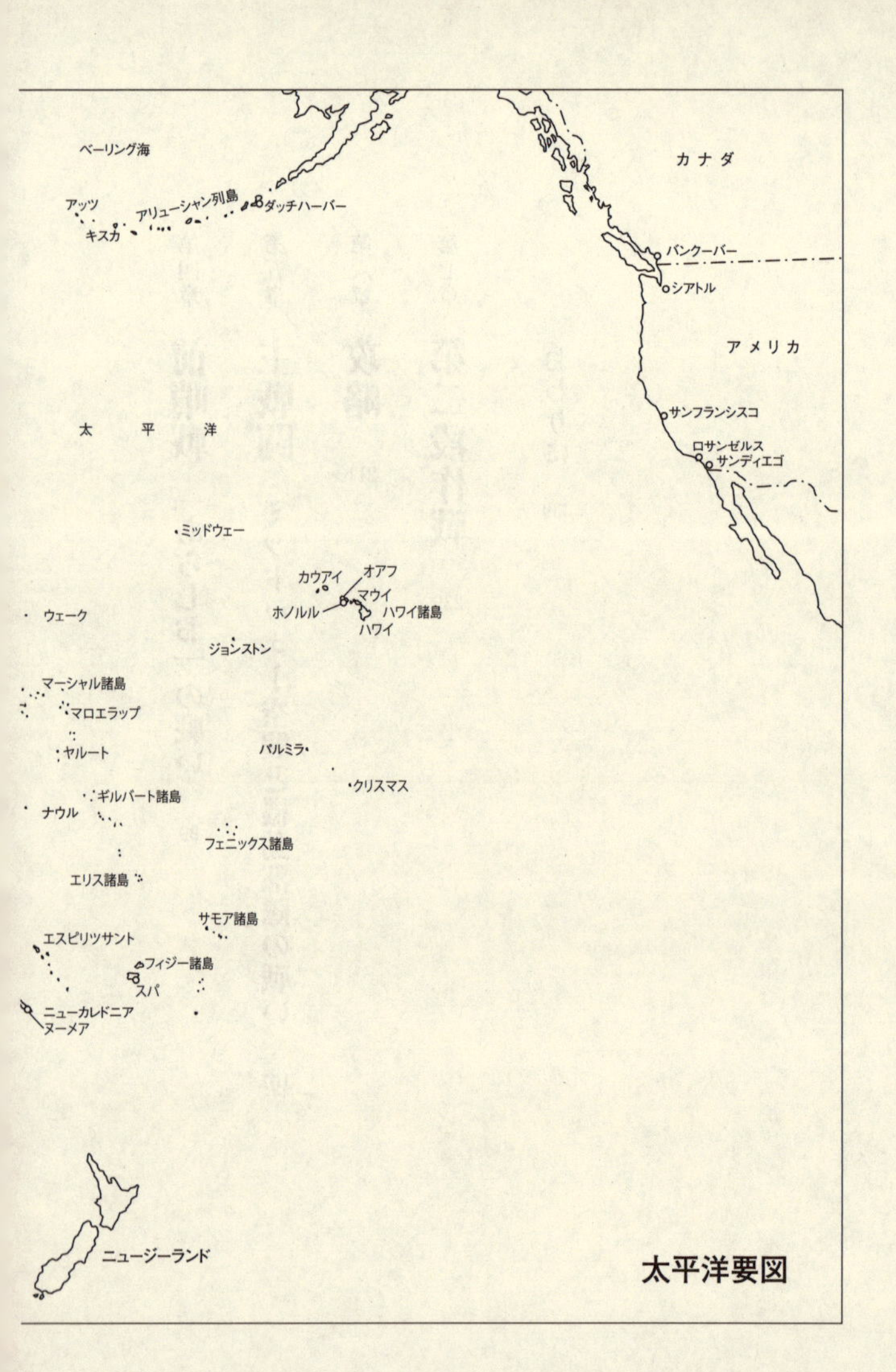
ベーリング海
カナダ
アッツ
アリューシャン列島
ダッチハーバー
キスカ
バンクーバー
シアトル
アメリカ
サンフランシスコ
太平洋
ロサンゼルス
サンディエゴ
ミッドウェー
カウアイ
オアフ
マウイ
ホノルル
ハワイ諸島
ハワイ
ウェーク
ジョンストン
マーシャル諸島
マロエラップ
ヤルート
パルミラ
クリスマス
ギルバート諸島
ナウル
フェニックス諸島
エリス諸島
サモア諸島
エスピリツサント
フィジー諸島
スバ
ニューカレドニア
ヌーメア
ニュージーランド

太平洋要図

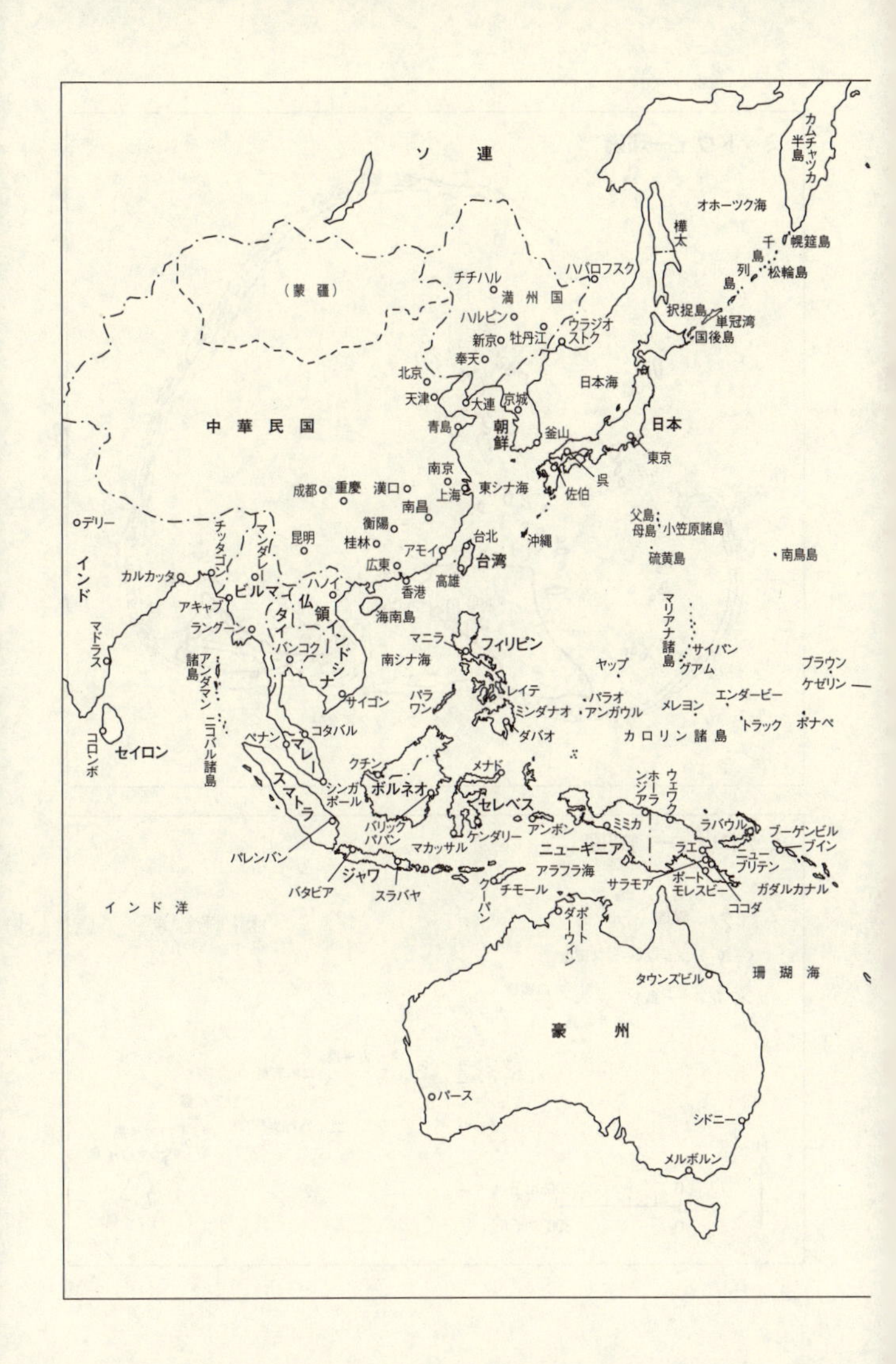
ソ　連
カムチャッカ半島
オホーツク海
樺太
千島列島
幌筵島
松輪島
択捉島
単冠湾
国後島
(蒙　疆)
チチハル
満州国
ハバロフスク
ハルピン
ウラジオストク
新京
牡丹江
奉天
北京
天津
大連
京城
日本海
中華民国
青島
朝鮮
釜山
日本
東京
呉
佐伯
南京
上海
東シナ海
成都
重慶
漢口
南昌
衡陽
桂林
昆明
アモイ
台北
沖縄
台湾
広東
香港
高雄
父島
母島
小笠原諸島
硫黄島
南鳥島
デリー
インド
チッタゴン
マンダレー
カルカッタ
ビルマ
アキャブ
ラングーン
タイ
仏領インドシナ
ハノイ
海南島
マドラス
アンダマン諸島
バンコク
マニラ
フィリピン
南シナ海
マリアナ諸島
サイパン
グアム
ヤップ
ブラウン
ケゼリン
サイゴン
パラワン
レイテ
ミンダナオ
パラオ
アンガウル
メレヨン
エンダービー
トラック
ポナペ
ニコバル諸島
コロンボ
セイロン
ペナン
マレー
コタバル
ダバオ
カロリン諸島
クチン
メナド
スマトラ
シンガポール
ボルネオ
セレベス
ホーランジア
ウェワク
ラバウル
ブーゲンビル
ブイン
パレンバン
バリックパパン
ケンダリー
アンボン
ミミカ
マカッサル
ニューギニア
ラエ
ニューブリテン
ジャワ
バタビア
スラバヤ
アラフラ海
サラモア
ポートモレスビー
ガダルカナル
クーパン
チモール
ココダ
インド洋
ポートダーウィン
タウンズビル
珊瑚海
豪　州
パース
シドニー
メルボルン

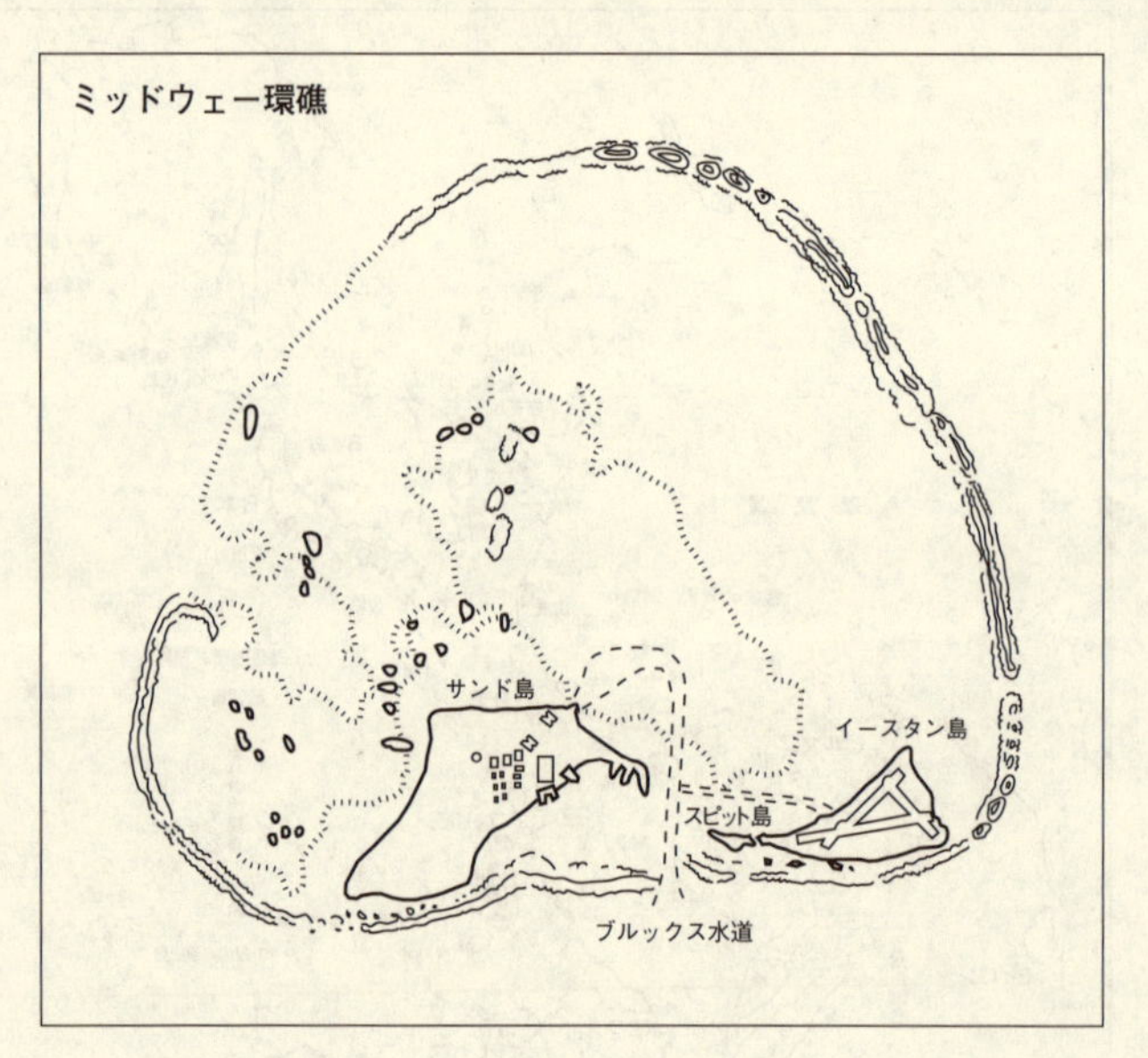
ミッドウェー環礁
サンド島
イースタン島
スピット島
ブルックス水道

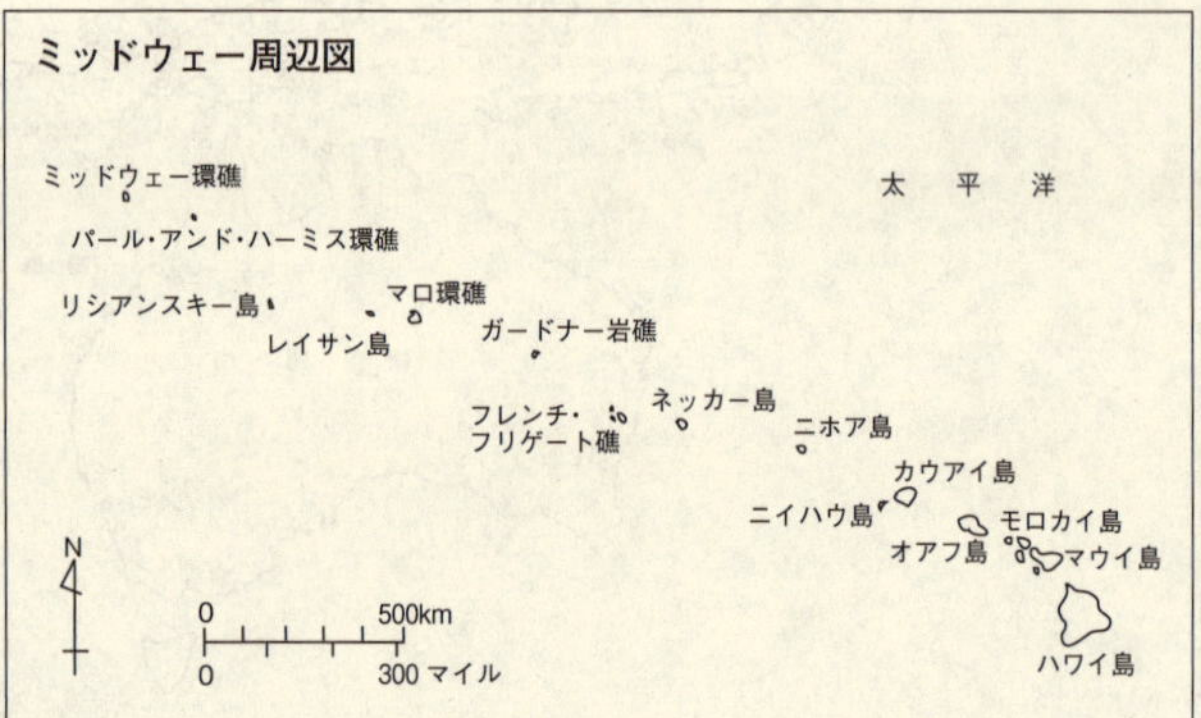
ミッドウェー周辺図
ミッドウェー環礁
太平洋
パール・アンド・ハーミス環礁
リシアンスキー島
マロ環礁
レイサン島
ガードナー岩礁
ネッカー島
フレンチ・
フリゲート礁
ニホア島
カウアイ島
ニイハウ島
モロカイ島
オアフ島
マウイ島
ハワイ島
N
0
500km
0
300 マイル

新説 ミッドウェー海戦

——海自潜水艦は米軍とこのように戦う

序章　転移

平成六年四月二十日二〇：〇〇

豊後水道は、高気圧に覆われてきれいな星空が広がっていた。風はほとんどないから波は立たないが、どこからか伝わってきた波長の長いうねりが、不気味な動きを見せている。

そろそろ二〇〇メートル等深線を切ったころだ。艦長は、哨戒長に浮上を指示した。潜望鏡を覗いたままの哨戒長が「浮上用意二機（フタキ）運転」を命じると、潜航指揮官も同じ号令をかける。

1MC（艦内放送）のマイクを握って待機していたIC（弱電担当の電機員）がそれを艦内に告げる。一番大事な仕事をする機関科当直が7MC（テレトーク）で了解したことを報告してくる。

「浮上用意二機運転、運転室了解」

これからしばらくは、潜航指揮官が忙しい。

「吸気筒上げ」「マストドレン」などを直接指示しながら、油圧手（潜航作業を仕切る先任海曹）がまとめる浮上準備作業の報告へ了解を出す。

スノーケルで使う吸気筒を海面に出し、中の海水をネガティブタンクに落とし（マストドレン）、浮上直後にエンジンを起動した時の空気の供給ラインを確保しておくのだ。

直径数十センチの吸気管からの海水進入を防ぐため、吸気筒頂部には文字どおりの頭部弁がある。頭部弁は空中に出れば開く。水面下には吸気内殻弁と吸気弁が二重に浸水を防止する。それらを開く準備もする。

機関科当直員（機械室と運転室）からの７ＭＣの報告と、他の区画当直員からの電話報告が揃ったところで、潜航指揮官は哨戒長に浮上準備の完了を報告する。

「ベント閉鎖、吸気弁機力、艦内気圧マイナス五ミリ、浮上用意よし」

了解した哨戒長は、艦長に「浮上します」と報告、了解を得て「浮き上がれ」とひときわ大きな声で号令をかける。

これを受けた潜航指揮官の「浮き上がれ」の号令は、艦内に拡声器で伝えられる。

バラストコントロールパネルの前で待機する油圧手に「メインタンクブロー」を命じると、熟練した操作で小さなトグルスイッチが次々と上げられる。同時に、メインタンクに高圧空気が噴出（メインタンクブロー）する轟音が艦内に響き渡った。複殻式でメインタンクが艦全体を覆っているから、艦内どこにいても、耐圧殻の外側に高圧空気が噴出する音が、直接聴こえるのである。

潜水艦「あらしお」は、約二週間の訓練航海を終えて、呉への帰路についていた。今年は花見を逃した。船乗りの辛いところである。艦長以下、宴会好きな乗組員にとって、春の花見は大切な年中行事だったのだが。

その代わり、ゴールデンウィークが近い。数日間に過ぎないささやかな連休を、日本ではゴールデンウィークと称する。艦長は若いころ、これを米海軍に嘲笑されたことを思い出す。平気で半月や一ヵ月の休暇を取る彼らには、一週間やそこらの連休がゴールデンとは片腹痛い過剰表現に思えたらしい。

艦長本居（もとい）２佐は、苗字が同じ本居（もとおり）宣長を尊敬している。誰よりも日本を愛していると自負しているから、そんなつまらない出来事も記憶から去らない。

そんなことを知らない「あらしお」乗員には、連休中に停泊が保障されている事実は大きい。浮上して母港に向かう最後の航程に、訓練の疲れも吹き飛ぶ思いである。食堂では古参乗員の雑談が盛り上がっているし、肩身の狭い実習員は発射管室の仮設ベッドで、やはりひそひそと連休の計画を語り合っている。

これからの季節、瀬戸内海は朝霧が多い。気温の下がる夜の間は大丈夫だから、夜を徹して浮上で瀬戸内海を抜けて、明日の朝、呉に入港する計画である。

ゆっくりと艦首を上げながら「あらしお」は一八メートルの深度から海面に濡れた黒い体を現わした。うねりの影響がでて、ゆっくりと上下動が感じられる。

第一スタンドの操舵員が「深さ八メートル止まっています」と報告した。深度を検知する水圧センサーは艦底にある。だから浮上していても、深度計は八メートルを指しているのだ。

報告を聞きながら、自らも深度計を確認した潜航指揮官は、哨戒長へ「喫水八メートル浮き上がり」を報告し、さらに「吸気内殻弁開け」を命じた。この後は、各部の当直員が定められた手順で浮上作業を継続する。

艦橋に出た哨戒長は、まだ肌寒い海風に曝されながら、操艦を始めた。旗竿やオリジス信号灯など、水上航走に必要な道具が艦内から運び上げられて、艦橋がだんだんにぎやかになってくる。

長いこと海中に浸かっていたセイル内には、独特の潮の臭いがこもっている。このにおいをかぐと浮上した実感がする。そして浮上は帰還を意味するから、帰港の臭いでもある。

艦長も、新鮮な空気を味わいに上がってきた。潜望鏡やレーダーの画面ではつかみきれない周囲の状況も、一目見渡せば一瞬で把握できる。

半月が中天にかかり、海上は良く見える。北には小型漁船の群れが漁をしている。豊後水道を通るとき、航路をふさぐように操業する無数の漁船が悩みの種だから、艦長はそのかわし方を哨戒長に伝授しようとした。

その瞬間である。不意に紫色の霧がたちこめ、閃光が走った。同時に聴こえた雷鳴は大きくなかった。雷にしては妙だ。雷光と雷鳴の時間差で、距離がわかる。だから、同時ということは落雷の危険のある真上の出来事だ。しかし、雷鳴は小さいのである。

さっきまで晴れていた星空が濃霧で見えなくなった。艦尾でさえ霞んで見えないほどである。霧というより煙といった方がいい異常さだ。電光と雷鳴が数度続いた異常な事態は、艦内にも伝わったようだ。雨は落ちてこない。

艦長は哨戒長に処置を指示した。

「停止。視程五〇、霧中航行配置につけ」

号令を聞いた艦内では、皆耳を疑った。どんな濃霧でも、数百メートル先は見えるものだが、艦尾すら霞んでいる霧は尋常ではない。おまけに不気味な紫の色付きである。

そして、7MCで艦内に状況を知らせた。

「急に濃霧が発生した。雷はおさまった。雨は降っていない。周囲の状況を把握するまで、停止する。レーダー、ソーナーは周囲をしっかり見張れ」

霧中航行で操艦をする航海長、すなわち副長が無電池電話を着けて上がってきた。哨戒長と操艦を交代し、哨戒長の水雷長はそのまま艦橋の操艦補佐の配置に残った。

紫色の濃霧を見て副長も驚いている。雷は艦内でもわかったようだが、異常な濃霧は外で実際に見ないと信じられない。

当面心配なのは、北に密集している漁船群だ。この濃霧の中であの中を通過するのは難しい。性能の悪いレーダーに頼らねばならない。ところがだ、レーダーの報告は信じがたいものであった。

「先ほどの漁船群、レーダー画面から消滅しました。前方には目標はありません」

当然、レーダーの故障を疑ったが、東や南には小型貨物船らしいものがいくつか映っているし、陸上ははっきりと探知できるらしい。

「霧中航行配置よし」の報告が上がるとすぐに雷は消え、霧も白く色を変えて徐々に薄まり始めた。なぶられているような気がした。

「視程一〇〇〇、霧中航行そのまま、前進半速」

一キロ先が見えるようになったとはいえ、危険な狭視界状態には違いない。霧中航行部署のまま、北上を始めた。消滅した漁船群の行方が気になるが、障害がなくなったのはありがたい。

ここでまた異常事態が起きる。東の空が明るくなってきたのである。朝日が昇り始めた。艦長以下一斉に時計を見たが、だれの時計も午後九時を過ぎたばかりである。太陽の出現とともに、霧も消えていった。キツネにつままれたようだ。

大事を取ることにした艦長は、佐伯に寄ることにした。しかし、佐伯基地分遣隊とは連絡が取れないという。ま、岸壁に横付けするわけではなく、沖に投錨するだけだから、投錨後にゆっくり連絡すればよかろう。

「佐伯に寄って、状況を確認する。霧中航行そのまま入港用意、錨用意」

湾内に入って、妙なことに気づいた。大入島の南に錨地を定めて接近してみると、見慣れない艦影が投錨している。艦尾には自衛艦旗があるが、艦首に艦番号がない。護衛艦にしては、ほっそりした船体に小さな艦橋がスマートである。そして大きな砲塔が三基と煙突の間には魚雷発射管が並んでいる。長魚雷発射管を持った護衛艦は、とっくに除籍されている。

見間違いか。あるいは、大規模な映画のセットだろうか。艦長が高校生の頃、芦屋の海岸に「長門」と「赤城」の原寸大のセットが作られて、「赤城」からは実際に小型機が発進した。「トラトラトラ」という映画だった。あれに比べれば、駆逐艦くらいは、準備できるだろうが……。

しかし戦史に詳しい艦長が慎重に観察して、目を疑った。まぎれもなく本物の「陽炎」型駆逐艦である。それも四隻。一番近くにいた艦の艦橋が光った。発光信号「・・—・」、こちらを呼び出す信号である。

「信号員艦橋、急げ」と発令所に伝え、応答のためのオリジス信号灯を準備する。入港作業も併行しなければならないから、忙しい。

操艦は哨戒長に任せて、艦長が応答信号「—・—」を出した。受信は上がってきた信号員が信号帳に書き留めているが、短い文章だったから、艦長にも読めた。

「カンメイ シラセ」

「ワレ アラシオ」と艦名を知らせた信号に「・—・」の解信は反射的に返ったが、先方の当惑は分かる気がする。「荒潮」は、旧海軍では実在の駆逐艦なのだ。

昭和十七年四月二十日　〇八：〇〇

投錨後、艦の行脚が止まるのを待ちかねたように、内火艇が寄ってきた。紺の詰襟は帝国海軍の冬服である。士官が二名、拳銃で武装している。彼らに続いて、小銃を持った兵曹一名と水兵五名が甲板に上がった。手摺のない狭い甲板上で、落ち着かない表情で警戒を解かない。


艦長は、艦橋から上甲板に降りて彼らを迎えた。

艦長は日本海軍には詳しい。階級章で二人が兵科の大佐と中尉であることを見て取った。艦長の作業服の胸には、2佐つまり中佐の略章が付いている。機転を利かせてこう名乗った。幸い、海上自衛隊の敬礼は海軍のものを踏襲している。

「私は本艦の艦長、本居中佐です。貴官は？」

「私は、第十六駆逐隊司令渋谷大佐（ダイサ）、こちらは隊付目黒中尉である。アラシオと名乗ったが、『荒潮』は第八駆逐隊所属の『朝潮』型駆逐艦のはずだ。事情を聞こう」

緊張気味の渋谷大佐は、それでも会話をしたことで当初の警戒心を和らげたようだ。見慣れない潜水艦だが、艦旗は味方のものだし、艦長以下の乗員も確かに日本人だ。しかし、この妙な服はなんだ。凝った野球帽に見たことのない布地の灰色の制服。帽子の庇の飾りは、敵の米軍みたいではないか。特殊任務の秘密部隊か、まさか。ともかく、事情を知らなければならない。何者が乗っているのか、艦内の様子は。果たして、それを開示してくれるかどうか。

そんな渋谷大佐の心配は杞憂に終わった。挨拶が終わった本居2佐は、自然な流れで二人を艦内に案内したからだ。対面した場所の足元には中部ハッチがあり、垂直ラッタルを降りれば、すぐに士官室だ。上甲板に残した下士官兵には、先任伍長が対応した。艦長が伍長に言った指示は、正直に話せ、だ。ただし、歴史的事実には触れるなとも付け加えた。

艦内に入った渋谷大佐と目黒中尉は、目を丸くした。潜水艦の中とは思えない豪華な内装と、清潔な士官室は、彼らの水雷戦隊旗艦「神通」の司令官室を凌駕する。おそらく、艦隊司令長官室並みだろう。

本居2佐は、渋谷大佐らを刺激しないよう、コーヒーではなく日本茶を準備させ、事情を説明した。説明するといっても、こちらもわけがわからないから、数時間前の異常を正直に話しただけである。

佐伯でも、同時刻に雷鳴を聞いたという。文字どおり青天の霹靂で、天気図にない局地的な異常気象だと思ったらしい。霧も出たようだが、尋常な白い霧で、紫色などではなかったという。そこで、質問した。

「今日は、何年の何月何日でしょうか」

渋谷大佐は、あきれ顔をしながらも答えてくれた。

「昭和十七年四月二十日だ」

頭の柔らかい本居2佐は、状況をそのまま受け入れることにした。

認識と事実に乖離があった場合、事実を拒絶するのが多くの人間の態度である。認知的不協和、つまり石頭というやつだが、結果はろくなことにならない。事実と違う認識は主観的には正しくても、客観的には妄想である。事実を受け入れて、それに対応するのが本居2佐のやり方だ。

理由はわからないが、場所はそのまま、時間だけが飛んだということだ。原因はわからないから、解決策もわからない。当面すべきことは、艦と乗員の安全を図ることだ。急にまた元に戻らないとも限らない。しかし、元に戻らなければ環境に順応する必要がある。それが、艦と乗員を救うことになるだろう。

艦長としては、乗員に状況を説明し、自分の考えを理解させる必要がある。そして、昭和十七年の日本海軍とどう接するかも難題だ。

しかし、彼には難問に強いという長所がある。基本は、正直に最善を尽くす、ことである。昭和十七年にいるのは間違いないのだから、これに順応するしかない。ただ、過去の歴史に介入することは、未来の歴史に重大な影響をおよぼす恐れもある。

一方、渋谷大佐にも都合はある。目前に出現した正体不明の潜水艦の処置だ。敵ではなさそうだが、帝国海軍の軍艦ではない。詳細を知らなければならない。

その顔色を察して、本居2佐は説明を始めた。

「本艦は、先ほどの異常気象に巻き込まれるまでは、西暦一九九四年、紀元二六七九年におりました」

これだけで、渋谷大佐たちが驚愕したのは仕方ない。過去に来た我々より、未来から我々を迎えた方が理解は難しいはずだ。「あらしお」側は過去の昭和十七年を知っているが、彼らは平成の世を知らないのだ。

話してわかることではない。未来から来たことを証明するため、艦内を見せて回った。乗員に彼ら帝国海軍の軍人を見せて、状況を実感させる効果も狙った。過去の人間を実際に見れば、艦長の言葉だけでは事態を飲み込めない乗員も納得するだろう。一番の心配は、部下のパニックだ。しかし、彼らは予想以上に冷静だった。だんだん慣れて来た渋谷大佐の質問に、正直に答える乗員の様子に、本居2佐は安堵した。芝居をしているかどうかは大佐には分かるだろう。だれもが同じ答えをすれば、それが嘘でないこともわかる。大佐を理解者にすることが最初の関門だと気づいた本居2佐は、精いっぱいのサービスをすることにした。昼食を勧めたのである。

人間、食事を共にすると親近感が湧くものだ。茶碗に白米がよそってあり、焼き魚と味噌汁が出てくれれば、日本人と自然に理解できる。同席した副長以下の士官たちの箸さばきも日本人らしい。

「あらしお」が日本の物と信じたものの、状況は不明要素が多すぎる。渋谷大佐は、所在部隊の先任者として、「あらしお」に念を押した。指揮下にない潜水艦の行動を掣肘することはできないが、戦時下である。正体不明の潜水艦を警戒しないわけにはいかない。

「呉の上級部隊に報告して指示を仰ぐまで、現在地で待機してもらいたい。乗員も上陸をしないように。不審な行動があれば、砲撃もありうるので念のため」

渋谷大佐は敵対的ではなくむしろ友好的な姿勢ではあったが、この程度の念押しはやむを得ないだろう。本居2佐は了解した。現時点では、事情を理解できない双方とも、それ以上やることが思いつかない。不可解な状況を整理して対策を練る都合は、お互い様だ。渋谷大佐一行は、食後すぐに引き上げた。

彼らの内火艇が離れた後、乗員を発射管室に集めた。不安のある乗員にできるだけの情報を与えるのが、目下最善の処置だと考えたからだ。

「数時間前、異常気象に巻き込まれたことは承知だろう。あのあと、周辺の情勢が一変した。二一：〇〇頃に、朝日が昇ったこともその一つだ」

「状況を把握するため、佐伯基地分遣隊で情報を得ようと仮泊したが、泊地に旧海軍の駆艦四隻がいた。さっき来艦したのはその駆逐隊司令だ」

食い入るように艦長の顔を見つめながら、話を聞く乗員の表情には微妙な違いがあった。理解度と不安感の強弱など、個々の人間の差が顔に出ているのだろう。艦長としては、彼らを安心させなければならない。本居2佐は深刻な話も明るく話す。ふざけているわけではないが、明るく自信に満ちて話すから、「さっぱりわけがわからない」と言われても、何とかなるような気分になるのだ。

「今は、昭和十七年四月二十日、月日はあっているが、五二年さかのぼったわけだ。原因はもちろんわからん。場所か、艦か、乗員の誰か。そこで念のため聞いておくが、この中で超常現象を体験した者はいるか」

むろん、いない。狭い艦内だ、そんな経験者がいれば、とっくに知れ渡っている。

「そこで考えられるのは、特定の場所だからか、本艦が特別だからか、だ。場所が原因なら同じ場所にとどまるべきだが、戦争中に未来から来た潜水艦にそんな自由は許されないだろう。現に、指示があるまで現在地を動けば、攻撃すると警告された」

乗員は、淡々と話す艦長に信頼をよせているし、自分にいい考えがあるわけでもない。だから、次の言葉を待っている。

「したがって、当面は、海軍側の指示待ちだ。食料や真水は数日分はあるし、貯料品で我慢すれば半月は持つ。上陸もできないが、それほど長く待つことはないだろう。質問はあるか」

電測員次席の2曹が手を上げた。艦内ではSFオタクとして名高い。

「海軍の指示に従って、参戦する可能性もあるのでしょうが、歴史に介入すると、将来、つまり我々の生きていた時代に影響が出ませんか」

これは、艦長が最も危惧している問題でもある。

「そのとおりだ。だが、並行宇宙説を知っているか」

大半はキョトンとしているが、二、三名がうなずいた。SF好きの彼らが、後で詳しく話を広げてくれるだろうから、簡単に説明しておく。

「この宇宙には、我々が存在する宇宙の他に、別の宇宙が存在し、そこにも我々と違う我々が生きている、という説だ。パラレルワールドともいう。それも一つ二つじゃないとも」

「だったら、今の世界と我々の世界が違うかどうか、どうしたらわかりますか」

「実は、近くに停泊している駆逐艦は、『陽炎』型の第十六駆逐隊だ。戦史によれば、『雪風』『天津風』『時津風』『初風』の編成だが、隊司令に聞いたら司令駆逐艦は『陽炎』だという。あの有名な『雪風』は、隣の第十八駆逐隊だそうだ。細かい事実関係の相違から、今いる世界は、元我々がいた世界ではないパラレルワールドとみられる。もっと情報を集めなければならないが、パラレルワールドにいるなら、歴史への介入も我々の世界へは影響しないと考えていいだろう」

「さらに、戦史では第十六駆逐隊は、まだ作戦行動から帰国していないことになっている。だから我々は、タイムトラベルをしたのではなく、違う世界に移動した、と考えられる。だからといって、元の世界に帰れる保証も当てもないが、今は、状況に適応するしかあるまい」

これ以上、反論や疑問は出なかった。艦長には、皆を押さえつけて持論を強制する意思のないことは分かる。艦長は、最善の策を提案し、それは共感を得た。

自衛隊も軍事組織である以上、命令系統に従う。しかし、違う世界に飛び込んで、元の世界の秩序に従うかどうかは、微妙な問題だ。ただ、艦長を信頼して彼の指揮に従うことは、艦と乗員のためになりそうだと、誰もが感じだ。何かあれば、進言すれば彼は聞き入れてくれる。それまで、艦長に任そう。それでこれまでうまくやってこられたではないか。

四ヵ月前に艦長が交代した後、艦の雰囲気は激変し、能率も練度も急に上がったことは、伍長はもちろん、実習中の若い海士ですらわかっている。艦長には独創性と勘のよさがあり、それは保身を捨てているからだと、艦内では理解されている。つまり、怖い物のない精神的な自由さが、聡明さを発揮させているということだ。

艦長の戦史好きが、ここにきて活きた。彼の記憶知識だけでなく、航海中の読書用に、戦史叢書が艦長室に置いてある。

戦史叢書は全部で一〇二巻ある。防衛研究所（当時）が編纂した大東亜戦史である。敗戦国が作った公刊戦史として評価は高いが、ゴルフやパチンコで時間を無駄にする自衛官には、猫に小判だ。だから自衛隊のあちこちの図書室で死蔵されている。群司令部の図書室から借り出して、航海中に一冊ずつ読破するのが本居2佐の習慣だ。

今回の事態には、とくに四三巻「ミッドウェー海戦」と九八巻「潜水艦史」が混じっていたのは幸運だ。細かい史実と、今の世界の事実を突き合わせれば、パラレルワールドにいることだけでなく、ほとんど同じことが起きるはずの将来も分かるだろう。

艦長は、乗員のケアを副長と伍長に細かく指示し、補給長には食料、機関長には燃料の心配をさせた。海軍から補給を受けられるか保証はない。籍のない本艦には公式の支援は受けられないかもしれない。

ところが、案ずるより産むが易し、である。夕方に発光信号で「補給品シラセ」と聞いてきた。渋谷大佐の配慮であろう。報告を受けたであろう二水戦（第二水雷戦隊）以上の好意的な態度も感得できて、艦長は安心した。

補給計画を立てていた補給長は、すぐに野菜と魚を請求した。肉やパンは無理だろうし、コメはたっぷりある。

八〇名足らずの「あらしお」の請求は、一〇〇名が乗り組む伊号潜水艦より控えめの補給請求だったためか、野菜と魚のほかに、日本酒と羊羹が届いた。せっかくの好意だし、海上自衛隊の野暮な規則のない世界だ。艦長は非番乗員の飲酒を許可した。その代わり、羊羹は当直員に優先的に配分された。

翌日、朝食を終えた頃、内火艇が来て艦長を司令駆逐艦の「陽炎」に呼んだ。本居2佐は、艦を留守にすることに不安を覚えたが、情報を得ることを優先した。身分や時代を証明するため、自衛隊の身分証明書の他に、デジカメ、運転免許証などを携行した。制服は米海軍と同じではまずいので、失礼を承知で作業服に黒の略帽を被った。これはかなり海軍の物に近い。

「陽炎」では予期した情報が得られたが、事態は、さらに急転することになる。

第一章 編入

昭和十七年四月二十一日　佐伯

渋谷大佐の話はこうだ。

「あらしお」の出現は、第二水雷戦隊、第二艦隊を経由して聯合艦隊へ報告された。当然、司令長官山本大将の興味を惹くことになり、調査のため、聯合艦隊と第六艦隊から参謀が午後に飛来するとのことである。

聯合艦隊司令部に潜水艦の参謀はいない。潜水艦作戦は水雷参謀の兼務である。当然専門的見地での検分が必要だから、潜水艦隊である第六艦隊から参謀が同行する。第六艦隊旗艦「香取」が出港直前で、「大和」と同じ柱島泊地にいたことも幸いし、先任参謀が同行することになったようだ。

参謀たちの検分の結果次第で、「あらしお」の処置が決定されるが、おそらくは第六艦隊への編入か、聯合艦隊直轄になるであろう。

以上が、渋谷大佐からの情報の要点であった。

本居2佐は、補給の礼を言ってから、いくつかの質問をした。ハワイ作戦の結果と、マレーやフィリピン、インドネシア（事情を考慮して、敢えて蘭印と言った）の攻略状況である。駆逐隊司令にすぎない渋谷大佐の返答は、決して十分ではなかったが、かなり参考になる話であった。やはり、微妙に史実とは違っている。第十六駆逐隊の所属する第二水雷戦隊はハワイ作戦には参加せず、フィリピンや蘭印攻略の南方作戦に従事して帰還したばかりだから、その方面の詳細は分かった。

渋谷大佐の個人情報も参考になった。史実では当時の第十六駆逐隊司令は海軍大佐渋谷紫郎。長野県出身、兵学校四四期である。しかし、目の前の渋谷大佐は、渋谷四郎、福岡県出身という。第二水雷戦隊司令官は、田中雷蔵少将。やはり史実どおりの有能な指揮官らしいが、名は字が違う。記録の間違いの可能性もなくはないだろうが、これだけ多くの相違点があれば、並行宇宙にまぎれ込んだと信じていい。

部下を納得させるだけの確信を得たことと、今後の身の振り方がはっきりして、指揮官としての覚悟も決まった。

艦に戻って参謀らの到着を待つ間、部下に事情を説明した。ただ、史実におけるミッドウェーの惨敗や、原爆投下、敗戦といった刺激の強すぎる事実を海軍側に伝えることには、慎重でなければならない。

それは、艦長の責任と判断で、時と場所を選ぶことにし、副長以下には口止めをした。嘘をつくのは辛いから、知らないことで通すよう指示した。多くの乗員には、戦史の知識はないから、大きな話も知らないことにすればよい。

一三：〇〇、零式三座水上偵察機（水偵）が「あらしお」のそばに着水し、直接横付けしてきた。水偵のフロートが外舷に接触しないよう、水雷長以下が防舷物を放り込んだり、翼を押したりして大騒ぎだ。要領が分かれば、軽い水偵は内火艇より扱いやすいとみえ、すぐに二、三名で制御できるようになった。

大型水偵の翼端は、楽々と甲板の上にかぶさっていたから、二人の参謀は翼の上を歩いて濡れずに乗艦した。

現われたのは、第六艦隊（潜水艦隊）首席参謀松村中佐と聯合艦隊水雷参謀有馬少佐である。先着していた渋谷大佐の仲介で、参謀二名もさほど緊張と警戒をせずに艦内に入った。とくに松村中佐は、艦内の様子には驚いたようだ。潜水艦勤務経験があるだけに、新旧潜水艦のギャップには驚いたのだろう。艦内は清潔で、ラッタルを降りても軍服どころか、手さえも汚れが付くことはない。

別世界、それも未来からの闖入者であることは、多くの物的証拠で納得できたらしい。参謀二名の目的は、さらに味方であることの確認だった。乗組員が、アメリカの日系二世でも支那（当時は公用語だ）人でもないことは、艦長以下と接すればわかることだ。

艦長は、艦内を二人に気が済むまで見せて、信頼を得ることに努めた。状況に逆らっても意味はない。今は、日本海軍の信頼を得ることが、当面の生存に必要なことである。幹部だけでなく、先任伍長以下曹士たちもそこはわかっていたから、質問にも誠意をもって答えた。

ギャップのせいで意思疎通ができないこともあったが、後で笑い話になった。

戦前の海軍士官の質は、今日のキャリア官僚のおよぶところではない。知性に加えて軍人としての覚悟もあるから、本質を見抜く能力は平成の日本人より優れている。まして、海軍大学校を出た俊秀たちだ。「あらしお」の乗組員の態度や応答に嘘偽りのないことをしっかりと理解した。

「あらしお」の人と物は、確かに未来の日本のものだ、という確信を得て、松村中佐と有馬少佐は柱島に戻っていった。夕食を勧めたが、二人ともそれどころではなかったらしい。

水上偵察機が東に消えた頃には、もう日が暮れようとしていた。

仲介を終えた渋谷大佐が「陽炎」に帰った後、「あらしお」に向けられていた一二・七センチ砲が定位置に戻されたと、艦橋の当直員が報告してきた。

事態は、徐々に好転しているようだ。

十六駆逐隊から、巡検ラッパが聴こえてきた頃、「陽炎」の艦橋が光った。発光信号である。

「アス　カンテフ　クレ　ニ　キタレ　〇八〇〇　スイテイ　ヲ　オクル」（明日　艦長呉に来たれ　〇八：〇〇　水偵を送る）

いよいよである。戦隊司令官以上と会うことになるだろう。作業服ではまずい。艦長は、夏制服の白の詰襟を準備した。冬制服は、モロに米海軍の軍服だから、避けた方がいい。

昭和十七年四月二十二日

○八：○○、昨日と同じ零式水上偵察機が飛来した。今度は操縦員の他に、後部にも搭乗員が乗っている。本居2佐は苦労して中央の座席に乗り込んだ。

甲板には心配そうな副長以下が見送っている。艦長が繰り返し、目下最大の課題は日本海軍の信頼を得ること、を頭では理解してはいる。しかし、艦長が艦を離れてしまうことは、正直心細い。

「艦長、ご無事で」

敬愛する艦長を心配するのはもちろんだが、彼の身に何かあれば、自分たちにもそれは及ぶ。上甲板にいた「あらしお」乗組員は、皆が祈るように敬礼をした。

「副長、留守を頼むぞ」

水偵のエンジン音に負けない、よくとおる大声で本居2佐は声をかけると答礼した。

水偵は、東に機首を向け、出力を上げると加速し、そして離水していった。そのすぐ右に昇る朝日がまぶしい。

副長以下の深刻な表情を思い出すと、却って滑稽な思いがしたが、彼らにしてみれば、それはそれで当然なことだったろう。そんなことを考えながら本居2佐は、風防を開けたまま、一〇〇〇メートルほどの高度から下界を観察した。北上針路で豊後水道から瀬戸内海へ飛ぶ水偵から見る風景は、若いころから親しんだ地形で、まさに海図のとおりである。ただ、建物が少ないことや、高圧電線とそれを支える鉄塔などが見えないのが、わずかな違いである。

本居2佐は「あらしお」との直接連絡のため、比較的遠距離まで届くトランシーバーを携行していた。自衛隊では出入港時に艦と陸上基地の間で使用するVHFの電波を使用するトランシーバーの送受信能力は限られるが、艦側の強力な送受信能力でカバーできるだろう。

水偵は、呉に向かって飛んでいたが、屋代島を越えたら高度を下げて旋回し、柱島泊地に着水した。本居2佐は、呉の陸上司令部で要人と会うものと思い込んでいたから、はるか手前で着水したときには意外な思いをした。

しかし、機首が写真で見慣れたシルエットに向いているのを見て、事情を理解した。

「大和」である。

ということは、聯合艦隊司令部に行く。本居2佐は、膝が小刻みに震えるのを感じた。無論恐怖ではない。歴史上の巨人に逢うという予感である。

水偵は、本居2佐と搭乗員を乗せたまま、デリックで「大和」の後甲板に降ろされた。梯子が掛けられ、整備員が下りるのを補助してくれた。海上自衛官とは一味違う、きびきびとした態度に、本居2佐は海軍を実感した。

甲板上にいた将兵はわずかに数名。皆好奇のまなざしで本居2佐を見ている。その視線を痛いほど感じながら、気づかぬふりをして甲板上に降りた。出迎えは、昨日来艦した水雷参謀有馬少佐である。

さすがに「大和」は巨大だ。本居2佐は以前、再就役した米戦艦「ミズーリ」を見学したことがある。だから、さほどの衝撃は覚えなかったが、「大和」後甲板の幅は「ミズーリ」より一回り広い。その後甲板の主役は、三連装四六センチ砲の三番砲塔で、その存在感は圧倒的である。「ミズーリ」の四〇センチ砲よりはるかに迫力がある。口径は一割強しか違わないが、砲口の面積は三割以上大きいから、その違いは歴然としている。

「大和」艦上の海軍将兵は、士官は紺の詰襟、下士官兵は白の事業服で無駄のない動きをしていた。その中で、白の詰襟姿の本居2佐が目立ったのは、腰に短剣のない寂しい姿ばかりではないだろう。自衛隊の制服が派手なのは、大きめの制帽と帽章くらいのもので、軍人としてのオーラには圧倒された。

虚勢を張って背筋を伸ばし、案内に従って艦内に入ると、ペンキの臭いが鼻をついた。半年前に就役したばかりの新鋭戦艦だ。本居2佐にとっては歴史上の旧式戦艦だが、ここでは最新の大型戦艦でその現実の迫力は圧倒的である。なにしろ、この世界では最新で最大なのだ。

あちこち曲がって、通された部屋は長官公室らしい。作戦室ではないのは、まだ防諜上の配慮があるからだろう。木製の椅子に白いカバーが掛けてあり、糊も利いている。水雷参謀が従兵に指示をして、部屋を出て行った。

すぐに、お茶が出てきた。二口目を飲もうとしたとき、水雷参謀が帰って来てこう告げた。

「長官がみえる」

本居2佐は、緊張で心臓が口から飛び出しそうな気がした。ふてぶてしいと上司に嫌われてきた彼だが、それは多くの上司が尊敬に値しないからであり、尊敬する人物には礼儀正しい。

戦史好きの彼にとっては神のような存在の提督を迎えるため、反射的に飛び上がるように立ち上がっていた。これまでに最も正しい気を付けの姿勢を取った。

ゆっくりと入ってきた人物は、白髪交じりの丸刈りで、温和な表情ながら目の鋭い点は、歴史に名高いあの提督に違いない。

棒を呑んだように硬直した気を付けの姿勢の本居2佐の様子に、ちょっと意外な表情を見せたが、すぐに自分を知っているのだと察した。本居2佐の予想より高い声が聞こえた。

「楽にしなさい。君が正体不明の潜水艦の艦長かね」

優しい声だったが、本居2佐の緊張はさらに増した。口の中が乾いて、とっさに声が出ない。これまであがったことなどなかったのに、どうしたことだ。

「ま、座ったらどうだ」

自分から腰を下ろしながら、さらに山本大将は声をかけた。自分を知っており、緊張している目前の人物に、好感を持ったようだ。自分を尊敬していると分かる。

腰を下ろして深呼吸をすると、本居2佐は落ち着いてきた。いくつかの武道を修めた彼は、呼吸で気を鎮める方法を知っている。

「はっ、本居中佐であります。あらしおの艦長を務めております」

緊張をほぐそうとしたのだろう、長官はさして重要でないいくつかの質問をした。

「出身はどこかね。家族はいるのか」

面接は、自分の知っていることを話せば気が落ち着くものだ。出身地や家族の話をすることで、本居2佐はさらに落ち着きを取り戻した。その様子を見て、提督は本題に入った。

「君の艦は、未来から来たと言うが、いつの時代かね。所属は?」

「平成六年です。昭和の御代は六十四年まで続きますから、昭和で言えば六十九年、つまり五二年後にあたります。私の所属する組織は、多少変な名称を使いますので、長官のご理解のために海軍の相当組織で申しあげます」

長官は、軽くうなずいて、先を促した。

「六艦隊に相当する潜水艦隊隷下の第一潜水戦隊、第六潜水隊の所属です。母港は呉」

よどみなく答える本居2佐の様子を見ていた長官は、答えに偽りのないことを感じていた。

「君は、今の状況について、歴史的事実としてどんなことを知っているのかね」

ここは、秘匿されている大きなことを言った方がいいだろう。

「ハワイ作戦が予期以上の成果を上げ、マレー、香港、フィリピン及び蘭印攻略が順調に完了したため、新しい第二段作戦の方針について、難しい時期のはずです。東のハワイ方面、西のインド方面への進攻作戦は、陸軍の反対にあっています。そこで、陸軍の大兵力を必要としない南方への進攻が決定されたと承知しています」

山本長官の眼がきらりと光った。警戒心と好奇心が入り混じっている。そのとおりだが、軍令部や聯合艦隊の主要メンバー以外には知られていないし、検討中だから記録もまだされていないはずだ。そんなことまで知っているのは、まさに不可解である。

「具体的には、ニューギニアのポートモレスビーを攻略して豪州に脅威を与え、米国と豪州間の連絡を絶つことで、豪州の脱落を狙う戦略です」

細かいことも言っておいた方が、説得力が増すだろう。

「数日前、豪州及びインド洋方面の作戦のため、特殊潜航艇の第二次攻撃隊が、当地から出撃したはずです。なお、第二次攻撃は真珠湾と違って、港内進入に成功し、雷撃にも成功するでしょう。ただ、生還者はありません」

まだ発動していない大小作戦の機微を、一潜水艦艦長の中佐ごときが知るわけはない。やはり、未来人か。味方のことだけでなく、敵の情報があれば、さらに良い。

「君は、先日本土が空襲された件について、どれくらい知っているのだ」

「詳しくは記憶にありませんが、概略のことは申し上げられます」

反対の多かったミッドウェー作戦が、許可されるきっかけになったドーリットル空襲は、山本長官の関心事である。ただ、敵の情報に詳しいことは、敵とみなされる危険もある。本居2佐は、詳細に語ることに少し躊躇した。それが、長官には遠慮に見えたらしい。

「かまわない。君の知る限り、覚えている限りの情報を教えてくれたまえ」

「はっ。敵は空母『ホーネット』に搭載された陸軍の双発爆撃機B・25で空襲しました。軍事的な効果より、日本本土を攻撃するという政治的な効果を狙ったものです。真珠湾の復仇と宣伝して、米国民の士気をあげました」

この辺りの企図は、米国民の戦意喪失を狙って真珠湾攻撃の大博打を打った山本長官にはよく理解できる。敵の回し者とは思わない。

「わが方が、敵空母を捕捉できなかったのはなぜか、わかるか」

「はい、米機動部隊は、哨戒中の日本漁船に発見され、これを撃沈しました。しかし、探知されたものと考え、空襲を一日繰り上げて爆撃機を発艦させ、すぐに反転して日本側の哨戒圏から脱したからです。艦載機でなく航続距離の長い陸上双発機だったからできた芸当です。爆撃機は、そのまま大陸に抜けました」

それなら、あれだけの航空索敵に引っ掛からなかった説明がつく。

「では、今後の敵の動きも知っているな」

ついに来た。将来を語ることは、結果として日本の敗戦や長官の戦死に触れざるを得ない。そこで、言いよどんだ。

「何か、不都合な事態が起きるのか」

対米戦の行く末に不安を人一倍強く感じる長官だ。不吉を感じたのは当然だ。

本居2佐は、腹を決めた。長官だけには全部正直に打ち明けて、下駄を預けることにした。我々が介入して対米戦を有利に進めることはできるだろうが、それが結果として良いことかどうか。そんな大きな難しい判断は、自分よりも目前の巨人に任せた方がいい。

「長官だけに、申し上げておきたいと思います。この戦争は容易ならない経過をたどることになります」

対米戦がおそらく敗戦になるだろうと予測している長官は、本居2佐の意図を察した。人払いをすべきだが、彼らの不安を除いておく必要もある。

「わかった、これからは私ひとりが聴こう。しかし、昭和の御代が六四年も続くということは、日本は安泰なのだろう。そこは安心した。では、皆席をはずしてくれ」

参謀らは日本の将来が明るい、との情報を得て退室した。

それから数時間、本居2佐は記憶をふり絞って敗戦までの歴史を語った。長官は、自分の予想と合致する戦争の経緯にうなずきながら、ほとんど質問をせずに聞き終わった。神風特別攻撃隊の話には、眼にきらりと光るものが見えた。敗戦処理に、長官が兄事する米内大将が重要な役割を果たすと聞いて、大きくうなずいたところで話は終わった。

緊張と長話で本居2佐は疲れ切った。

「ご苦労だった。よくわかった。そうすると、君の話を参考にすれば、ミッドウェーも勝てるかもしれんな。しかし、その後は君の知らない経緯になるから、結局は敗戦に至るのかもしれん」

本居2佐の懸案も実はそこだ。ミッドウェー海戦で惨敗をまぬかれたとしても、いずれは国力の差に押され続けて、敗戦に至ることは避けられまい。これからできる努力をしても、いたずらに戦争を長引かせるだけかもしれない。

長官は、最後に本居2佐が怖れていた質問をしてきた。

「私は戦死できるか」

長官は、敗戦時に生きながらえていることを怖れているように見えた。望まぬ対米戦の事実上の最高指揮官として最善を尽くしているが、敗戦となれば陛下に対する責任を取らなければならず、それには戦死が最も望ましい、と考えているのであろう。

「私の世界では、長官はソロモン方面前線視察中、米戦闘機に乗機を撃墜されて、機上戦死されています」

長官は、ほっとしたようにも見えたが、相当複雑な思いであろう。

本居2佐は、歴史的事実を細々と語ることより、重大な事実を告げるべきだと思い当たった。これさえ知ってもらえれば、ほとんどの問題は解決するはずだ。

「長官、実はわが国の暗号は、敵に解読されております。外務省の暗号はもちろん、海軍の暗号もほぼ解読されており、計画中のミッドウェー作戦も、いずれ内容は敵に筒抜けになります」

長官は、机の上で組んだ手に眼を落としたまま、うなずいた。おや？　左手の指は五本とも揃っている。長官が候補生のころ、日本海海戦に参加して負傷したはずだ。目前の長官にはその痕がない。やはり、並行宇宙か。本居2佐は続けた。

「さらに、長官機が撃墜されるのも、その行動予定が敵に知られて待ち伏せに遭うからです」

切れ者の長官だ。鋭い質問をしてきた。本居2佐に答えを求めているというより、自問自答の代わりに質問したのだろう。

「敵の暗号解読を防ぐことはできないから、それを考慮して行動すれば、奇襲されることはないということか。敵がわが方の作戦を知っても、その兵力差は目下わが方が優位だ」

「そのとおりだと思います。敵は暗号解読の結果、空母を三隻出してくるのですから、却って好都合でしょう」

戦史によれば、ミッドウェー作戦は、敵空母の捕捉撃滅とミッドウェー攻略のいずれに重点があるか、聯合艦隊司令部と隷下部隊の間に意思統一がされなかった。攻略により敵空母を誘致する、と考える者も多かった。暗号解読を知らなかったのは当然だが、空母がいないと考える者もあり、それが兵装転換の混乱の一因である。いないはずの空母発見に驚いて右往左往して、その結果惨敗したのだ。

山本長官は、想像を超える情報を得て、混乱と不安と期待のなかで状況を整理した。

敵がわが作戦計画を知って要撃態勢をとり、空母が出てくるとなれば、むしろこちらの思う壺である。その思いを共有した二人は、微笑をかわして相手の思いを知った。作戦の結果は史実とは違ったものになるだろう。そうすれば、その後の戦況も変わってくる。敗戦も避けられるかもしれないし、少なくとも本土が焦土に化す前に講和もできるかもしれない。

それにしても、突然現われたこの若い艦長の言葉に、海軍と日本の将来を簡単に預けることはできない。彼自身は、信頼できるようだし、何かの謀略とは思えない。彼が自ら言うように、彼の情報がそのまま適用できるかどうか、その時にならないとわからない。

情報の信頼性は、確かだ。ほとんど知られていない事実を彼は知っているし、我々が知らない事実も、つじつまの合う説明ができる。

彼とその知識は信頼できるとして、これからどうするかだ。

長官は、大量の情報を整理し直す必要を感じ、本居2佐を公室に残して休息するように言った。そして、かれは作戦室に移動して、参謀長、先任参謀、水雷参謀を招集した。

「大和」聯合艦隊司令部作戦室

まず、長官が口火を切って、非公式だが重要な作戦会議が始まった。本居2佐から聞いたいくつかの事例を列挙したあと、要点を述べた。

「受けた情報は以上だが、重要な点は彼が未来から来た、という点だ。それも、まったくの未来ではなく、並行宇宙とやらの別の世界らしいが、歴史上の出来事は一致するとみていい」

堅物で評判の参謀長は、明らかに疑いの表情だし、変人と言われる仙人参謀でも、この話にはついていけない。

水雷参謀が、末席から発言した。

「私が例の潜水艦を検分したところでは、科学的には相当進んだもので、外国から来たレベルの技術格差ではありません」

ソーナーや指揮装置のコンピュータ画面を説明したいのだが、言葉が浮かばないのでうまく説明できない。彼の持っている知識やボキャブラリーでは電子機器やビデオを表現できないのである。

実物を見ないものに、未来からの潜水艦を信じさせるのは無理というものかもしれない。

そこで、長官は本居2佐を呼びにやった。

「かの潜水艦がどこから来たにせよ、少なくとも敵ではない。艦長もこの世界にある以上協力するといっている」

味方としてあつかい、情報も参考にすればよいのだ。

「当面、作戦はそのまま実施する。わが方の作戦内容は、暗号を解読されているため敵に内容を知られているそうだ。そのため、米空母が三隻出撃すると聞いている」

参謀長と先任参謀は目の色が変わった。

「暗号解読については、そのまま鵜呑みにはできないし、敵の空母が出てくるかどうかもわかりません。しかし、奇襲が成立しなくても、空母が出てくるなら望むところです」

本居2佐の話を信用しても、害はなさそうだ。むしろ、慎重に行動することを喚起されたようなもので、とくに反対する理由はない。

そこへ、本居2佐が現われた。長官は、彼の持ち物でなにか未来を証明するものはないか、訊ねた。

本居2佐は、ビデオカメラと免許証やクレジットカードなどを机に並べた。ビデオカメラはさすがに効果があった。その場で撮影し、すぐに再生したから、自分たちの動画を見た一同は驚いた。もともと信用していた長官や水雷参謀は、確信した。疑っていた参謀長と先任参謀は半信半疑までにはなった。

司令部の秘密会議だから、すぐに本居2佐は退出して、会議が再開された。

一応頭が切り替わった先任参謀は、作戦計画上の要点を整理して長官の了承を得た。
一、ミッドウェー作戦は、既定どおり実施する。
二、敵に暗号を解読されている可能性を考慮し、作戦内容も敵に漏洩していると仮定する。
三、本居中佐の情報は考慮するが、事実とは見なさない。作戦目標を実際に捕捉してそれに対応する。
四、「あらしお」を作戦に加えるが、他の部隊への影響を考慮して単独行動させる。
作戦には目的と目標がある。目的は読んで字のとおり、何のためにやるかである。作戦目的は概念的なものだが、作戦目標は具体的な物的目標である。この場合、空母とミッドウェー島であり、空母は攻撃して撃滅すべき対象、ミッドウェー島は攻略すべき対象である。

米軍の行動は本居2佐の情報で予期しえるが、それを前提としては行動せず、現場で実際に目標を発見してから具体的に対応する、という考えである。

結論が出て、再度作戦室に招かれた本居2佐も、この方針にはまったく異論はなかった。

彼の知識や艦長室にある戦史叢書もこれから起きることを完全には反映しない、と考えているからだ。記録の間違いや、並行宇宙故の違いなどのほかに、「あらしお」の介入が歴史に影響するだろう。

山本長官は、問題を切り替えた、

「これから、君と『あらしお』をどうするか、だな。君の知識は貴重だから司令部にいてほしいが、今度の作戦にも『あらしお』に参加してもらいたいし」

「長官に敵による暗号解読の事実を知って頂けた時点で、以後の展開は変化するでしょう。私の知っている事実とは違う展開になるのですから、むしろ知識は邪魔かもしれません」

「それもそうだ。それに君も艦長だ。艦や部下と離れたくはあるまい。第六艦隊に編入するより、聯合艦隊直属にして、私から直接命令を出すことにしよう。どうせ、六艦隊でも持て余すだろうな」

「はあ、私も事情を理解しておられる長官の自由に使っていただく方が、やりやすい気がしています」

本居2佐は、山本長官の信頼を得たことを感じたが、将来の展開は予測できるが未知であることに違いない。自分の知識を実証するため、「あらしお」が貢献することを選んだのであり、山本長官もそれは理解した。それが、最善なのだ。

山本長官は、実務者を集めて細部調整を指示し、去った。「あらしお」が現われた複雑な事情は省略して、新鋭潜水艦を聯合艦隊直率に加えて、軍隊区分を修正するように命じた。作戦計画の大幅修正はないことにされたから、この程度の修正にとどまる。それに第六艦隊旗艦「香取」は、すでに柱島を出港している。居残っていた松村中佐も、飛行艇で追及しなければならない。「あらしお」の運用を六艦隊に任せるよりは、直率で柔軟に使う方が好都合で、事が単純になる。松村中佐も、面倒から解放されて喜んだ。

本居2佐は、先任参謀に提案した。

「直轄になったことですし、ハワイとミッドウェーの間の哨戒に、本艦が出ましょうか。二〇日もあれば、哨戒地点には到達できるものと考えます」

戦史では、六月五日に第五潜水戦隊七隻の潜水艦が、ハワイ北西で乙散開線の配備についたが、米空母はそこを二日に通過してしまったため、探知できなかった。その空隙を埋めようと申し出たのである。それに、歴史上の未来知識が、証明できる。

しかし聯合艦隊では、敵の哨戒圏を突っ切って、ミッドウェー北東に向かうことを危惧した。当然だろう。当時の潜水艦は浮上航海が基本だから、敵の哨戒機に発見される事態が予想された。その後、制圧されて水上艦の登場で、命運が尽きるのが戦術上の常識である。水雷参謀が懸念を示した。

「ミッドウェーは敵の陸上機の基地だ。飛行艇や大型爆撃機の哨戒飛行が活発なはずだ。小型艦艇もいるかもしれん。浮上していれば、確実に発見されるぞ」

「大丈夫です。本艦は全航程を潜航したままで行けますから、敵に探知されることはないでしょう。また、敵の哨戒機や駆逐艦などを遠距離で探知できる逆探や、高性能の音波探知機も持っています」

意外なことだが、筋は通っている。潜水艦乗りのいない聯合艦隊では、却って抵抗なくその話が受け入れられた。進撃の全航程を浮上しないでいいというのなら、探知される危険はない。危険を冒す当人が押す太鼓判ほど、確実なものもあるまい。

参謀長以下、単純な論理の展開に安心して、議論に参加できた。理解不能な専門的知識は、反感の対象に過ぎない。難解な用語や論理を展開して、反論を封じるのはどの世界でも胡散臭い連中のやることだ。門外漢にも理解できる根拠を示し、無理のない仮説を展開するのが、達人というものである。

理解すれば、共感を得、そして味方になってくれる。

問題は、補給だ。実用魚雷とハープーンが少しは積んであるし、海軍の魚雷も工夫すれば使えるだろう。直進魚雷だから、複雑な計算は要らない。簡単な作図で命中三角形は得られる。あと必要なものは、食料と燃料である。食料はいいとして、日本海軍の燃料はほぼ重油だったから、特別に軽油の手配が必要だ。もっともドラム缶百数十本ほどだから、帝国海軍の大きな組織なら解決可能だ。

先任参謀黒島大佐と潜水艦作戦担当の有馬少佐、六艦隊の松村中佐と実務上の細部調整を実施したのは、夕方だった。補給のほか通信など、細々とした問題がある。

海軍側は、艦長が細かい知識を持っていることに驚いた。海軍の潜水艦艦長は、先任将校（副長）か、艦長で初めて潜水艦勤務を経験する兵科将校が多い。作戦や統率については問題ないが、艦の細かい知識はないのが普通だ。そんな実務上の問題は、たたき上げの特務士官や古参下士官が担当する。

ところが、この艦長は機関や船体の知識に加えて、食料や真水など、いわば下世話な分野にも細かい配慮を見せた。潜水艦に関して相当勉強している上、部下の生活上の心配をしていることがよくわかる。兵学校、海軍大学校を優秀な成績で出て、海軍をしょっている海軍側のエリートたちは、かなり肌合いの違う軍人に、意外な思いと感銘を覚えた。

通信幕僚の経験のある本居2佐は、通信に関しても周波数や暗号など、特務士官並みの細かい調整ができたから、海軍側は通信参謀や通信班の兵曹を呼んで、詳細の打ち合わせに入った。その結果、海軍側の電信員をひとり「あらしお」に乗せることになった。話を聞いていた司令部通信班の佐々木二等兵曹が、その場で志願してくれた。佐々木二曹は本居2佐の人柄に惹かれるものがあったのである。

海軍の電信員を乗せることを提案したのは、本居2佐である。

電鍵でモールスを打つことは自衛官にもできるが、海軍の人間にやってもらうことには意味がある。変な打ち方をすると、敵の偽電と疑われる。電鍵の打ち方にも、微妙なリズムや強弱の特徴があって、それが情報収集の要素でもあったのだ。

当時は、敵信傍受が重要な情報収集手段だった。通信は暗号化された数字文が普通で、内容によっては、敵の通信を傍受してその動向を探った。司令部のある旗艦や陸上通信所では、暗号化されない平文もある。熟練した通信員は、電鍵のたたき方で、発信通信所が陸上、大型艦、小型艦などを判別できた。戦艦など規律の厳しい通信所は、それらしい堅苦しさが現われるらしい。

だからこそ、日本海軍の通信員を乗せておく必要がある。海自隊員の打ち方では、敵とみなされる危険もあるし、海軍側からの電報の受信や暗号解読にも活躍してくれるだろう。暗号器はもらえないが、略語表の一部が佐々木兵曹の管理下で渡されることになった。強度は落ちるが、どうせ解読されている暗号だ。ないよりはまし、程度の配慮である。

補給問題は、主計科士官が出てこないと、参謀ではらちが明かない。本居2佐の信念は、燃料や食料など後方の担保なしに作戦はできない、である。作戦で任務を達成するにはそれを支える人的物的保証が必要だから、それを確保したい、との思いは海軍側にも理解できた。それを、なんと兵科将校、それも中佐の艦長が実に熱心に話題にしたことに、目から鱗が落ちる思いだった。彼は大言壮語タイプではない、確実に任務を果たすだろうと信頼感も強まった。

しだいに、鼻っ柱の強い聯合艦隊司令部のエリートたちが虚心坦懐になっていった。その雰囲気を察した本居2佐は、ある提案をした。攻撃より索敵を優先し、敵の発見報告に努力する、というものだ。

おそらく、日米機動部隊の衝突前に、「あらしお」が米空母を捕捉するだろう。それを攻撃するのは簡単だが、発見報告を優先する。敵の近くで発見報告をする以上、雷撃を強行することと変わりない危険を冒すことになる。

戦史では、日本側は米空母の所在をギリギリまで知らずに、存在しないとして作戦して奇襲された。だから、今度は米空母の発見報告を最優先する。事実を確認して、策を講じる。常識的だが、先入観や思い込みの強い当時の聯合艦隊には必要な発想である。自分の手柄より、情報伝達を優先するという。雷撃も電波の発射も、危険の度合いに差はない。

こんな調子で調整が終わった頃には、夜が更けていた。「大和」の長官公室で夕食を馳走になり、将官艇で呉まで送ってもらって、水交社で一泊することになった。呉で接する多くの軍民に対する配慮で、聯合艦隊司令部で、海軍の軍装と現金を準備してくれた。

水交社で就寝前、トランシーバーで「あらしお」に連絡を取った。高台にあるとはいえ、佐伯まで障害物もあり、雑音の多い断続的な通信に終わった。それでも艦長が無事であることと、今夜は帰らないことなど、最低限の情報は伝わったようである。

艦も異常がないことを知って安心した本居2佐は、呉の夜の街を偵察することなく、深い眠りに落ちた。

翌日、聯合艦隊水雷参謀の案内で、呉の海軍諸施設を訪問した。物見遊山の見学などではない。燃料や補給品の細部を担当者に説明して回ったのである。さすがに、海軍である。担当者の理解力と組織の能率は、自衛隊の比ではない。それになんといっても戦時であり、大作戦の準備中でもある。聯合艦隊直々の要求は、次々に叶えられていった。もともと、量的にはわずかな物ばかりで、品目の細部を説明する方に労力が要った。燃料廠では在庫の少ない軽油を手に入れることができた。次に苦労したのは、魚雷である。本居2佐は、搭載量に限りのある平成の魚雷は温存するつもりでいる。できるだけ、海軍の魚雷で凌ぎたかった。幸い、案内の水雷参謀は魚雷に精通しており、本居2佐の要求と疑問を解消してくれた。しかし新たに問題も見つかった。海軍の魚雷は継続的な調整整備が必要であり、魚雷員を便乗させなければならない。これは、聯合艦隊で手配してくれることになった。

油、衣類、食料、魚雷の問題がかたづいて本居2佐は、やっと安心できた。この日も暮れてしまったから、佐伯に戻るのは明日、食料や軽油を運ぶ油槽船に便乗することになった。高台に登って、艦にそれを連絡した後、呉の街に出た。留守の副長以下に、何か土産を探すためである。昼間、水雷参謀と一緒に調整を手伝ってくれた鎮守府司令部の主計大尉が、案内してくれた。

呉は、東洋最大の海軍工廠があり、横須賀、佐世保、舞鶴の三工廠を合わせたよりも規模が大きい。「大和」を建造した大型ドックのほか、兵器、機関などを製造する諸施設が広大な敷地に散在している。

呉は軍港というより工廠の街で、軍艦乗り組みの将兵より、工廠で働く工員の方が多い。当時は民間より海軍の方が技術水準は高く、軍艦の場合、一番艦は呉工廠で建造するのが例である。「大和」は呉工廠で建造され、二番艦の「武蔵」は三菱重工長崎造船所で建造されたのはその好例である。

　本居2佐の身元を知らされないまま、特殊任務の中佐と理解している案内の主計大尉は、水交社の売店の後、市中も案内してくれた。

　真珠湾に続く、南方やインド洋作戦で戦果をあげた第一航空艦隊をはじめとした意気軒昂な艦隊の雰囲気は市中に満ちており、市民たちも次はどこかと噂をしているらしい。

　真珠湾では、徹底した保全が保たれたが、ミッドウェー作戦については、公然の秘密として民間にもうすうす知られていると、大尉は嘆息していた。散髪屋のオヤジですら、ミッドウェーの地名を口にするという。

　本居2佐は、戦史でそれを知っていたが、改めてその渦中に身を置いてみると、作戦の前途に不安を感じた。そして、我々が敗戦を防ぐ防波堤になるのだ、との思いを改めて強く感じるのである。

　土産さがしより、作戦への覚悟と緊張感がましていく、そんな市中散歩になった。

第二章

作戦準備

補給が済めば足りる「あらしお」と違い、海軍の作戦計画と準備は、なかなか進まなかった。準備期間が短すぎたのである。

作戦に参加する部隊の大半は開戦以来約五ヵ月間作戦行動を続け、四月中旬から下旬に内地に帰投したばかりである。このほかに、ポートモレスビー攻略作戦参加部隊は、五月中旬まで行動し、さらに比島攻略作戦もまだ終わっていなかった。

長期の作戦行動の後には、船体兵器等を修理や整備し、乗員を休養させた上で再練成のための訓練を行なって戦力の回復を図らなければならない。しかもこれらの作業は互いに競合する。乗員を休養させている間は、整備も訓練もできない。これらの事情から、次期作戦準備には相当長い期間がかかる。この辺りの事情を理解することは、軍事や戦史を理解するために必要なので、少し説明をしておこう。

例えば、「赤城」の場合。

昭和十六年十一月十八日佐伯発、ハワイ奇襲作戦に従事後内地帰投、約二週間在泊後再度出撃、ラバウル攻略作戦、ポートダーウィン奇襲作戦、ジャワ攻略作戦、セイロン島奇襲作戦に従事後、四月二十二日横須賀に帰港、という慌ただしさである。

スケジュール以外にも、次期作戦準備を阻害したものは多い。例えば、人事がある。艦長や参謀などを含む主要人事異動の他、海軍は、第一段作戦終了をもって作戦は一段落したものと判断し、中断していた諸学校の教育を再開したため、人事異動の規模を大きくした。このため戦力を大きく落としたのである。この回復のためには、新陣容による訓練に相当な時日が必要であった。

特に、空母部隊での練度低下は問題だった。

海軍の制度では、空母搭載の飛行機隊は建制上その空母に属していた。そのため、その兵力に消耗があれば、搭乗員は他部隊から補充され、飛行機は新たに補充される。しかも、補充される搭乗員は空母勤務の未経験な若年者が多く、空母搭乗員としての基礎的訓練からはじめる必要があり、飛行機隊の戦力を回復するのには、相当期間の訓練が必要であった。

航空術科の特徴は、少し訓練を休むと急速に技量が低下し、また陸上爆撃のような比較的精密照準を要求されない攻撃を続けていると、いわゆる「腕の乱れ」をきたし、航行艦船に対する爆撃命中率は急激に低下する。個人としては技量優秀なものを集めても、チーム訓練を重ねなければ十分な戦力は発揮できないのである。

一航艦は、長時日の作戦行動による「腕の乱れ」などと、補充交替による戦力の低下を回復するため、MI作戦に備えて四月下旬から次のように基地訓練を開始した。

「赤城」　鹿児島
「加賀」　鹿屋
「飛龍」　富高（宮崎県日向市）
「蒼龍」　笠ノ原（鹿屋付近）
爆撃嚮導機　岩国

（艦上攻撃機による）水平爆撃は、編隊の一斉投下による公算爆撃であった。そのため爆撃嚮導機が照準を行なうので、その搭乗員に「名人教育」を行なって、その命中率の向上を図っていた。

訓練は順調だったが、補充交替の影響が大きく、訓練のレベルは基礎訓練の域を脱せず、ハワイ作戦出撃前のような高度な実戦的訓練はとても実施できなかった。それでも一航艦司令部は、格下の五航艦が珊瑚海海戦で勝利を得たことからみて、一、二航戦の現戦力について、作戦上の不安は感じていなかった。だが、実情は問題だらけだった。

雷撃訓練の場合。

五月中旬、横須賀海軍航空隊の成績調査のもとに、艦隊に対する擬襲（一部実射）訓練が行なわれたが、その成績はきわめて不良であった。この程度の技量の者が、珊瑚海海戦であのような成果を収めたのは不思議であると酷評されるほどである。

五月十八日、高速航行中の第八戦隊に対し実射を行なった。八戦隊は三〇ノットで四五度の回避を行なったにすぎなかったが、その成績は不良で、水深四〇乃至五〇メートルの海面で約三分の一の失喪魚雷を出してしまった。

水平爆撃訓練の場合。

嚮導機は岩国に集中して、標的艦「摂津」に対し動的爆撃訓練を行ない、相当な技量に達したが、編隊爆撃訓練の機会は遂に得られなかった。

編隊爆撃では、ある弾着面を作って目標を捕捉し、一発以上の命中を期待する。

命中に最も大きく影響するのは嚮導機の技量であるが、その他の飛行機の技量もまた影響がある。すなわち、爆弾投下の瞬間、編隊が乱れているか、あるいは一部が編隊隊形を整えるため増減速または針路修正中などであると、その機の爆弾は予定どおりの所に弾着せず、計画の弾着面がくずれる。そのため海軍では編隊運動をきわめて重視していた。

急降下爆撃訓練の場合。

標的艦「摂津」の行動海面が内海西部に限定されていたので、各訓練基地からの往復所要時間が多くかかった。そのため他の基礎訓練を阻害するので、爆撃訓練は一日一回としたが、それも飛行機の整備に追われ満足にはできなかった。

空戦訓練について。

戦闘機の空戦は、単機実射および単機空戦を実施したにすぎず、編隊空戦は一部の旧搭乗員が三機程度のものを行なったにすぎなかった。

着艦訓練。

整備のできていた「加賀」を使用し、五月上旬から終日訓練を行なった。新搭乗員は発着艦可能、旧搭乗員の約半数は薄暮着艦一回を経験させた程度であった。

夜間飛行訓練。

天候の許すかぎり連日訓練を行なったが、整備のため使用可能の飛行機が少なく、若年者には夜間飛行の概念を与えた程度であった。

このように、訓練は不十分であったが、出撃日が迫ったので、飛行機隊は基地訓練を打ち切らざるを得なかった。

訓練は搭乗員だけではない。整備員など母艦の飛行関係要員も練成が必要だ。読者の中には想像力豊かな方もあろうが、あえて説明すると。

空母の狭い飛行甲板に発着するのは実にむずかしい。

発着艦は、艦を風に正向させ、自然の風と艦の速力により起こる風との合成風速を、秒速一五メートル程度にする。飛行甲板の前部には、蒸気が噴出する孔があって、これで風を見る工夫がしてあった。

発艦は、飛行甲板の障害物を除いておいて、甲板後方に並んでいる飛行機を、一機ずつ飛ばす。最初は滑走距離が短いから、軽い戦闘機から始めて艦爆が続き、最後に重い艦攻が発艦する。

飛行甲板が狭いので、準備できるのは全搭載機の約半数である。真珠湾以来、攻撃隊がほぼ半数ずつの二回に分けられて運用されるのは、そのためである。

飛行機は発進順序にしたがって二、三機ずつの横隊でぎっしり詰めて並べられ、その位置で暖機や試運転が行なわれる。危険なプロペラを回す飛行機群の間で整備員は作業するので、慣れないときわめて危険である。

戦後の米空母では、ジェットエンジンに吸い込まれた整備員がいるほどだ。彼は無事だったが、当時はプロペラに接触すれば死傷した。ここで故障機がでれば、これを予備機と入れ替えたり、かたづけたりしなければならない。

着艦は、さらに複雑である。とくにウネリがあり空母が左右、前後に動揺する場合の着艦はむずかしい。時には艦尾が二メートル以上も上下する。米海軍では今日でも、着艦を管理された墜落、と称するほどである。

高速で進入する飛行機が短距離で着艦するため、飛行甲板の後部に横に数本のワイヤーを張り、その端を常に一定張力となるよう調整されたドラム装置に巻きつけてある。着艦する飛行機の尾部に吊り下げたフックでワイヤーを引っかけ、ワイヤーの張力によって飛行機を制動する。着艦時は、飛行甲板の前半には飛行機などをおくことができた。ただ、着艦に失敗した機があれば、前方に駐機された機体に衝突する危険がある。

戦後の空母は、アングルド・デッキを採用している。これは着艦用の飛行甲板に角度をつけて、前方に駐機した艦載機と関係なく着艦できる工夫である。着艦に失敗しても、そのまま飛び立てるし、発艦と着艦が同時に実施できるなど、利点が多い。こういうのを、コロンブスの卵というのだろう。ミッドウェー当時これがあれば、着艦と発艦が同時に実施できたかもしれず、あの状況では威力を発揮したはずだ。

空母は、多数の飛行機を搭載しているため、狭い格納庫内の整備作業や弾薬搭載などには制約を受ける。エレベーターも二乃至三基しかないので、発艦準備などを考え、格納順序を決めるのは複雑な作業である。

当時のエレベーターは、飛行甲板の中央に設置されていたので、飛行甲板の作業との競合も問題だった。戦後は、エレベーターが外舷側に装備されて、飛行甲板での作業を阻害しないようになった。また、格納庫内での爆発事故の際、エレベーターから爆圧を逃がす効果もある。戦争中、格納庫に充満したガソリン蒸気が爆発して被害を拡大したが、現在ではそんな心配は少ない。

収容作業では、着艦機をかたづけ、伸びたワイヤーを定位置に戻すなどして、次の飛行機の着艦準備をする。この作業時間の短縮が飛行機隊収容時間を短縮し、ひいては飛行機隊の進出距離や空母の収容行動に影響するので、作戦上きわめて重要である。実戦では着艦に失敗して破損する飛行機や、被弾により損害を受けた飛行機がでる。この場合は一刻も早くこれを処理して、次の飛行機の着艦準備を完成しなければならない。そしてこれらの作業は、秒速一五メートルの強風の中で行なわれる。風速一五メートルは、台風の大きさを決める強風域の風の強さである。空母の飛行作業は、常に台風並みの強風下で実施される。時にはこれに雨や暗闇という悪条件が加わる。

これらの飛行準備、発着艦作業、格納作業は、精密なチームワークが要求され、多数の関係者の連携と個々の熟練を必要とした。だから一部の交替でも、再練成訓練をやり直す必要があるのである。

空母における練度の問題はより深刻であるが、関係者以外には、なかなか理解されなかった。そして、作戦をたてる軍令部や聯合艦隊の主要メンバーはそれを理解していないのである。

こんな事情だったから、南方作戦から帰ってきた各部隊は、次期作戦が六月上旬に予定されていることを知り、準備も到底間に合わないと心配した。だから五月初めの図上演習の研究会において、第二艦隊（ミッドウェー攻略部隊）も第一航空艦隊（機動部隊、対米空母）も作戦の延期を強く要望した。これに対し聯合艦隊は、月齢、北方の霧などの関係から、この時期を逸すれば、この作戦を約一年延ばすほかなく、また一日も早く米空母部隊の機動を押さえることが緊要であり、作戦準備もなんとか間に合うと判断して、その要望を容れなかった。

その後も作戦準備が進むにともない、麾下部隊から準備が間に合わないとの報告が続いたようで、聯合艦隊は再検討した結果、なんとか間に合うだろうとの判断となり、五月二十一日ころには、予定どおり断行することに決めた。

聯合艦隊の強行姿勢は、隷下部隊の不安を解消しなかったが、一部には隠し玉、切り札の存在がささやかれた。「あらしお」の噂である。ただ、詳細を知るものは少なく、新型潜水艦が投入される程度の情報しか分からない。潜水艦一隻にいかほどの活躍ができるか、疑問視する声の方が強かった。

聯合艦隊は、第一航空艦隊、第二艦隊、それに第六艦隊（潜水艦隊）には、口頭で新型秘密潜水艦の投入を伝えていた。担当の水雷参謀でさえその能力を把握していないから、大事な場面には本居2佐が艦長の身分を隠して同席した。軍令部あたりの要員だろうと想像する者は多かった。偽装の配慮で海軍中佐の軍服に参謀飾緒を吊っていたためだ。彼が詳細な説明と、質疑に応じた。

ドイツから導入した水中課電装置（充電装置：スノーケル）や高性能電池、電波探知機（逆探）などを装備しているため、隠密性は現有潜水艦とは比較にならないと説明された。漠然と新兵器を満載した新型潜水艦が投入される、と理解されたが、その能力については、潜水艦乗りでさえよくわからないままだった。まして、砲術、水雷、飛行といった兵科将校たちには、あいまいなままだ。あまりに隔絶した性能に、半信半疑といったところだ。

これを、ハワイとミッドウェーの間に配備して、敵機動部隊の動静を探り、可能であれば空母を雷撃する、という説明を聞いても半信半疑のまま、隷下部隊は出撃の準備に入った。自分たちの準備が不十分なまま、一隻の潜水艦に何を期待するというのだ。しかし、米空母は出てこないだろうし、出て来ても鎧袖一触のはずだ。

準備不足ではあったが、米海軍を軽視していたからたいした不安を覚えることなく、各部隊は出撃に備えた。

第二章
出撃

実は、形式上は五月五日、ミッドウェー作戦が発動していた。

大海令第十八号　昭和十七年五月五日

奉勅　軍令部総長　永野修身

山本聯合艦隊司令長官ニ命令

1、聯合艦隊司令長官ハ陸軍ト協力シ「AF」及「AO」西部要地ヲ攻略スベシ

2、細項ニ関シテハ軍令部総長ヲシテ指示セシム

（「AF」はミッドウェー島、「AO」はアリューシャン列島の地名略語）

大海令とは大本営海軍部命令の略で、指揮権は大元帥陛下にある建前だから、天皇の戦時幕僚組織の大本営海軍部（海軍軍令部）から陛下の命令という形式で出される。当然、その

内容は大まかなものだから、細部の指示が必要である。細部の項目は軍令部総長から指示する、とされているのはそのためで、その指示は大本営海軍部指示、つまり大海指として軍令部総長から出されるのである。陸軍の場合は、大本営陸軍部（参謀本部）だから大陸令や大陸指に変わる。

今日の自衛隊では、大海令（大陸令）に相当するものは、防衛大臣からの命令で、大海指（大陸指）に相当するものは、統合幕僚長や陸海空幕僚長からの指示である。旧軍の軍令部総長や参謀総長も、自衛隊の各幕の幕僚長も制服トップだが、みな指揮官ではないので命令は出せない。指示だけである。命令は、最高指揮官の総理大臣や防衛大臣が出す。命令の受令者は、大臣直轄部隊の長である。具体的には、陸上自衛隊なら方面総監など。海上自衛隊なら自衛艦隊司令官、航空なら航空総隊司令官などである。彼ら制服の指揮官は、任務に応じて指揮下の部隊に命令を出したり、作戦計画を作る。

指示は、命令の補完であり、あくまで作戦行動の根拠は「命令」でなければならないのだ。余談ながら、総理大臣が自衛隊の最高指揮官ということを知らないで首相になった政治家もいて、大震災で不手際を演じたことは、記憶に新しい。

本論に戻ろう。

大海令と同時に、大海指も出た。

大海指第九四号　昭和十七年五月五日
軍令部総長　永野修身
山本聯合艦隊司令長官ニ指示
大海令第十八号ニ依ル作戦ハ別冊「ＡＦ」作戦ニ関スル陸海軍中央協定竝ニ「ＡＯ」作戦ニ関スル陸海軍中央協定ニ準拠スベシ

この別冊に示された「ミッドウェー島作戦ニ関スル陸海軍中央協定」の内容は、以下のとおりである。

１、作戦目的
「ミッドウェー」島ヲ攻略シ　同方面ヨリスル敵国艦隊ノ機動ヲ封止シ　兼ネテ我ガ作戦基地ヲ推進スルニ在リ
２、作戦方針
陸海軍協同シテ「ミッドウェー」島ヲ攻略シ　海軍ハ急速同島ノ防備ヲ強化スルト共ニ　航空、潜水艦基地ヲ整備ス
３、作戦要領
１、海軍航空部隊ハ上陸数日前ヨリ「ミッドウェー」島ヲ攻撃制圧ス
２、陸軍ハ「イースタン」島　海軍ハ「サンド」島攻略ニ任ジ　別ニ海軍単独ニテ「キ

ュア」島ヲ攻略ス
3、攻略完了後概ネ一週間以内ニ　陸軍部隊ハ海軍部隊掩護ノ下ニ「イースタン」島ヲ撤収シ　同島ノ守備ハ海軍之ニ任ズ
4、海軍ハ有力ナル部隊ヲ以テ攻略作戦ヲ支援掩護スルト共ニ　反撃ノ為出撃シ来ルコトアルベキ敵艦隊ヲ捕捉撃滅ス
4、指揮官並ニ使用兵力
1、海軍
指揮官　聯合艦隊司令長官
兵力　聯合艦隊ノ大部
2、陸軍
指揮官　一木支隊長　陸軍大佐　一木清直
兵力　歩兵第二十八聯隊
　工兵一中隊
　速射砲一中隊
5、作戦開始
六月上旬乃至中旬「アリューシャン」作戦ト略同時ニ本作戦ヲ開始ス
6、集合点及日時
上陸部隊及援護隊ノ集合点ヲ「サイパン」ト概定シ　日次ハ五月二十五日頃トス

陸軍部隊乗船地ヨリ集合点ニ至ル航海ハ海軍之ヲ護衛ス

7、指揮関係

1、集合点集合時ヨリ第二艦隊司令長官ハ作戦ニ関シ陸軍部隊ヲ指揮ス

2、上陸及上陸戦闘ニ於テ　陸軍部隊及海軍陸戦隊同一箇所ニ作戦スル場合ハ　作戦ニ関シ高級先任ノ指揮官之ヲ指揮ス

8、通信

ＡＬ　ＭＩ　Ｆ作戦通信ニ関スル陸海軍中央協定ニ拠ル

9、輸送及補給

陸軍部隊ノ一部輸送ノ為海軍ハ作戦期間輸送船一隻ヲ供出ス

10、使用地図　海図

２０１７号海図トス

11、使用時

中央標準時トス

12、作戦名称

本作戦ヲＭＩ作戦ト呼称ス

ミッドウェー作戦の目的が曖昧との批判は多く、それが失敗の遠因のひとつとする意見もある。しかし、以上の命令には、聯合艦隊司令長官の使命は、ミッドウェーおよびアリュー

シャンの要地攻略と明示してある。公式命令より、調整や非公式な意見交換などがより強い印象を与えるのは、古来日本社会の通弊だ。根回しという長所と欠点が、時に重大な結果を生む。そして、非公式な調整、根回しは記録されないことが多いため、後世の研究で真実追究を阻害する。たまに関係者の手記やインタビューでそれらが明かされることがあるが、あくまでも例外的な少数例である。

ともかく、公式命令とは別の幕僚調整や思い込み、先入観が作戦の齟齬を生むのである。

この作戦での軍隊区分は、次のとおりである。

軍隊区分とは、作戦上の必要に基づく軍隊の一時的編組である。わかりやすく言うと、本来の固有編成（第一艦隊や第一航空艦隊、第六艦隊など）を、作戦上の任務に応じた部隊に編成し直す。

海上自衛隊では、軍隊区分に相当するものは任務部隊区分であろう。米海軍との比較で一一一頁で解説したとおりである。

1、主力部隊（聯合艦隊司令長官直率）
　主隊（直率　第一戦隊、小型空母「鳳翔」「あらしお」等）
　警戒部隊（第一艦隊司令長官指揮第三戦隊等）
2、攻略部隊（第二艦隊司令長官指揮）

第二艦隊主力、第三戦隊第一小隊、小型空母「祥鳳」、十一航戦、二聯特、陸軍一木支隊等

3、機動部隊（一航艦司令長官指揮）
一航艦主力、第八戦隊、第三戦隊第二小隊等

4、先遣部隊（第六艦隊司令長官指揮）
第六艦隊主力（第一潜水戦隊［一潜戦］、五潜戦、第十三潜水隊）

5、基地航空部隊（十一航艦司令長官指揮）
二十四、二十六航戦

6、南洋部隊（第四艦隊司令長官指揮）
二十二、二十五航戦の一部
第四艦隊、第六戦隊、第一聯合通信隊（一聯通）

7、北方部隊（第五艦隊司令長官指揮）
第五艦隊、第五戦隊、四航戦主力、第一水雷戦隊（一水戦）の主力、特別陸戦隊（特陸）一隊、二十一航戦の飛行艇半兵力、陸軍北海支隊等

8、通信部隊（一聯通司令官指揮）
一聯通（第一聯合通信隊）主力

ミッドウェー作戦は、日本海軍始まって以来という規模である。実際に戦ったのが、主と

して第一航空艦隊（機動部隊）だったため、機動部隊のみの作戦との印象を後世に与えたが、命令にあるとおり「聯合艦隊の大部」の戦艦、重巡基幹の主力部隊や、陸戦隊や陸軍歩兵連隊を含む攻略部隊をはじめ、潜水艦や基地航空部隊（陸上攻撃機主力）など、聯合艦隊を上げた大作戦だった。

空母の時代に戦艦を投入したのは時代遅れ、という批判もある。歴史を後世の結果論で批判するのは簡単だ。後出しジャンケンは無敵である。

しかし、結果論からみても、それほどの愚行とは言えない。空母同士の決戦が終わって、機動部隊の主力空母四隻が沈没、米側に二隻が残った状態でも、日本側の戦力は圧倒的であったからだ。

ミッドウェー海戦前、米海軍の正規空母は五隻（サラトガ、レンジャー、エンタープライズ、ヨークタウン、ワスプ、ホーネット）で、特設空母（小型空母、米海軍では護衛空母）が数隻。

一方日本海軍の空母は一二隻（鳳翔、赤城、加賀、龍驤、蒼龍、飛龍、瑞鳳、翔鶴、瑞鶴、大鷹、祥鳳、隼鷹）で、米正規空母に相当する排水量の空母は九隻あった。「龍驤」など小型空母も、米海軍の小型空母と違って対潜作戦用ではなく、艦隊作戦に使用される。

だから実際の海戦後、正規空母だけで比べても、日本五隻アメリカ四隻であり、戦艦や重巡以下の水上艦は日本が圧倒的に優勢であった。

「あらしお」は五月十一日、佐伯から出撃した。目的地はミッドウェー島の東五〇〇浬（一一一一キロ）。第三潜水戦隊の甲散開線の北、第五潜水戦隊の乙散開線の少し西にあたる。佐伯から約三〇〇〇浬（約五六〇〇キロ）の地点である。甲乙散開線の構成は、米空母の出撃より遅れるはずだから、「あらしお」がそれより前に、米空母を捕捉するべく、単艦で哨戒するのである。

米海軍は、暗号解読によって日本側の行動の詳細を把握しているはずだ。日本艦隊の接近にともなって、哨戒計画を立てているだろう。だから、「あらしお」の行動はその裏をかくことになる。

当時の散開線というのは、潜水艦数隻が一線上に並び、浮上状態で敵を発見することを期待したものである。あくまで索敵の体制であり、複数の潜水艦が協同するが、米独の潜水艦作戦、狼群作戦とは発想が違う。有名な独Uボートのウルフパック（狼群）は、敵船団に向かってUボートを集中させるもので、最初から艦隊を組んでいるわけではない。敵船団の発見報告を得た司令部、時には現場のUボート相互に情報を交換して、攻撃時期と場所を選んで、多数のUボートが同時に襲撃する。まさに、狼の群れが獲物に襲い掛かる様子に似ている。

群狼作戦の場合、目標は位置が分かった敵船団で、数十隻の大集団だ。大西洋に散らばっていた潜水艦をそこに集めればよい。

これに対し日本海軍の潜水艦作戦で重視された散開線は、未知の敵を探すことを目的とする。効率的に敵を引っかけるために捜索線を張る。敵の予想針路上に、ほぼ直角に線を引き、その線上に潜水艦を配置するので、現実には机上の計画どおりに散開線を構成するのはむずかしい。艦位を正確に保つことのほかに、計画の日時までにそこに到達することすら、実現できないのだ。むろん、敵の妨害が大きな原因だ。

演習では顕在化しにくいが、所定の日時に所定の場所に到達する、そんな単純な行動が意外にむずかしい。むずかしいというより、不可能に近いといった方がいい。とくに、潜水艦のように探知されると脆弱な艦種は、敵の探知を避けるために時間と航程を無駄にすることを強いられる。

苦労して配備についても捜索手段は目視だけで、潜望鏡や艦橋の見張員が水平線に敵のマストや煤煙を探す。潜水艦同士の距離は、敵が通過しても見逃さないぎりぎりの距離で数～十数浬（一〇～二〇キロ）程度。当然、隣の僚艦は見えない。

厳密な散開線を構成する個々の潜水艦の位置だが、結構誤差が出る。図上では等間隔の線上に配置されるよう計画されても、実際は誤差がある。

潜水艦の艦位は天文測定、つまり太陽や星など、天体観測と複雑な計算によるもので、熟練者でも三〇分程度はかかるし、天候や敵の妨害で所要の時期に天体観測ができなければ正確な艦位は得られない。天体観測といっても、天文台のやる観測と違って、天体の高度（水平線との角度）を六分儀で精測するのであり、正確な時刻もまた重要である。理想的な条件で天測できても、一浬（約二キロ）以下に誤差を抑えることは神業に近い。

「あらしお」は、平成の時代では米海軍の航法衛星の電波を受信できる装置を使用していた。GPSが普及する前に使用されていた衛星航法システムだ。しかし、それはこの世界では使えない。だから、出港して数日は、幹部の天測訓練のため、あえて浮上して東航した。六分儀の他、潜望鏡での天測も訓練して実用的な精度が得られるようになったのは、一週間ほどたってからである。ちょうど小笠原列島を通過する頃で、精度の高い陸測との比較で、精度二浬程度（誤差四キロ以下）に達した。一隻で広大な哨区で作戦するには、十分な精度と言っていい。

陸測は、陸上目標の山頂や灯台の方位を複数（普通三ヵ所）測定して図上に方位線を引き、その交点が自分の位置と分かる。普通、交点は小さな三角形だが、練度が高ければほぼ点になる。GPSが普及するまでは、電波航法より精度がいいとされた。むろん、海図が精確という前提である。

さらに、航跡自画器（DRT）という装備もある。米軍は第二次大戦中から使用しているもので、歯車で縦横（x、y）の軸を動かし、光点を移動させる。装置の底に光点があって、ガラス面越しに光が表示され、ガラス面上に貼り付けた紙に、一定時刻（たとえば一五分おき）にプロットすることで、過去と現在の艦位が記録される。航跡を自分で画く器械というわけである。もっとも、プロットは人間の手による。針路（コース）と速力から自動的に自艦の位置を表示するもので、欠点は潮流などの外力を検知できないことである。そのため、時々艦位を測定して指示位置と実際の位置の差から、外力を把握する。

これは二台あって、それぞれ縮尺も変えられるから、広いエリアを対象とする航海用の行動図と、狭い海域での戦闘場面（合戦図）を同時に記録することもできる。当然「あらしお」の航跡自画器は、戦争中の米軍の物より精密な造りで、精度もはるかに向上している。情報しだいだが、「あらしお」の発令所のＤＲＴ上には、聯合艦隊司令部作戦室以上に正確な情報が表示されることになるだろう。

天測は、昼間は正午（太陽が真南に正中する時刻、経度により異なる）に太陽高度を測定し緯度を得ることができる。観測できる天体が太陽一つだから、位置の線が一本だけという限界がある。（理論上は、線上のどこにいるかは分からない。もっとも、数時間前に正確な艦位がわかっているから、それまでの航跡で線上に位置は求められる）

だから天測で一番大事なのは、星と水平線の両方が見える貴重な時間帯、日の出と日の入りの前後、つまり日出直前と、日没直後の短時間である。この貴重な時間帯が雲や敵のために失われれば、天測はできない。つまり、艦の位置はわからない。

戦争末期、沖縄に出撃した伊号潜水艦は、敵の濃密な哨戒に妨害されて一週間天測ができなかったため艦位が正確にわからず、任務達成に失敗している。

この貴重な短時間に数個の星の高度を測って、それを計算して位置の線を二本以上得られれば、その交点が艦位である。しかし誤差のある観測と計算だから、まずそれらの線は一点では交わらず、多角形になるから、その中心を艦位とする。

こんな苦労と、敵哨戒圏でのスノーケルをしながら、「あらしお」は配備点に達することができた。五月三十日（二十九日）の早朝である。

ミッドウェーには、片道七〇〇浬（一二九五キロ）という長距離の哨戒飛行ができるPBY飛行艇が配備されていたが、哨戒が始まったのは三十一日（三十日）からだったので、「あらしお」の進出は、その間隙をついた結果になった。

二十七日（二十六日）にはミッドウェー諸島の島影で陸測もできたので、艦位は誤差のないピンポイントで得られた。DRTとの比較で、作戦海域での外力の把握もできた。ミッドウェーからの航空哨戒が始まる前で、夜間スノーケルと、昼間は深深度の全没航行の組み合わせで、安全な進出ができた。もっとも、米軍機が哨戒していても、進出は安全だったろうが。

ところで、ミッドウェーといっても、島は一つではない。作戦焦点はサンゴ礁に囲まれたイースタン島とサンド島、それにさらに島ともいえない小さなスピット島からなる。その位置は真珠湾から二九五度（西北西）約一二四〇浬（約二三〇〇キロ）である。ハワイ諸島からここまで、多くの島が点在する。

ニイハウ島の三一五度約一一五浬（二一四キロ）のニホア島から点々と島が連なる。ネッカー島、フレンチ・フリゲート礁、ガードナー岩礁、マロ環礁、レイサン島、リシアンスキー島、パール・アンド・ハーミス環礁、そしてミッドウェー環礁で、環礁内サンド島の西約五〇浬にはグリーン島がある。その歴史はこうである。

ミッドウェーは一八五九年七月五日に発見され、当初、環礁は「Middlebrook Islands」と命名された。一八六七年八月二十八日にアメリカ合衆国による領有を宣言し、ミッドウェー（Midway）島と命名した。

居住の最初の試みは一八七一年に行なわれ、水道を爆破・浚渫し、ラグーン内への航路を作る計画を始めたが失敗に終わり、一八七一年十月には撤退した。

一九〇三年には、米国商業太平洋海底電信会社（Commercial Pacific Cable Company）が太平洋横断の電信ケーブル敷設のために上陸した。後にアメリカ海軍の管理下におかれ、海兵隊が駐留した。一九三五年に、パンアメリカン航空の飛行艇がアメリカ・中国航路を開設すると、その中継地となったことを始めとして、太平洋を横断する航空機の給油地となった。一九四〇年の初め頃より、ハワイ防衛の前進拠点として、軍事基地強化が進んだ。無論、日本が対象である。そして、真珠湾を迎えた。

日本海軍の作戦計画では、フレンチ・フリゲート礁に潜水艦を派遣し、二式大艇に給油してハワイ偵察する予定だった。真珠湾に空母が在泊していることを確認するためである。しかし、これを察知した米海軍が、礁内に駆逐艦を派遣したため、挫折した。半年前の真珠湾作戦の後、同じ計画で航空偵察を実施したが、それが米海軍の注意を引き、フレンチ・フリゲート礁が怪しいと目を付けられて、駆逐艦を派遣することでその計画を妨害したのである。この航空偵察の中止と、散開線の遅れにより、日本海軍は米空母の出撃を察知できず、先制攻撃を許してしまうのが、歴史である。

すでに動き出した作戦計画の大幅変更は不可能だから、効果のない散開線を補填するため、「あらしお」がミッドウェー環礁の東に進出した。ハワイから急行する米空母を捕捉するのが目的である。

戦史や多くの書籍はミッドウェー環礁をミッドウェー島と表示するから、本書でもそれに倣うが、厳密には前記のとおりミッドウェー島という島はなく、諸島と環礁にその名がある。

日本海軍の潜水艦配備計画では、散開線のほか、ミッドウェーの南に「伊号第一六八」潜水艦を派遣した。また、レイサン島付近に一隻とフレンチ・フリゲートに二隻、燃料補給能力のある第十三潜水隊の計三隻を配置した。十三潜水隊は、燃料切れを起こす味方の水上偵察機などの救援にも備えた。戦史では、「伊号第一六八」潜水艦が、海戦後傷ついた「ヨークタウン」を撃沈して、一矢を報いている。

したがって、「あらしお」がミッドウェー島の東方海域で作戦しても、当面このあたりには味方はいない。もっとも、当時の潜水艦は、攻撃や回避の場合に短時間潜航するだけで、大半の時間は浮上していたから、常に潜航している「あらしお」との競合もない。

現代の潜水艦が狼群（ウルフパック）作戦を採らないのは、潜航が常態の潜水艦には、水中目標が敵か味方かわからないという事情がある。さらに、一隻での哨戒範囲が大戦中よりはるかに広がって、哨戒区域（哨区）が拡大した。「あらしお」一隻がカバーできる哨区は、日本海軍の一個潜水戦隊数隻の散開線をはるかに凌ぐ。それに、散開線は所詮線であり、線上を通過する敵しか捕捉できない。浮上して見張りによって敵艦のマストや排煙を発見しようとしたやり方の限界である。

一方「あらしお」の捜索手段は、高性能のパッシブソーナー（受聴器）やＥＳＭ（電波探知機、当時は逆探と言った）で、肉眼に頼る見張りの何十倍、何百倍の距離で敵を探知できるから、潜航したままでも哨戒効率ははるかに高いのである。

日本時間五月三十日から「あらしお」は、ミッドウェー島の東約三〇〇浬（約五六〇キロ）～五〇〇浬（九二六キロ）の哨戒を開始した。現地に到着した後、米軍の哨戒状況を見て、予定より島に接近することにしたのだ。ミッドウェーの米軍機は、西方への哨戒は密だが、東方向へはほとんど飛んでいないことが分かったからで、臨機応変の処置である。この方が、敵機動部隊捕捉の可能性も上がるはずだ。

「あらしお」が哨戒を始めたのは、現地時間では五月二十九日である。既述したとおり、現地時間と日本時間との時差は、マイナス一日プラス三時間である。

進出途上に二度、米軍哨戒機カタリナを潜望鏡で視認したが、お互い目視（目で探す）だから、一メートル程度のスノーケルマストや潜望鏡と、縦横が二〇×三〇メートルの飛行艇では、勝負にならない。簡単にこれをやり過ごして、予定より早く配備点に到着した。ミッドウェー島のすぐ北を通過して、艦位誤差を修正したので、しばらく天測できなかったとしても、DRTのプロットで艦位は把握できるだろう。準備は万端である。

これに加えて、配備点につく前から、音と電波で南東から接近する米艦隊を探知していた。戦史ではTF（Task Force：任務部隊）16と17の二群の空母機動部隊である。空母はレーダーを使用するし、当時の軍艦の集団は騒音をまき散らしながら航海するから、容易に探知できるのである。


五月二十七日の海軍記念日、〇四：〇〇に第一機動部隊（南雲部隊／第一航空艦隊。アリューシャン作戦の空母部隊を第二機動部隊とした）は第十戦隊を先頭に、柱島泊地を出撃した。半日かけて瀬戸内海を抜けるとき、この大艦隊を見た漁船や貨物船の民間人は、真珠湾の大戦果をまたもたらすものと期待して歓送した。

同じ日、上陸部隊を乗せた船団と護衛部隊は、サイパンとグアムから出港した。二十九日には大湊からアリューシャン攻撃部隊（第二機動部隊、角田部隊ほか）が、出撃。同じく、呉からミッドウェー島攻略主力部隊（聯合艦隊司令長官直率の「大和」など）が出撃した。

船団が近いサイパンから二日前に出たのは、船団速力が艦隊より遅いためである。船団には、第二連合陸戦隊（二連特）と陸軍歩兵第二十八連隊主力と工兵、速射砲各一中隊を含む一木支隊が乗っている。攻略後ミッドウェーの防衛にあたる二連特は、陸戦隊約二五〇〇名と火砲、機銃のほか、攻略後の防衛用の魚雷艇や甲標的各数隻などを含む兵力である。一木支隊は兵力約二〇〇〇だが、攻略後は守備を海軍陸戦隊に任せて、移動する予定である。上陸部隊の護衛と上陸支援は、第二艦隊が担当する。

このほか、占領後は、陸上航空部隊(第二十六航空戦隊)の進出も計画されている。真珠湾攻撃以上の大作戦が始まった。日本海軍始まって以来、空前の規模である。

第四章

前哨戦

「あらしお」の戦い

三十一日早朝（三十日午前）、「あらしお」はソーナーでまだ見えない敵艦隊の動静を把握していた。艦隊の集団音は、遠距離まで届く騒々しいものだった。

当時の水上艦は、雑音対策はまったく採っていなかったから、主機やスクリューからの雑音も相当なレベルだった。なによりも、高速回転する蒸気タービン軸を、スクリュー回転数まで減速するための減速歯車の音が大きかった。戦後の第一世代の原子力潜水艦は、これで探知されるだけでなく、周波数分析から速力も判定されている。その古い分析技術が、ミッドウェー海戦では大いに威力を発揮するだろう。

当時の軍艦は蒸気タービンだけでなく、蒸気ピストンやディーゼルの主機を搭載している艦もあるから、これはこれでまたうるさい。

音波だけでなく、二〇〇ＭＨｚの電波も強い強度で傍受されていた。ＶＨＦ帯の周波数だが、通信用の電波とは特徴が違うから、レーダー波とわかる。パルスが検知されるのである。

平成では数ＧＨｚのＣバンドやＸバンドのレーダー波を相手にしてきた「あらしお」には、低い周波数のレーダー波は勝手の違う電波だったが、そこは器用な海上自衛隊の古参海曹たちである。すぐにこの電波の処理にも慣れた。日本の下士官の優秀さに時代の差はない。

米空母のレーダー波は、「あらしお」のＥＳＭで方位や電波特性が分析されて、一隻増えて三隻の空母が類別されている。艦名を特定するにはデータ不足だが、それはたいした問題ではない。三隻の存在が分かればいいし、どれを沈めてもよいのだ。

本居2佐は、戦史上の知識で米艦隊の行動を予測してはいた。しかし、並行世界では多少の相違があるだろうし、部下の分析作業に先入観を与えることを怖れて、自分の胸にだけ秘めておくことにした。

部下の出した結果と、自分の知識を比較するが、部下の結果を事実として採用することにしている。部下にしても、艦長が答えを知っているとわかれば、やる気をなくすだろう。

なによりも、記録された戦史にはいくつかの根本的欠陥がある。ひとつは、精度。個人の戦記は個人の体験と記憶に基づく。だから、狭い範囲の記録にとどまるし、記憶が正確とは限らない。戦史叢書レベルの記録は、記録と事実にある程度の誤差があるうえ、行動図レベルの大まかな記述しかない。そして、戦闘詳報などの公式記録にも誤りはある、と考えるのが歴史研究の常識でもある。そもそも、大敗北を喫した南雲部隊の記録は、多くが失われていたから、戦後の戦史編纂で苦労したといわれている。

個人戦記はミクロ、公刊戦記はマクロといえるだろう。

要するに、これから「あらしお」が向かう戦場での戦闘に耐えられるほどの細かい情報はないのだ。そして、これから「あらしお」が介入することで、戦史とは違う展開になる。

やってみなければわからない、そう腹をくくった本居2佐は、行動を起こすことにした。

「配置につけ、魚雷戦用意」

「教練」が付かない本物の戦闘が始まる。魚雷を撃つかどうかは状況しだいだが、総員配置につけておくことは、目標運動解析だけでなく、被害を受けたときの応急処置も含め、艦の全能発揮をさせるためだ。長時間の総員配置は、部下の疲労の面で好ましくないが、初の戦闘で非番で過ごす乗員は不安だろうし、配置についていれば状況は皆に伝わる。

数分で配置が完了した。本居2佐は、必要にして十分な情報を部下に与えた。

「状況を達する」

これから起きる「実戦」がどんなものか、部下たちは固唾をのんで聞き入った。

「本艦は、ミッドウェーの東三〇〇マイル付近にあって、米空母機動部隊を襲撃すべく哨戒中、三隻の空母を中心とする敵部隊をソーナーとESMで捕捉した」

海上自衛隊の潜水艦では、静粛性を保つため、戦闘配置で1MC（艦内放送の拡声器）を使うことはないが、本居2佐は発令所だけでなく艦内の全乗員に意図と状況を伝えるべく、1MCのマイクを持って話を続ける。

「戦史では、これら空母の存在を知らなかった日本海軍が、奇襲を受けて壊滅する。しかし、すでにその存在を本艦が知った以上、事態は変わる。本艦が敵空母の発見を聯合艦隊に報告

特　徴	主な用途
水中へも到達する	現代米海軍 対潜水艦通信(放送)
	海上自衛隊、日本海軍、 対潜水艦通信(放送)
電離層反射で 遠距離通信が可能	ラジオ放送
	遠距離通信
	テレビ放送
直進性が強い	テレビ放送 近距離 通信(見通し距離)
	民間レーダー F Cレーダー
	レーダー・衛星通信
光と電波の中間領域	

マイクロ波

名　称	帯域(GHz)
Gバンド	0.2-0.25
Pバンド	0.25-0.5
Lバンド	0.5-1.5
Sバンド	2-4
Cバンド	4-8
Xバンド	8-12
Kuバンド	12-18
Kバンド	18-26
Kaバンド	26-40
Vバンド	40-75
Wバンド	75-111

周波数表

周波数	波　長	名　　称		
		英　語	日　本　語	
3-30Hz	10Mm-0.1Gm	ELF (extremely low frequency)	極超長波	
30-300Hz	1-10Mm	SLF (super low frequency)		
300Hz-3kHz	0.1-1Mm	ULF (ultra low frequency)		
3-30kHz	10km-0.1Mm	VLF (very low frequency)	超長波	
30-300kHz	1-10km	LF (low frequency)	長　波	
300kHz-3MHz	0.1-1km	MF (medium frequency)	中　波	
3-30MHz	10m-0.1km	HF (high frequency)	短　波	
30MHz-0.3GHz	1-10m	VHF (very high frequency)	超短波	
0.3-3GHz	0.1-1m	UHF (ultra high frequency)	マイクロ波	極超短波
3-30GHz	10mm-0.1m	SHF (super high frequency)		センチ メートル波
30GHz-0.3THz	1-10mm	EHF (extremely high frequency)		ミリ波
0.3-3THz	0.1-1mm	THz or THF (terahertz or tremendously high frequency)		テラヘルツ波 (サブミリ波)

し、さらにできるだけ多くを沈めるからだ」

大きな話から小さな話に移るのが本居2佐の論法で、知識や練度に個人差がある全乗員に理解させるには効果がある。艦首のソーナー室から艦尾の運転室まで、全員が注目している様子である。

潜水艦の戦闘配置は、幹部（士官）は全員が発令所に詰める。護衛艦のように艦内各部に幹部の分掌指揮官がいるわけではないので、ソーナー、発射管（水雷科）、機関科、補給科が配置についている各区画は、古参海曹が責任者である。

「敵は、二群に分かれてミッドウェーの北に向かっている模様である。南雲部隊を東側から奇襲するつもりであろう。本艦は現在位置で敵の接近を待ち、その動静を把握したあと、発見報告を優先する。可能なら、空母を南側から攻撃する。最低一本を誘導で確実に当てる。一発当てれば撃沈できずとも、無力化できる。速力が出ない空母は艦載機を飛ばせないからだ」

なるほど、敵空母を沈めるより、敵空母部隊の位置と針路速力を味方に知らせることができれば、優勢なわが機動部隊が圧倒できるだろう。

「この時代、敵のレーダーは性能が悪く、本艦の潜望鏡は探知できない。駆逐艦の対潜武器にはまだヘッジホッグはなく爆雷だけだし、ソーナーの探知距離は自衛隊の護衛艦よりはるかに短い。せいぜい数百（メートル）だろう」

護衛艦との訓練で、飽きるほど探知を振り切ってきた経験を持つ部下たちは、敵駆逐艦に攻撃される危険性の低いことを改めて知って、ぐっと気が楽になった。では心配事は何だろう。

「被探知の可能性は、偶然上空を通過する敵機くらいだろうから、常時二番潜望鏡を対空見張りに使う。対潜哨戒に使用されるのは、飛行艇や水上偵察機だから、速力はP‐3よりずっと遅い。向こうは、潜水艦が浮上している前提で捜索するから、安心してしっかり見張れ」

すでに見張りを指示された副長が、二番潜望鏡で対空監視を続けながら、聞き耳を立てている。

「攻撃優先目標は空母、雷撃を優先するが、射程外の場合に備えて五、六番管にはハープーンを準備する。脅威目標は、もっとも近距離を通過する駆逐艦。巡洋艦は外側には配置されていないだろうし、ソーナーも爆雷もないから、無視してよい」

指示はだんだん細かくなってきた。これからは、いつもの訓練どおりやればいい、という自信と安心感を部下に与える。

保身に走る艦長は、見境なくあれもこれもと要求するが、本居2佐は空母と手前の駆逐艦だけ、二隻に作業を絞っていいという。巡洋艦以下は捨てろ、ってな命令は、なかなか出ないものだ。

「脅威目標（駆逐艦）との最近接距離は、大事を取って三〇〇〇（メートル）。攻撃目標はマストが見えればいいから、八〇〇〇から一万程度で雷撃する。左右の発射管を一本ずつ準備し、一つは空母、もう一つは脅威目標に備える。以上」

艦長は、ここまで説明をして、マイクを置いた。後半は、発令所の襲撃パーティ（目標運動解析や雷撃担当の船務科員や幹部たち）に向けたものだが、関係の薄い艦内各部の乗員たちにも、攻撃要領を知らせておくことにしたのだ。

当時の米海軍駆逐艦のソーナーはＱＣシリーズとよばれ、周波数二四ＫＨｚ、出力三〇〇ワット。最大探知距離は目いっぱい見積もっても三〇〇〇メートルはないだろう。海上自衛隊の護衛艦のソーナーが数ＫＨｚの低い周波数で遠距離探知を狙っているのに対し、当時の駆逐艦は至近距離での探知しか期待できない。海自でいえば、とっくに退役した駆潜艇や国産第一世代の護衛艦以下の性能だ。艦長は潜水艦に来る前、旧式護衛艦「きたかみ」の水雷長をしていたから、昔のソーナーの探知距離の短さは知っている。

当時の対潜水艦戦闘は、浮上している潜水艦を探知することで始まり、急速潜航した低速の潜水艦をソーナーで追尾して爆雷で攻撃する、のがパターンだ。潜航が遅れれば、砲撃することもある。浮上潜水艦をレーダーや哨戒機が探知するのが、きっかけである。潜航中の潜水艦を先制探知することはない。潜航している限り安全だと、単純で重要な情報を乗員に教えておくことは、重要だ。

レーダーの電波もソーナーの音波も、周波数が高いと近距離で正確な探知が得られ、低いと遠距離での大雑把な捜索ができる。当時は遠距離捜索よりは、近距離の探知が優先された。だから、慎重に行動すれば水面に出た潜望鏡やアンテナがレーダーに探知されることはまずない。ソーナーも自衛隊では駆潜艇や初期の護衛艦に装備されていた旧式ソーナーの原型だ。実際には数百メートル程度でも確実な探知はないだろうが、わざわざ近づくこともない。

こんな理由で、敵の駆逐艦に探知される可能性は低いが、かりにも実戦だ。万が一に備える必要はあるし、備えがあれば憂いはなくなるものである。大戦末期にドイツが音響誘導魚雷を実戦投入するまで、潜水艦が駆逐艦を攻撃することはほぼ不可能だった。しかし、「あらしお」の八〇式魚雷は楽々と駆逐艦を撃沈できる。ただ、貴重な魚雷で価値のない駆逐艦を攻撃したくないだけだ。例外は敵駆逐艦に追われる事態だけである。

「念のため、爆雷攻撃に備えておく。爆雷防御」

「爆雷防御」とは古風な号令だが、海上自衛隊にも部署はある。被害を局限するため、防水ハッチを強化するなど、手間のかかる作業だが、安全第一だ。総員配置についているから、爆雷防御はすぐに完了した。

その間にも、米艦隊の動静はしだいに正確になっていく。作図指揮官の船務長が情報をまとめて報告する。

「水上目標を少なくとも二〇は探知中。ソーナーとESM（電波探知機）目標との整合で、M（マスター）2及び4が空母の可能性大。脅威目標は、最も南にいるM10でソーナーを使っています。CPA（最近接距離）は、約五〇〇〇。集団の概略的針は、二八〇度。的速は一五ノットで解析中です。概略距離は、二万から三万」

潜水艦での探知目標番号の付け方には法則がある。探知手段のアルファベットに番号を付けるのだが、複数のセンサーで同じ目標になれば、アルファベットがマスターを意味するMになる。Mは通常はマイクと呼ぶが、この場合だけ意味を重視してマスターと読む。潜望鏡なら目視つまりビジュアルのV（ビクター）、ソーナーならS（シエラ）、ESMならE（エコー）である。潜望鏡だけで探知した三番目の目標はV3（ビクタースリー）だが、ソーナー目標（例えばS9シエラナイン）と一致したら、M1（マスターワン）ってな具合である。

読者には煩雑だろうが、潜水艦ではセンサーごとに長所欠点があるので、目標を探知手段（センサー）ごとに分けて管理するのである。このやり方は、むろん米海軍から教えられた方法である。

小説の展開によって、この海軍（海上自衛隊）方式の目標呼称がわかりにくい場面になれば、臨機に読者にご理解いただきやすいような工夫をする。ここでは、実戦的な雰囲気を強調したいので、海軍方式をとっておく。

空母二隻を含む米艦隊は、「ホーネット」と「エンタープライズ」を中核とするTF16（第一六任務部隊）である。一日遅れて真珠湾を出た「ヨークタウン」を中核とするTF17は、まだ遠いからかすかな電波と音がかろうじて探知できるだけだ。

珊瑚海海戦で損傷した「ヨークタウン」は、当初三ヵ月と見られた修理を三日で終え、二隻の空母を追って三十日に真珠湾を出ていたが、日本海軍は同艦を行動不能とみていた。無理はない。珊瑚海で戦ったわが第五航空戦隊は、まだ戦力回復できず、内地にいる。

日本海軍は、固有編成を作戦所要に応じて区分する。これを軍隊区分と言い、ミッドウェー作戦についていえば、八六ページの編成がそれである。

米海軍の場合、日本の〇〇部隊に相当するのがTF（任務部隊：Task Force）で、番号を付与してTF16（第一六任務部隊）のように呼称する。

日本海軍の場合、〇〇部隊というのは大体艦隊レベルで、例えば先遣部隊は第六艦隊であり、先遣部隊指揮官は第六艦隊長官（中将）である。

米海軍のTFは、日本海軍の艦隊以下戦隊以上に相当する規模で、指揮官は少将クラスが任命される。TFを構成するのは、TG（任務群：Task Group）で日本側の戦隊または隊に相当する。TGの番号は、TFと同じものに、「・」を挟んで群の番号を付与する。TF16には、TG16・2（第一六・二任務群）、TG16・4（第一六・四任務群）、それとTG16・5（第一六・五任務群）の三個群がある。TF17も同様に、・2、・4、それに・5の三個群を有する。

この命名法は、今日まで踏襲されており、その使い勝手の良さが想像できる。

当時の米海軍には、番号の艦隊はなく、太平洋艦隊、大西洋艦隊、それにアジア艦隊が作戦部隊であった。アジア艦隊はフィリピンにあったが、開戦早々、壊滅的被害を受けて、残存兵力は太平洋艦隊に吸収された。

TFの番号が十番台なのは、第一艦隊隷下ではなく、太平洋艦隊隷下の任務部隊ということだ。それが、のちに第三艦隊や第五艦隊が創設されると、TFも三十番台や五十番台を与えられて、所属艦隊が分かるようになる。

TFは独立行動ができる作戦単位で、空母中心の場合、機動部隊と俗称されることが多い。公刊戦史でも、太平洋で作戦した米任務部隊は、たいてい機動部隊とされている。

ちなみに、現在の第七艦隊隷下のTFは、TF70やTF74など七十番台の番号が与えられている。TFの下にはTG（任務群：Task Group）があるが、番号は上級部隊のものを使用している。だから、TG74・2は、第七艦隊第七四任務部隊第七四・二任務群とわかるのである。

これに対して日本海軍は、部隊名が漢字では長いため、主力部隊をMB、機動部隊をKdBなどと英略語化する。固有編成でも第一艦隊は1Fなどと略する。海上自衛隊は、固有編成は護衛艦隊EF、航空集団AFなどと旧海軍の伝統を踏襲するが、部隊区分（軍隊という単語を使えないからそう言う）では、米海軍に倣ってTF、TGなどを使用する。部外者には複雑で難解に思えるが、慣れてしまえば法則性があるから、却って覚えやすく使いやすい。なにしろ合理主義では世界一の米軍方式だ。

ともかく、ミッドウェー海戦には、太平洋艦隊隷下の第一六及び第一七任務部隊という二つの空母機動部隊が参戦している、と理解して頂ければよい。

米海軍任務部隊編成例

艦隊 F	任務部隊 TF	任務群 TG	構成部隊
	昭和17年		
太平洋艦隊	第16任務部隊 TF16	TG16.2	第6巡洋戦隊
		TG16.4	第1駆逐隊
		TG16.5	「エンタープライズ」「ホーネット」
	第17任務部隊 TF17	TG17.2	「アストリア」「ポートランド」
		TG17.4	第2駆逐隊
		TG17.5	「ヨークタウン」
	昭和19年		
第5艦隊 5F	第58任務部隊 TF58	TG59.1	空母4隻 巡洋艦5隻 駆逐艦14隻
		TG58.2	空母4隻 巡洋艦3隻 駆逐艦12隻
		TG58.3	空母4隻 巡洋艦4隻 駆逐艦13隻
		TG58.4	空母3隻 巡洋艦3隻 駆逐艦14隻
		TG58.7	戦艦8隻 巡洋艦4隻 駆逐艦14隻
	昭和60年 (煩雑なため一部のみ)		
第7艦隊 7F	第70任務部隊 TF70	TG70.1	空母「ミッドウェー」戦闘群
		TG70.2	空母「キティ・ホーク」戦闘群
		TG70.10	戦艦「ニュージャージー」戦闘群
	第71任務部隊 TF71	TG71.1	7艦隊旗艦「ブルー・リッジ」
		TG71.8	在韓米海軍司令部
		TG71.9	在日米海軍司令部
	第72任務部隊 TF72	TG72.2	沖縄航空哨戒群
		TG72.3	フィリピン航空哨戒群
	第73任務部隊 TF73	TG73.2	艦隊補給群
	第74任務部隊 TF74	TG74.1	潜水艦攻撃群 A
		TG74.2	潜水艦攻撃群 B
	第75任務部隊 TF75	TG75.1	水上戦闘任務群 A
	第76任務部隊 TF76	TG76.3	両用即応群 A
		TG76.8	両用即応群 C
	第79任務部隊 TF79	TG79.1	第9海兵旅団
		TG79.2	第3海兵師団
		TG79.3	第1海兵航空団

ミッドウェーの東で「あらしお」が対応しているのは、スプルーアンス少将が指揮するTF16（第一六任務部隊）である。空母「ホーネット」「エンタープライズ」と護衛の巡洋艦六、駆逐艦九隻で、さらに駆逐艦二隻に護衛された給油艦二隻が随伴する。長期間の作戦では、最初に燃料がなくなる。とくに駆逐艦など小型艦は燃料搭載量が少ないから、洋上補給が必要だ。他の戦域で、給油艦が撃沈されたため、空母機動部隊が行動を中止したことがある。給油艦を沈めれば、一定期間敵の行動を制約することができるのである。

このように、接近する米機動部隊は合計二一隻だったが、比較的密集した集団だったため、正確に二一隻とは類別できなかった。しかし、特徴のあるエンジン音とレーダー波から、空母二隻は確実に類別、捕捉していた。さらに、その後方にはもう一隻弱い電波を出す空母がいる。電波が弱いのは、距離が遠いからである。

攻撃より報告だ。電波を出すのは今のうちにかたづけておこう。

「短波マスト上げ、発見報告」

電信室では、派遣されている佐々木二等兵曹が電鍵についた。

短波マストが高々と水面に上がり、電報が打たれた。この瞬間、ミッドウェー海戦は歴史の分岐点を曲がり、新しい展開をみせるのである。歴史は変わる。

六月一日（現地時間五月三十一日）「大和」聯合艦隊司令部

「あらしお」からの電報が届いた。ちなみに、敵発見報告は暗号を使用しない。

「敵艦隊発見　ミッドウェーの〇五〇度（北東）三五〇浬（六四八キロ）空母二隻を含む約二〇隻　概略針路二九五度　速力一五ノット　さらに空母一隻を含む約一〇隻をその後方に探知中」

聯合艦隊司令部では、山本長官以下事情を知っている少数は、得たり、との感慨を得たが、多くの参謀たちは当惑した。

黒島先任参謀が、「一航艦でも、傍受しているでしょうが、空母が出てきた以上、作戦方針を空母撃滅と明示する必要があるでしょう」と発言した。

参謀長宇垣少将も、「本作戦は、GF（聯合艦隊）の指揮下である以上、GFの責任上念を押すべきと考えます」と同意したものの、不安も述べた。

「しかし、ミッドウェー攻略はどうします。ミッドウェーを放置して空母だけを相手にすると、陸上機から襲われる危険が生じます」

長官は決心した。

「ミッドウェー攻略は既定方針どおり、作戦は変更しない。ミッドウェーへの空襲と空母攻撃の優先順位は、南雲部隊の索敵次第で、かれらに任せよう。ただ、当面の重要目標が敵機動部隊であることは、確認させる」

作戦に参加している日本艦隊は、敵空母の出撃を知ってがぜん張り切った。

「赤城」第一航空艦隊司令部

GF長官宛ての発見報告は、第一航空艦隊の大型艦でも傍受されていた。しかし、事情を知るものが少ないため、多少の混乱があった。

発信艦所の「あらしお」とは何だ？　敵の偽電ではないか？　との疑問が湧いたのも、当然であろう。駆逐艦「荒潮」は、別の場所にいるし、短波で送られた電波の質も味方にしてはクリアだった。

それに、潜水艦一隻で、遠距離にいる敵機動部隊の詳細を把握できるのは不可解だ。おまけに、離れた二群の部隊を手に取るように把握しているではないか。

そこで一部の指揮官や参謀が、新型潜水艦の情報を思い出した。たぶん、それであろう。

そこへ山本長官が、この電報に基づいた対敵行動を命じてきた。出撃前の打ち合わせでは、重要な作戦転換は聯合艦隊から指示されることになっていたし、「あらしお」の情報を保障するような聯合艦隊からの電令が、発せられた。

「第一機動部隊（南雲部隊）ハ　ミッドウェー北東ニアル敵空母機動部隊二群ヲ撃破スベシ」

南雲部隊では聯合艦隊から明確な指示を受けて、敵機動部隊へ備えた。ミッドウェーへの奇襲はできなくなったが、いないはずの空母がいるなら、千載一遇の好機である。

索敵計画は修正されて、ミッドウェーの東から北の海域に重点を移した。ミッドウェー攻撃と空母攻撃の双方に備えた攻撃隊は、空母の発見に期待して待機した。

米海軍　ＴＦ16（第一六任務部隊）

日本艦隊以上に驚愕と混乱を生じたのは、発見された米機動部隊ＴＦ16である。「あらしお」の電報は至近距離で傍受された。感度が高かったし、平文だから、自隊の発見報告であることはすぐに知れた。ＴＦ17や陸上での傍受との方位整合でも、部隊の南方近距離と出た。

スプルーアンス少将は、重巡「ミネアポリス」から水上偵察機を発進させたが、発見できなかった。電報発信を終えた「あらしお」は、敵の捜索を予期して深深度に潜航し、ソーナーでの接的運動中だったからである。

ことの重大さに鑑み、少将はさらに駆逐艦二隻を予想位置に派遣して捜索させたが、やはり何も探知できずに終わった。発見電報を発信したのが潜水艦なら、長時間の潜航はできないだろうし、移動距離も知れている。水偵と駆逐艦はそのまま現場の制圧を継続することにして、空母以下の主力はそのままミッドウェーの北に向かった。

駆逐艦と偵察機が頭上にいれば、潜水艦は頭を出せないから、空母は無事に離脱できるはずだ。

日没まで制圧すれば、この潜水艦を振り切れるだろうし、たぶん撃沈も期待できる。しかし、発見報告は奇襲がなくなったことを意味する。電波封止も意味がなくなった。後続するフレッチャー少将や、ハワイの太平洋艦隊に発見されたことを連絡した。

潜水艦に発見されたとはいえ、空母同士が雌雄を決する戦闘では、お互いに相手の空母の位置を知ることから始まる。いわば、まだ条件は対等であり、索敵機はミッドウェーの飛行艇を使える米側に有利ともいえる。そう、自分に言い聞かせてスプルーアンス少将は気を落ち着けることにした。

「あらしお」

発見報告をした「あらしお」は、敵の目的地をミッドウェーの北約三〇〇浬（五五五キロ）と予想し、全没して北上しつつあった。東方数浬の海上には、二隻の駆逐艦が捜索に来ているようだが、この距離では探知されることはない。おそらく、上空には一機以上の航空機が目視捜索をしているだろうから、浅い深度は避ける。

ＤＲＴに付きっきりだった船務長が報告してきた。

「電報発信位置から、二〇マイル（約三七キロ）離隔しました。敵駆逐艦二隻は、発信位置の南約二マイル（約四キロ）を中心とした円形捜索を実施中。円の直径は約五〇〇〇（メートル）です」

敵駆逐艦の捜索は、やり過ごしたとみていいだろう。当時の潜水艦の水中速力は最大八ノット程度だが、高速だと電池の消耗が激しいから、三ノット程度に抑える。それでも丸一日持つか持たないかだし、潜航深度も一〇〇メートル程度である。

当然、敵駆逐艦も潜水艦速力を三、四ノットと見積もり、半日もすれば電池切れで浮上してくる、と判断しているだろう。生憎「あらしお」の水中最大速力は二〇ノットだ。電池の消耗の少ない八ノットで発信位置から離隔しながら、余裕をもってミッドウェーの北へ移動しする空母部隊を追っている。

敵機動部隊にしても、日本の潜水艦が南の近距離にいると判断すれば、予定針路より北に移動するだろうが、日本の機動部隊を攻撃するためには、あまり北に動くことはない。当時の潜水艦性能をもとに戦術判断しているから、針路変更も小規模であろう。

発見報告をしたため、全没回避を余儀なくされて、一旦は敵機動部隊から離れざるを得なかった。しかし、全没していても音は聞こえる。ソーナーでの追尾と目標運動解析は続けられている。「あらしお」が針路と速力を大きく変えたこと、敵が最近接距離を通過したことなど、好条件が揃って解析精度はぐっと上がった。しかし、もう遠い。

「M2（マスター2　空母）の的針三〇〇度、的速一八ノット、距離三万四二〇〇（メートル）。徐々に離れます」

雷撃のチャンスを逸したが、それは発見報告を優先したためだ。戦術的戦果より戦略的情報提供を優先した結果で、作戦上のミスではない。それに、敵は太平洋を横断するわけではなく、ミッドウェーの北方で後続の空母を待つはずだ。後続空母を待ち伏せすることもできるし、このまま先行した部隊を追尾することもできる。

ハープーン二発での攻撃も考えたが、密集陣形の敵に打ち込んでも、空母以外の目標にホーミングする可能性も高い。攻撃は、条件を整えてやり直すことにした。

攻撃を断念して全没回避に移ったから、総員配置の戦闘配置は解除され、三直制の哨戒直に戻した。この時代のことだから無音潜航も必要ないが、電池節約のために哨戒無音潜航としてある。

「電池容量はどうだ？」

哨戒長の機関長が、即答してきた。哨戒長としては当然だし、電池管理は機関長の仕事だ。

「一二〇ポイントを切ったところで、できれば充電したいと思いますが」

質問に機械的に答えるだけでなく、主体的な判断をするのが潜水艦乗りというものだ。艦長はその主体性を尊重する。

電池容量はポイントで表現する。鉛蓄電池の電解液比重は、完全充電状態で一・二八、完全放電で一・〇八で、その差が〇・二である。これを二〇〇とみなすのである。燃料の場合は物理量で管理できる。速力に応じて一時間当たりの燃料消費量が把握できる。燃費である。距離当たりの燃料消費量としてもいいが、時間で見るか距離で見るかの差で、速力に応じて変化するのは同じだ。

電池の場合、減り具合は電解液の比重の減少で把握する。消費電力に応じた比重低下量を把握してあるから、速力に応じた比重の消費量？　も分かる。速力に応じた一時間当たりの必要ポイントのデータが揃っている。

実際の数字は伏せざるを得ないので、近い数字で説明すると。

速力五ノットで一時間当たり五ポイント消費するとしよう。満タンで二〇〇だから、四〇時間走れることになり、その距離は二〇〇マイルということになる。実際には、完全充電すると水素が発生するし、完全放電すると電極が逆転する事態になるから、百数十ポイントの範囲内、数十パーセントしか使えないのだが、読者にとっては細かい話はどうでもいいだろう。

だから、機関長が一二〇ポイントと報告したのは、全量が二〇〇だから六割残っているということだ。まだ余裕はあるが、充電はこまめにやっておいた方がいい。

「よし、露頂して状況を見よう」

発見報告は日本時間の一日午前、現地時間では三十一日の午後だったから、そろそろ日没だ。水上偵察機もあきらめて帰るだろう。近くには敵の水上艦もいない。

日光が残っている間に海上の様子を確認し、暗くなってスノーケルをやればいいだろう。艦長の意図を理解した哨戒長は、仕事を始めた。

「深さ五〇」

八ノットのまま、すぐに五〇メートルの深度に達した。

「前進微速。ソーナー全周精密捜索」

心配なのは、敵の潜水艦だ。戦史では一九隻の米潜水艦が投入されて、戦果を得ずに終わったことになっている。配備位置も、ミッドウェーの西だから、このあたりにはいないはずだが、実戦だから何事も慎重に越したことはない。

変針して艦尾方向のソーナーの死角も捜索が終わり、周囲に目標はいないことが報告された。

「露頂します」

「了解」

「露頂する。前進半速、深さ二〇」

「深さ二〇、アップ五度」

次々と号令が飛び交い、「あらしお」は五度艦首を上げて海面に向かった。

潜望鏡が水面を切って、薄暗くなった海面をなめるように一周した。海面にも上空にも敵の姿はない。回避は成功したようだ。未明に敵に接触して以来、一日を解析と回避で過ごしてしまった。しかし、敵機動部隊の発見報告の価値は高いはずだ。

「全周目標なし、ＥＳＭマスト上げ、捜索始め」

艦長は、潜望鏡を二本にし、さらに赤外線での捜索も命じた。暗くなれば、敵は性能の悪いレーダーだけが頼りだが、その電波はＥＳＭではるか彼方から探知できるし、こっちには暗くても見える赤外線がある。

感度の弱いレーダー波は、雷撃機会を逸した先行部隊のものである。方位は北北西。さらに弱い電波が南東方向に入っている。遅れて出撃した「ヨークタウン」グループ（ＴＦ17）であろう。高速で遠ざかるＴＦ16を無理して追うより、現在地で「ヨークタウン」を待ち伏せる方がいい。敵空母の発見報告は送ったから、南雲部隊はやすやすと奇襲されることはないだろう。もう無理をすることはない。

艦長は、決心を変更した。

「先ほど探知した敵機動部隊への追撃は中止する。新たに探知した別の機動部隊をこの付近で待ち伏せる」

攻撃すれば回避しなければならず、それには電池が必要だ。余裕のあるうちに充電する。

「スノーケル用意、二機運転」

雲量六割程度の上空は、しだいに光を失っていく。この時代、航空機は夜間は飛ばない。飛んでも敵が見えないからだ。夜戦で照明弾を落としたり、敵地の夜間偵察など例外はあるが、捜索の場合、夜間飛行は意味がない。

「あらしお」は安心してスノーケルを始めた。

自分のエンジンのため、艦首のソーナーは雑音に邪魔されているが、艦尾から引いている曳航ソーナーには、敵の集団音が入っている。ＥＳＭも、がっちりと空母や巡洋艦のレーダー波を捕捉している。

潜望鏡で海上をなめるように捜索しつつ、赤外線も使って警戒を続ける。暗くなると人間の眼より赤外線の方がはるかに役に立つ。敵にはこんな便利なものはまだない。

赤外線マストは、艦橋の右前方に装備されており、潜望鏡よりかなり太い。だから、平成の時代では、敵に近い距離ではなかなか使いにくいが、今はワンサイドゲームだ。少しくらい大きくても、敵が持っていない以上、完全にこっちのものである。モノクロだし、遠近感もわかりにくいが、闇夜にカラスが見える道具だ、ぜいたくは言えない。

一時間ほどのスノーケルで、充電だけでなくゴミや汚水の処理も終えて、準備万端となった。スノーケルの間にも、敵との距離を詰める。

赤外線モニターに、白い点が見えたのは日本時間二日〇〇：〇〇（現地時間一日〇三：〇〇）頃である。ソーナーには、敵ソーナーの発振音とエンジン音が連続して入っている。

まだ距離はあるが、作業に人手が必要だ。多数の水上目標が相手の場合、個々の運動解析には手間がかかる。哨戒直の人数では、二、三隻の解析が限界である。非番直の乗員たちも、落ち着かない様子だ。仕事を与えた方がいいだろう。

「配置につけ、魚雷戦用意」

戦闘配置が下令されて、全乗員が持ち場についた。比較的暇なのは、便乗の海軍の連中だ。それでも電信員は電信室に、魚雷員は発射管室で待機している。当面自分たちの仕事はないが、この未来の潜水艦で、同僚たちがどんな仕事をするか興味津々だ。情報の集まる発令所に来てもよいと艦長は許可をくれたが、あそこは士官の領分で、却ってわかりにくい。自分の持ち場と同じ場所で見ている方が、彼らには好ましく思えた。

例えば、魚雷の上田兵曹長。彼は潜水艦の掌水雷士だったが、潜水学校教員の横山二等兵曹とともに急遽、便乗を命じられた。積み込んだ海軍の九二式魚雷調整のためである。人事上は出張ということになっている。海軍の籍のない潜水艦に乗り組むのだから、出張でも無理な人事発令であろう。

日本出発前、魚雷の積み込みから始まって、ここまでの航海中も魚雷調整に忙しい毎日だった。浮上しないこの艦には、潜水艦乗りにとって一番きつい見張り勤務がない。潜水艦勤務は厳しいものだが、なかでも水上航走中の艦橋見張りが心身ともに疲れる。それがないのだから、まるで嘘のような快適さだ。

「水上航走」という言葉も、この艦で初めて聞いた。潜水艦といえども、ほとんど水上を航海するのが常識だったからだ。わざわざ水上の航海というくらい、この艦は潜りっぱなしだ。

当時の潜水艦はどこの国でも、敵に会うまでは水上を走るのが常識だ。その間に充電や高圧空気の充塡をする。敵を発見したら、急速潜航で戦闘準備に入る。潜航に要する時間は、秒単位で短縮する猛訓練をする。そして、敵は一瞬でも早く発見しなければならない。敵が飛行機だったら、あっという間に上空に達し、銃爆撃を食らって、お陀仏だ。

見張りはそれこそ目を凝らして、水平線を見張る。潮風や飛沫を浴びながら目を酷使する見張りは、貴重な真水を盃に一杯支給され、それで目を洗う。そんな見張り勤務がないのである。

真水といえば、貴重だと言いつつも、この艦ではシャワーが出る。それも温水だから驚く。食事も陸上と同様の結構な献立がいつまでも続いている。さすがに青野菜はなくなってきたが、根菜類や玉ねぎは食堂の椅子の下にあるし、何日たっても魚や肉まで出てくる。敵の米軍ですら、こんな贅沢はしていないだろう。

献立だけではない、食事の場所や食器も贅沢なものだ。士官ならともかく、下士官兵まで食堂で食事するなど、海軍なら大型艦でも無理だ。食事とは居住区でかきこむもの、と思っていたが。

准士官の上田兵曹長は、空きのある副長室にベッドをもらって、食事も士官室でとるように手配されたが、他の便乗者と一緒にいたいと無理を言い、魚雷発射管室の仮設ベッドに寝て、科員食堂で食事をとっている。それでも、海軍の潜水艦よりは快適極まりないのだ。食堂では、先任海曹（海曹とは変な呼び方だし、普段はアメリカみたいにCPOと呼ばれている連中だ）同様のサービスを受けているから、なおのことだ。

当直のない彼ら便乗者は、艦内を自由に見学できるよう艦長の許可をもらったから、退屈することはなかった。それぞれの情報や感想をベッドに横になって語り合うことで、より状況を理解できた。三人寄れば文殊の知恵である。

彼らが感心したのは、艦内生活の下世話なことばかりではむろんない。戦闘艦としての能力も、なかなかのものだと知った。

ここまでの航海の途中、発令所で露頂手続きやスノーケルのやり方を見学してきて、その独特な緊張感と練度の高さを感じてきた。海軍の潜水艦にはない手続きだが、「あらしお」にとっては大事な作業らしく、慣れた様子だが緊張は欠かさない。

だから、准士官や下士官の彼らにも、いやベテランの彼らだからこそ、熟練した艦の雰囲気を感得している。艦に命を預けている便乗者としては、艦の練度は気になる。しかし今では安心して乗っていられる。状況が分かりにくい電信室や魚雷発射管室で待機していても、さしたる不安はないのだ。

「あらしお」の乗員たちも、実戦経験のある海軍軍人たちの落ち着いた様子から、却って安心感を得る、そんな相乗効果が出ている。

　いきなり魚雷を喰らう米海軍の連中こそ、気の毒である。


六月二日（現地時間一日）ＴＦ17（第一七任務部隊）

「ヨークタウン」座乗のフレッチャー提督は、胸騒ぎがして艦橋に出てきた。艦長のバックマスター大佐は艦長室で就寝中だが、米海軍には日本のような形式的な礼儀はない。提督を見つけた当直士官も、艦長に報告しようとはしなかった。

　そもそも灯火管制で灯を落とした艦橋では、羅針盤や速力通信器など少数の機器から、絞られた灯が漏れるのみで、目が慣れるまでは歩くことすらできない。当直士官が提督に気づいたのは、ずいぶん経ってからだった。

　フレッチャー少将は、昨日スプルーアンス少将から受けた警報が気になって仕方がない。ＴＦ16の至近距離で、敵の潜水艦が発見報告をしたという。平文だから内容はわかっているが、わが方の動静をきわめて正確に報告していた。どんな手段で測的したのだろう。

　空母作戦では定評のある彼は、第一次大戦にも参戦した砲術将校出身である。敵艦までの距離を測定し、敵艦の針路速力を目測して砲弾を送り込むのが専門だった。大型艦の艦橋から、敵艦を連続して観測できても正確な動静把握は難しい。

　それが、潜水艦だ。こっちは発見できなかったというから、潜航していたのだろう。潜望鏡さえ見つからないように限られた時間だけ使用して、隻数もほぼ把握している。針路も速力も、正確だ。空母二隻が潜望鏡で見える距離なら、陣形の内側のはずだ。しかし、方位測定された電報発信位置は陣形の外らしい。それならどうして空母が二隻とわかるのだ。音を聞いて識別したのだろうか。そんな高性能のセンサーが日本にあるとは信じがたい。

「うーむ、不安だ」

つい、独り言が出た。

「は？　何か言われましたか？」

当直参謀が、指示を受けたのかと聞いてきた。それを潮に、作戦会議を決心した。

「就寝中に気の毒だが、参謀たちと艦長を作戦室によんでくれ」

さすがに爆睡していた者はおらず、メンバーはすぐに揃って作戦会議が始まった。日本と違って、指揮官が最初に話すのがアメリカ流だ。

「TF16を発見した敵潜水艦が気になる。その電文は皆も承知しているだろうが、針路速力、兵力をきわめて正確に把握している。さらに、本TFの存在までも承知している。潜航したままの潜水艦がこれだけの仕事をするとは不可解だし、本TFも危ない気がする」

この不安は、参謀長以下だれもが共有していた。艦長が発言した。

「TF16の至近距離で観察していて、護衛の駆逐艦や哨戒機に発見されていない点、はるか東方のわがTFを探知している点、これらを考慮すると、複数の潜水艦がいるのではありませんか」

その可能性は高いが、発信した潜水艦は一隻だ。複数配置されているなら、複数の潜水艦がそれぞれ発見報告をするはずだ。だいいち、潜航したままの潜水艦の情報をどうして一隻に集められるのだ。

通信参謀が、専門的意見を述べた。彼は、敵信傍受の担当でもある。

「発見報告まで、付近で敵潜水艦の電波は捕捉されていません。電波はＨＦ（短波）を使用していますが、これまでの敵の電波に比べ、電波の品質が格段に良好です。発信の特徴は従来の日本海軍と同様ですが、新型の通信機を使用したものと思われます。つまり、新型の潜水艦の可能性大です」

艦長は航空作戦に詳しいから、日本潜水艦の搭載する水上偵察機の可能性を指摘した。

「敵が巧妙に水上偵察機を発進、回収したとすれば、その疑問も解けます。ただ、わが方がその偵察機を発見していないのは妙だし、敵艦隊の近くでの発進や回収は至難でしょう。しかし、それなら上空からの偵察で針路や速力など動静把握も可能です。論理的にではありますが、有能な搭乗員と神業の発進、収容作業が実現できれば、説明はつきます」

参謀長が、整理した。

「複数潜水艦が存在する可能性は否定できないが、相互に情報交換した形跡はない。発見報告は、新型の通信機により実施された。これらから導かれる結論は、水上偵察機や探知距離の長い捜索兵器を有する一隻の新型潜水艦が存在する、ということか」

かなり飛躍した結論だが、他に説明はつかない。では、対策は。

第一次大戦で対潜戦を経験した提督が、総括した。

「新型潜水艦として、建造開始はせいぜい一九三七年前後だろう。チャイナとの戦争を始めた頃だ。新型戦闘機や大型戦艦の情報はあったが、潜水艦に関する情報はなかったな。ドイツの潜水艦技術が渡った可能性もあるが、日本で建造するには無理があるだろう。それに大西洋で新型潜水艦が出現したという話も聞かない。情報部によれば、日本の技術は攻撃兵器に重点が置かれているとのことだ。通信関連は弱いらしいから、レーダーはないはずだ。わが方の電波を探知する手段はあるかもしれない。聴音器の性能は限定的だろう。電池にしても、わが国以上のものは作れまい」

対潜水艦作戦に関しては提督がもっとも経験豊富だから、参謀長以下、傾聴している。話は潜水艦の性能から、具体的な戦術行動の予測になった。

「一日を超える長時間の潜航はできないだろうし、その場合でも速力は二、三ノット（時速約五キロ）だ。潜航していては海上の動静がわからないから、潜望鏡やアンテナを出すために、たいていは五〇フィート（一五メートル）程度の浅い深度にとどまるだろう。回避する場合の潜航深度は最大三三〇フィート強（約一〇〇メートル）、速力は最大八ノット（時速一二キロ）程度だが、そんな速力だと一時間も持たない」

発見はむずかしいが、電池に依存して速力、水中持続時間に制限のある潜水艦を近づけないこと、に主眼を置くことになった。

当時の潜水艦の雷撃距離は、一〇〇〇メートル前後である。日本海軍では、八〇〇メートルが推奨されていた。それ以上離れると、命中率がガタ落ちになる。それ以上近いと、魚雷が一定深度に落ち着く前に、目標艦の艦底より深い深度を通過する可能性がある。日本海軍の場合、発射後魚雷は六、七メートル沈下し、四〇〇〜五〇〇メートルで安定した深度になる。だから、あまり近距離で発射したら、魚雷が目標の艦底下を通過してしまうのである。

ちなみに、日独はメートル法だが、米軍はヤードポンド法を使用する。

フレッチャー提督は、敵潜水艦を少なくとも一〇〇〇ヤード（約九〇〇メートル）、できれば二〇〇〇ヤード（約一八〇〇メートル）以内に近づけないように配慮した。高速で走る空母に魚雷を当てるのは難しくなるはずだ。

敵潜水艦は雷撃位置で露頂するはずだから、護衛の駆逐艦や巡洋艦を「ヨークタウン」から一〇〇〇から二〇〇〇ヤードの距離に配置して、潜望鏡を発見する。さらに、艦隊の前方に哨戒機を低空で飛ばして、浮上潜水艦や潜望鏡の発見に努める。

少なくとも、これだけの警戒態勢をとれば、敵潜水艦は水中に抑え込まれて、雷撃の機会を得ることはない。近くに新型潜水艦がいるとしても、その行動は完全に制圧できるはずだ。当時の魚雷は直進しかしない。数千ヤード以上の距離を高速で移動する目標に命中魚雷を与えることは極めてむずかしい。だから、日本海軍の水雷戦隊あたりは、軽巡洋艦以下十数隻の駆逐艦が同時に一〇〇本以上の魚雷を発射する態勢をとっているのだ。潜水艦の場合、同時発射魚雷は六本に過ぎない。

一応の対策はできた。まず、護衛陣形を整え、夜明けを待って、巡洋艦の水上偵察機を哨戒に飛ばす予定である。提督は、やっと安心して自室で仮眠をとることにした。

当直参謀が、陣形を指示する信号を発した。敵の潜水艦を警戒して、無線を使わず、発光信号が使用された。

ＴＦ17の新しい陣形は、「ヨークタウン」を中心に、前方一〇〇〇ヤードに重巡「アストリア」、左一〇〇〇ヤードに同「ポートランド」、右一〇〇〇ヤードに駆逐艦「ハンマン」、後方一〇〇〇ヤードに同「アンダーソン」、これが内側の輪形陣である。巡洋艦はその火力で敵の爆撃機や雷撃機を撃墜する。後方の駆逐艦は、発着艦で事故があった際、艦載機搭乗員を救助する任務もある。日本海軍では「トンボ釣り」と俗称される。

残り四隻の駆逐艦「グウィン」「ヒューズ」「モリス」「ラッセル」は、さらに外側、二〇〇〇ヤードの位置で対潜警戒につく。むろん、空襲の際には対空射撃で空母を守る。

戦術運動があまり得意ではない米海軍にとって、夜間にこれだけの複雑な陣形を作る運動はむりだから、明るくなって距離を詰めることにし、とりあえず倍の距離で陣形だけは整えた。それでも衝突しそうになった艦もあったが、舷灯だけは点けておいたから、直前で回避できた。

空母を中心に、二〇〇〇ヤードと四〇〇〇ヤードの二重円形陣形で朝を迎える。灯火管制をしている艦隊を、夜間に潜望鏡で狙うのは難しいだろうから、明るくなるまでに陣形を整えればよい。

夜明けまでにはまだ時間があるが、「アストリア」では、水上偵察機がカタパルト上で試運転を始めた。黎明に発進すれば、潜水艦が潜望鏡を使う頃には上空で哨戒が始められる。うまく行けば、夜間に浮上して充電している潜水艦が、潜航する前に発見できるかもしれない。

三日（二日）「あらしお」

駆逐艦や水上偵察機の捜索を振り切った後、「あらしお」は、夜を徹して露頂哨戒を続けていた。潜望鏡、赤外線、ＥＳＭが暗い水面に出ている。艦長は頭と体を休めるため仮眠を取り、副長がその間、哨戒長以下を監督している。これが、海上自衛隊潜水艦の普通のやり方である。

昨日は、発見報告を優先して二隻の空母を見逃したが、その後、後続の空母一隻を中心とする別の艦隊を探知した。数時間前に陣形を整理したようだが、艦隊としての基準針路や速力には変化はないようだ。概略針路は北西の二八〇度、速力は一五ノットと見積もっているが、魚雷を正確に当てるには、もう少し解析を続けなければならない。とくに距離がはっきりしないから、魚雷の射程に入ったかどうかわからないのだ。

目標が遠距離でこちらに接近中の場合、探知方位が不正確だし、その変化も少ないのがふつうである。時間がたてば、信号の感度が上がって方位精度も向上するが、変化量が少なければやはり解析は不正確なままだ。ただ、方位変化が少ないことはほぼこっちに向かっているとみなせるから、針路は出る。南東に探知して方位が変化しなければ、北西に向かっているとみなすのである。

速力はスクリュープロペラの回転数が取れるまでは、常識的な数字を仮定する。戦闘艦の場合一二～一五ノット。空母機動部隊は高速が特徴だから一五ノットとしておく。

学校優等生はこんな応用は不得手で、きちんと答えが出るまで（その時は遅いのだが）仮定の数字で行動することを嫌がる。常識や創造性自体が価値あるデータとは考えず、いい加減な数字と考えるようだ。

本居2佐は、信頼に足るデータが得られたと判断しているから、夜明け前には総員配置の戦闘部署に変えた。潜望鏡には副長と機関長をつけているように、これからは人手が必要になるし、全乗員が作戦に参加すべきだと思うからだ。

センサー（捜索兵器）は、使える時に目いっぱい使って敵の情報を収集すれば、勝利につながる。現代の潜水艦は、深く潜っても使えるソーナーが主体だが、潜望鏡、赤外線、ESMなどすべての捜索手段を活用すべく、状況の許す限り露頂する。攻撃型原潜でも、九割以上は露頂哨戒と言われるくらいだ。

露頂とは、潜水艦の艦体は水面下に沈め、潜望鏡やアンテナだけを水面に露出することをいう。露頂深度とは、潜望鏡深度ということでもある。

浅い深度だと電報受信にも好都合で、上級司令部からの情報も得られる。アンテナを水面に出すのはもちろんだが、艦体に装備されている水中のアンテナにも、電波は届くのである。当時の日本海軍も、セイルに装備されたアンテナで長い波長の電波を受信していた。

ところで昔も今も、潜望鏡は最も頼りになるセンサーである。

潜望鏡についている二人とも、戦闘配置（襲撃配置）では、それぞれ任務はある。しかし、交戦するまでは潜望鏡見張りが大事だ。戦闘部署では襲撃指揮官（艦長）が潜望鏡観測をするが、目下の状態は観測以前、捜索の段階だから、艦長は頭と眼を休めておくことにした。なにしろ実戦なのだ。万全を期す。

先の空母二隻は、発見報告を優先して見逃したが、今度は確実にしとめるつもりだ。

まだ暗い水平線に、赤外線で白点が見えてから三〇分が経つ。前方警戒の駆逐艦であろう。まだ潜望鏡には何も見えないが、ソーナーの探振音とエンジン音も同じ方位に探知している。

レーダー波は三波、アクティブソーナーの探振音は五つである。レーダーは大型艦のものだろうから、空母一隻と巡洋艦二隻、ソーナー捜索しているのは駆逐艦で五隻。これが状況判断だが、戦史とも一致している。艦長の後ろの海図台の隅には、戦史叢書が置いてある。戦史をそのまま鵜呑みにするのは危険だが、参考にはなる。把握した状況を戦史で確認するやり方なら、害はなかろう。そう艦長は判断している。

戦史上では敵空母三隻はミッドウェーの北東に身を隠して、日本側がミッドウェー空襲部隊を収容するタイミングに、南雲部隊を襲っている。後続の空母も、先行した二隻の待機位置に向かうとして、針路の想像はつく。しかしそれは艦長の腹に収めて、部下の解析を待っているところだ。

八隻は少ない数ではないが、艦長の適切な指揮で重要目標とそうでない目標を分けているから、混乱もなく順調に解析は進んでいる。敵集団内個々の艦の速力は、二、三ノットは違うようだし、之字運動をしているため針路も定まらない。しかし、長い時間かけて平均値も出たから、部隊の基準針路と基準速力はわかってきた。

基準針路はやり過ごした前の部隊より一〇度ほど西寄りの二八五度。探知位置からみると、前の部隊より航路が偏移しているから、会合点に向けて修正しているのだろう。速力は、少し早いようだ。会合を急いでいるのだろうし、給油艦を伴っていないから、身軽なせいだろう。

指揮装置のデジタル画面と手書きの作図を見ながら、艦長は頭の中に今と将来の合戦図を描いていた。

空母は陣形の中心。護衛は大型艦二隻と小型艦五隻。もっとも近くを通過しそうなのは、現在赤外線で探知している小型艦、たぶん駆逐艦だろう。陣形の左前方を警戒している。最近接距離は五〇〇〇乃至八〇〇〇（メートル）。ジグザグの針路をとっているから、誤差がある。それでも数千の距離はとれるから、探知される恐れはまずない。このまま北上して、もう少し距離を詰めよう。

狙うは、無論空母だ。戦史では「ヨークタウン」のはずである。「蒼龍」に命中弾を与えた艦爆は彼女から発艦したから、これを沈めておけば、海戦の結果に大きな変化を与えるだろう。戦史でも、海戦後結局撃沈されるが、海戦前に沈めるか海戦後に沈めるかは大違い、海戦の帰趨はまったく違ってくるはずだ。

このままだと、空母は約一万（メートル）を通過する。手前には駆逐艦が二隻。駆逐艦をやり過ごして雷撃するか、ぜんぶ沈めるか。刻々変化する状況をもとに、艦長の頭は高速回転する。

一番近くを通る駆逐艦をやり過ごして、空母を誘導で確実に沈めることにした。その後、敵の動きを見ながら本艦を攻撃する可能性のある敵を、一隻ずつ沈める。敵に探知されなければ、そのままだ。八〇式魚雷一本で不十分なら、空母をさらに雷撃する。

「状況を達する」

戦闘配置についている部下に、自分の意図を説明するのだ。

「現在、おおむね〇六〇度から〇八〇度にかけて、空母を含む八隻をＥＳＭとソーナーで探知中である。前方を警戒中の駆逐艦らしい目標は、赤外線でも探知した」

潜望鏡についている副長と機関長も、聞き耳を立てている。潜望鏡を旋回させるペースが乱れたから、かなり艦長の指示に注意していることが分かる。発令所の多くの部下は、艦長に視線を向けている。暗い赤灯の下でも、目が慣れればよく見えるものだ。

「敵は個々に之字運動をしているが、部隊としての基準針路は二八五度、速力は一五ノットプラマイ二ノット程度。護衛の巡洋艦や駆逐艦は、空母を中心とした二重の輪形陣を組んでいるようで、外縁まで四〇〇〇～五〇〇〇（メートル）」

作図指揮官の船務長は、報告していない内容まで艦長が把握していることに舌を巻いた。自分の頭の中に、作図装置があるらしい。

「八隻を解析するのは手に余るから、空母より北の目標は無視したままでいく。解析優先目標は空母、脅威目標は近距離を通過する駆逐艦。空母より南の他の目標は、距離だけ出せ。針路速力は、空母のデータを流用する」

腑に落ちる話が続く。部下の能力を超える要求はしないのが、本居2佐のやり方だ。無理や無茶を絶対に言わない。当たり前のようだが、練度の低い艦長ほど、無理を言う。教科書だけを重視して、実情を無視して要求する。これを教条主義という。建前を根拠にしているから強気である。

「どうなっているんだ。早くしろ」と騒ぐ艦長は意外に多い。指揮を執る本人が動転して、意図を示すこともない。「どうなっているんだ」ではなく、まず「どうする」と言うべきである。

訓練を重ねた潜水艦乗員は、適切な指揮を受ければ高い能力を発揮する。個々の乗員の能力と努力を一つに集約させるのが、指揮というものである。そのためには、部下の努力のベクトルを一致させなければならない。目的と違う方向を向いたベクトルは、大きいほど害が大きい。部下がなんのためにそれをするのか、理解させなければベクトルの向きは合わない。指揮官の意図を部下に理解させること、これは意外に難しい。部下の理解度を無視して言いっぱなしの指揮官が実は多い。聞くことと理解することは違う。理解できるような言い方があるのだ。

本居2佐の指揮法は単純だ。常に意図を明確にする。それも最初に示したらぶれないので

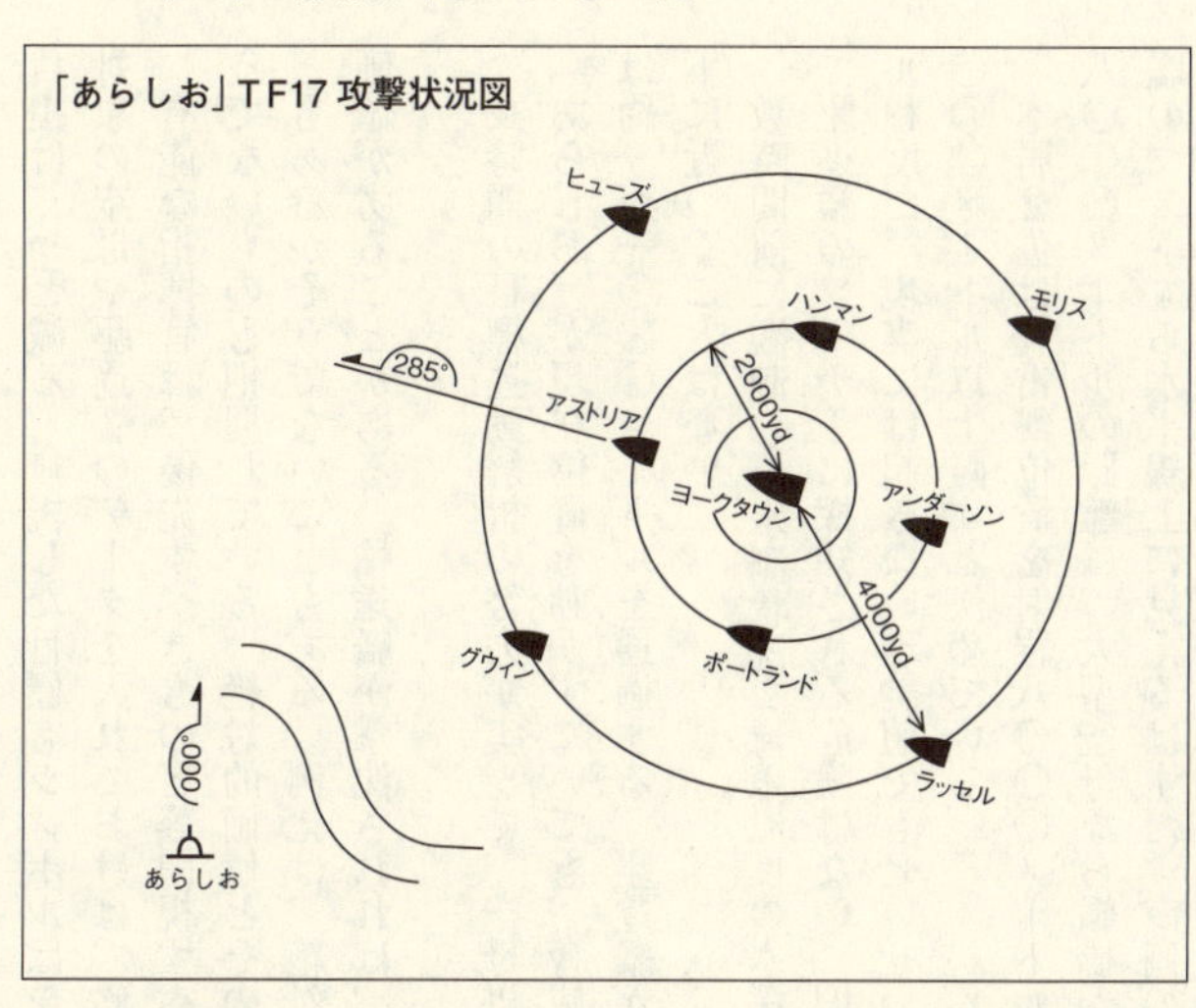

ある。報われない努力は空しいが、報われると意欲は増すものだ。陸軍にも簡明の法則というのがあり、作戦や指揮の上で重視されている。簡単にかつ明確に意思表示することを強調するものだ。洋の東西、軍種を問わず、優れた指揮官は簡明に指揮をする。

こうして部下たちは、艦長の意図をしっかり理解した。目的は空母の雷撃である。空母の左（南）にいる三隻の直衛艦を警戒しつつ雷撃位置に向かう。もっとも危険なのは空母の左前方を警戒する駆逐艦で、これが最も近くを通過するから脅威目標とみなす。次に危険なのは、空母の左後方の駆逐艦。他に巡洋艦がいるようだが、対潜能力はないから無視してよい。空母より北の数隻は、攻撃対象でも脅威目標でもないから、当面は無視だ。これで、解析作業の負担はぐっと減る。無視した目標もシンボルはシステム上に表示するが、針路や速力は解析対象の空母や駆逐艦のデータを入れておけば、艦隊として同一行動する。

有能な指揮官は、優先すべきものと等閑視すべきものを把握する。また、重要なものとそうでないものも把握している。絶対的価値とその時その時に優先すべきものは、一致することもあるがそうでないこともある。例えば、絶対的価値のある戦艦も、時に輸送艦に戦術的価値が劣ることがある。輸送艦が撃沈されれば、艦隊が作戦を中止する場合だ。

長時間の目標運動解析の努力が実って、空母以下の針路、速力、距離もほぼ把握できた。「あらしお」が現在位置を動かずにいても、脅威目標の駆逐艦が約八〇〇〇メートル、空母は約一万一〇〇〇メートルを通過する。駆逐艦が之字運動のために接近しても、七〇〇〇以下に近づくことはない。

数時間前に観測した水測状況（海水温度の水深分布）から判断して、数千メートルの距離で駆逐艦のソーナーに探知される危険はない。旧式ソーナーだから確実な探知は数百メートル程度だ。現実には起きない理論値でもせいぜい二〇〇〇メートルであろう。念のため、三〇〇〇メートル以上離すと決めている。

本居2佐は、雷撃位置を射程八〇〇〇メートル程度に決めて、若干北上することにした。八〇〇〇メートルの距離は、大型空母なら艦橋が見えるかもしれない。さらに北にいる駆逐艦のマストすら水平線上に見えるはずだ。南側の危険な駆逐艦も約四〇〇〇メートルでやり過ごせるだろう。まず、絶好の位置といえる。

「レイド（〇〇度）よーそろ」

「あらしお」は、ゆっくり北上を始めた。ざっと三〇〇〇メートル距離を詰めるだけだから、急ぐこともない。

「三、四番管発射はじめ、三番管は空母、四番管は脅威目標に備えるが、危険がなければ空母への二本目とする。高雷速、パッシブ、ソーナーで誘導する予定」

低速で進む艦首の門扉と発射管の前扉が連動して開き、黒い口が開いた。その奥には八〇式魚雷が発射を待っている。

「三、四番管、発射はじめよし」

水雷長が、緊張した声で報告する。部内出身で経験豊富な彼も、実戦で魚雷を発射する事態に緊張を隠せない。それでも、きちんと報告する。

「射程、空母まで一万五〇〇〇、脅威目標まで一万二〇〇〇」

まだ暗い海上だ。敵は眼での見張りが効かないから、レーダーで浮上潜水艦を捜索しているだろう。ＥＳＭの感度は上がってくる。

赤外線モニターの白点が三個に増えた。位置から見て、南西前衛の駆逐艦、空母前方の巡洋艦、そして空母のマストであろう。暗いから潜望鏡では確認できない。潜望鏡も、二番に比べて一番潜望鏡は暗いから、さらに見にくい。

敵は、遠距離から視認されることを警戒して、航海灯は消しているらしい。なかなかやる。

「一番潜望鏡降ろせ」

これで、水面に上がっているのは、二番潜望鏡とＥＳＭ、赤外線マストの三本になった。一番潜望鏡から解放された機関長は、発令所左側で応急指揮に備えた。万が一戦闘被害があった場合、その処置にあたるのが彼の務めである。

潜水艦の戦闘配置では、外つまり敵の情報は船務長が、艦内のことは機関長が担当する。その上で戦闘指揮を執るのが艦長で、副長がそれを補佐することになっている。発令所の右舷側には、外の情報をあつかう機器や要員が配置され、左には操舵やバラストコントロールパネルなど、艦を制御する装置と要員が配置についている。潜航指揮はベテランの先任伍長が担当している。潜航指揮官は2尉クラスの若い幹部の配置だが、戦闘配置では幹部の仕事が多いので、機関長以外の幹部はみな、右舷で情報処理にあたっている。

水上艦に例えると、発令所の右舷はＣＩＣ（戦闘指揮所）に相当し、左舷は運転指揮所と応急指揮所にあたる。護衛艦と違って、幹部は全員が発令所に配置される。発令所以外数ヵ所の戦闘配置の責任者は、パート長と呼ばれる1曹クラスである。ソーナー、発射管、運転室、機械室など、護衛艦なら幹部が分掌指揮官として配置される。潜水艦の曹士は優秀だし、幹部の数が限られているから、こんな戦闘部署になる。

艦長は発令所中央にある海図台前で、報告を受けつつ戦闘指揮をしている。後ろを向けば、電測長熟練の手書きの作図が見られ、右を向けば戦闘指揮装置ＺＹＱのデジタル表示が見える。その右上には赤外線のモニター画面があり、左前部にはソーナーの表示が見える。そして目の前には潜望鏡があるから、いつでも自らが潜望鏡観測できる。

当時の潜水艦は、発令所が別にあった。「あらしお」に例えると、発令所の上、艦橋の下にもう一つ区画があって、そこで戦闘指揮だけをしていた。潜航指揮は一階下の区画で不便だった。

現代の潜水艦は、各国とも発令所という情報が集中する設備があって、戦闘もやりやすいのである。

その発令所は、夜間照明は赤い灯火で暗くしている。潜望鏡を見るときのため、目を暗闇に慣らしておくためである。指揮装置の表示盤は自らが光を発するブラウン管なので、却ってよく見える。

夜間で敵が見えない状況では、頼りになるのはソーナーと赤外線だ。赤外線は水平線の上に現われた敵しか見えないから、全部を相手にするためにソーナー襲撃で行く。

ソーナーは目標の追尾だけでなく、脅威となる敵アクティブソーナーについても、しっかり情報をとる。単に方位だけではなく、感度や捜索パターンなどの情報を加味して敵の対潜戦術を読むのである。

「敵アクティブ捜索要領に変化なし。感度徐々に上がります」

水中音速は空中より早いとはいえ、レーダー電波が音速で伝わるのに比べればはるかに遅い。だから、発振した音波が目標に反射して返るまでの時間、発振を止めて受振する。この間隔が短いと探知距離を短くしていることだし、間隔が長ければ遠くの探知を期待していることになる。その間隔を把握しているソーナー員が、変化のないことを報告したのである。

ソーナーとESMで、しっかり敵を八つ捕捉しているが、小さな陣形の敵の方位が重なりがちで、はっきり陣形が解明できない。北の目標は解析対象から外しているし、攻撃目標と脅威目標さえ把握していれば支障はないのだが、部下の仕事ぶりに満足して余裕の出て来た本居2佐は欲を出した。完全な陣形を簡単に知る方法はある。レーダー捜索である。

「あらしお」には潜航していても使えるレーダーがある。探知距離が限られることと電波が敵に捕捉されるため、海上自衛隊では戦術場面で使用しないのが原則だ。主として浮上時の航海用に使用する。

平成なら軍用レーダーとしては性能不足だが、当時のレーダーよりは性能はいいし、米軍には電波を探知するESMはまだ存在しない。レーダーアンテナも小さいし、海上はまだ暗い。レーダー捜索のリスクはまずない。

「レーダー捜索用意、深さ一八」

レーダー捜索を確実にするため、深度を少し浅くした。

作図をしていた電測長が、次席海曹に任せてレーダーコンソールについた。戦闘配置ではまず使わないレーダーに配員されているのは若年電測員だから、電測長は、彼に代わる必要と責任を感じたのである。

「レーダー捜索用意よし」

電測長の手には、油鉛筆が握られている。このアナログ文具は意外な価値を発揮する。

「レーダー捜索はじめ」

ブーン。海図台の上にある油圧モーターが回転し、継手と歯車を介してセイル内に格納されているレーダーアンテナを上昇させる。レーダーアンテナが定位置に達すると、艦内から伸びている導波管とアンテナの導波管の接合部が一致する。接合部は両方とも防水加工がしてあるが、ほとんど密着するのでレーダー波は防水加工を通して伝わるのである。こんな構造だから、レーダーアンテナは潜望鏡のように露頂高を自在に変えることはできない。

ともかく、スリースイープで八つの輝点が得られた。電測長は、明瞭な八つの輝点をプロットし終わると、命令を待つことなくレーダーマストを格納して、「レーダー捜索終わり、探知目標八隻」と報告してきた。

再び深度を深くして、慎重に接的が続けられる。

レーダーは、指揮装置とはオフラインだし、アナログなので、情報伝達には人間が介在する必要がある。

レーダーアンテナを格納した後、モニター画面に油鉛筆でマーキングされたポイントをゆっくりとチェックして敵の陣形は把握された。作図に戻った電測長は、その陣形を自分の作図に書き写した。同時に、指揮装置にもそのデータは入力される。

方位線という一次元情報だけで解析された結果に、レーダー探知という二次元情報が与えられた。線だけの情報が、面の情報に向上したのだ。敵艦隊を真上から見たような図が、把握された。その結果、解析はぐっと精度をまして完了した。戦術場面でレーダーを使えない平成の世では、こんな好条件はない。もはや魚雷を撃つだけである。水雷長が報告する。

「空母までの射程九七五〇（メートル）、ほぼ、正横で命中します」

正横はまだ早い。空母の正横手前二〇〇〇メートルには、護衛の巡洋艦がいる。魚雷がこれに当たらないようするには、やり過ごして直衛艦の間を魚雷が抜ける態勢が望ましい。

「撃角（魚雷の命中角度）が左一三〇度付近で攻撃する」

その態勢なら、手前に駆逐艦がいるが、空母とは四〇〇〇メートルほど離れているから、駆逐艦を過ぎてから魚雷のホーミングを始めるのが容易になる。

陸上でしか生活しない多くの人間にとって、数千メートルの間隔は広く感じるだろう。だが、海上で陣形を組む軍艦の間隔としては、決して広くはない。むしろ密集に近いから、やみくもに魚雷を撃てば、他の艦にホーミングするだろう。空母以外の軍艦を沈めても、海戦の帰趨には影響がない。確実に空母に魚雷を当てなければならない。

「間もなく撃角一三〇度、射程一万九〇〇」

水雷長が発射時期が近づいたことを報告する。そろそろいいだろう。

「三番管次に打つ、ソーナー方位で発射」

ソーナー方位が、指揮装置に送られて電子音がする。

「セット」

計算値が修正されて、わずかに数値が変わる。

「シュート」

最新の計算値が魚雷の発射諸元を決めた。

「ファイア」

水雷長が発射ハンドルを操作し、右舷中央の発射管から、八〇式魚雷が走り出した。

「魚雷、順調に航走」

ソーナーが魚雷の航走音をモニターして報告する。

「魚雷、操舵用意よし」

水雷長が、魚雷の遠隔操縦が可能になったことを報せる。

「魚雷、目標まで七〇〇〇。まもなく直衛駆逐艦を通過します」

こんな具合に各部署の担当者が、次々と報告を上げてくる。

ちょうど魚雷の針路上、空母の左後方四〇〇〇にいる駆逐艦が邪魔だが、これを過ぎたら魚雷のソーナーのスイッチを入れる。

魚雷は誘導電線を引いて走っていくから、捜索の開始指示だけでなく、舵をとって遠隔操縦ができる。しかし、レーダー捜索までしてばっちり敵の動きを抑えているから、操舵の必要はない。魚雷は空母を狙って水中を突進していく。その様子は、指揮装置の画面に表示されている。

「魚雷、直衛陣形通過、空母まで障害はありません」

よし、これからは魚雷に捜索を始めさせても、空母以外の目標に誤ホーミングすることはない。

「魚雷、捜索開始」

魚雷頭部の捜索用小型ソーナーのスイッチが遠隔操作で入れられた。すぐに、

「魚雷、目標捕捉」

よし、いいぞ。さすがは高性能国産魚雷だ。そのまま距離を詰めて探知条件が整えば、追尾に入るだろう。

「魚雷、追尾に入りました」

この後は、魚雷にお任せだ。

「三番管、誘導止め。ワイヤカット。発射止め」

誘導電線を切断し、発射管前扉と門扉を閉鎖して、次に備える。左の四番管は、発射準備のままである。空母に二本目を打つか、こっちに向かってくるかもしれない駆逐艦に備えるか。それはこれからの状況しだいである。

潜望鏡と赤外線モニターに大きな爆発が見えた。すぐに衝撃が水中を伝わってきた。命中だ。

四日（三日未明）ＴＦ17

薄明の中、フレッチャー提督が「ヨークタウン」の艦橋に現われた。暗闇に目の慣れた当直参謀が目ざとく見つけ、敬礼しながら、

「おはようございます」

と挨拶した。

「そろそろ、対艦距離を詰めよう」

そう、提督が言った瞬間、「ヨークタウン」の後ろ半分が大きな水柱に包まれた。艦尾真下で起きた水中爆発である。提督以下、多くがその衝撃（強力なG）で死亡あるいは失神した。

激しい衝撃で艦内電源は落ち、スクリューと舵が吹き飛んで「ヨークタウン」は停止した。艦尾から浸水が始まり、左後部を下に大きく傾斜した。そのため、飛行甲板に並んでいた艦載機がバラバラと海中に滑りおちた。あっという間の出来事である。

「ヨークタウン」の左二〇〇〇ヤードを警戒していた巡洋艦「ポートランド」にもその衝撃は伝わった。「ポートランド」の艦橋で転寝をしていた艦長は、その衝撃で跳ね起きた。

薄明かりの中に、水柱が崩れるところが見え、併走していた空母が傾いて停止している。艦長の椅子は艦橋の右隅にあるから、「ヨークタウン」の惨状は艦長にはよく見えた。

見張員は爆発の火炎を見ていないと言う。魚雷は目標に衝突した衝撃で信管が作動して、炸薬を爆発させるはずだ。だから、水中とはいっても数メートルの深さだから、爆発は水上にまでおよぶ。だから、火花や黒煙ぐらいは見えるものだ。ましてまだ暗いから火炎を見逃すことはない。ところが、大きな水柱だけの水中爆発だという。なら相当深い深度での水雷攻撃だ。一度見た機雷の爆発に似ているが、こんなところに機雷があるわけはない。やはり魚雷か。直撃せずに深い深度で正確に爆発する信管を持った魚雷……？

ともかく、潜水艦がいるとなれば、本艦も危険だ。空母を狙った魚雷がほかにもあるかもしれない。雷跡も確認できなかった以上、空母から離れるしかない。

「取り舵いっぱい」

「ヨークタウン」の被雷を知った他の艦も、前後して回避行動をとった。命令による運動ではなく、各個に独自の判断での行動だ。判断というより、自己防衛本能に基づく反射運動である。

「アストリア」は、準備のできていた水上偵察機を発進させた。「ポートランド」も慌てて偵察機の準備に入った。

部隊指揮官の乗った「ヨークタウン」に魚雷が当たって、指揮機能はマヒした。命令が出ないまま、各艦は独自の判断で回避運動をとっている。落ち着けば反撃するだろう。つまり、復讐だ。


「あらしお」

本居2佐は二番潜望鏡で、明るくなってきた海上に、個々に急変針する敵艦隊を見ていた。巡洋艦からの偵察機の発進も確認した。空母に魚雷が命中した以上、もう全没した方がいい。

「深さフタヒャク（指令深度二〇〇メートル）」

この時代の潜水艦は一〇〇メートルしか潜れない。だから敵が爆雷攻撃してくる場合、爆発調定深度は一〇〇メートルより浅いはずだ。二〇〇メートル以上深く入れば、安全だろう。

状況しだいでは、もっと深く入ることもできる。

深度変換しながらも、敵の動静は逃さずにフォローし続ける。もっとも近いのは「ヨークタウン」の左後方を警戒していた駆逐艦だ。これは左に急旋回してそのまま空母から遠ざかっていく。つまり、こちらに接近してくるコースだ。「あらしお」を探知しているわけではなく、魚雷を受けた空母から離れているだけだろう。空母を狙った魚雷を避けるための緊急措置と思われる。敵はソーナーの捜索距離を変えないままだが、必死に捜索しているのは間違いあるまい。

万が一に備えて、この目標に一本魚雷を準備することにした。空になった三番管に旧式のＭｋ37魚雷を装填した。

海上自衛隊が昔から使っている米国設計の魚雷で、短魚雷とよばれている。水上艦や航空機が装備する対潜用短魚雷よりはずっと大きいし、直径は八〇式魚雷とほぼ同じである。ただ、潜水艦用としては短いからそう呼ばれる。魚雷の頭部に小型ソーナーを備えて、目標を自動追尾（ホーミング）する機能は、八〇式以降の国産魚雷の手本になっている。平成から持ってきた八〇式や米軍のＭｋ48などに比べれば、射程や速力はかなり落ちるが、この戦場では十分すぎる性能を有する。

読者の中には、「第十雄洋丸」をご記憶の方もあろう。昭和四十七年（一九七二年）、東京湾で衝突事故を起こし、炎上したＬＰＧタンカーである。護衛艦が砲撃しても沈まず、潜水艦「なるしお」がＭｋ37魚雷で撃沈した。大型タンカーをも撃沈する威力を持っていることが証明された。

海上自衛隊では、訓練用魚雷と実戦用魚雷は基本的に同じである。実戦用には炸薬の充填された弾頭が搭載されるが、訓練用はその代わりに記録装置が搭載される。効果的だし回収も容易だから、ミサイルや砲弾と違って、何度も使いまわしができる。

訓練に何度も使用された古い魚雷に実用頭部を搭載し、実用（実戦用）魚雷として一定数を搭載している。これは、水上艦も同じだ。だから、訓練用は新品、実用は中古品が普通だ。

「あらしお」には、実用魚雷として、Ｍｋ37が三本、八〇式が六本搭載されている。このほか、潜対艦ミサイル（ＵＳＭ）ハープーンが二発。平成の時代から持ってきたこれらの実弾に加え、出撃前に日本海軍から提供された九二式魚雷が一〇本、予備の架台に積んである。

九二式は電池魚雷だ。日本海軍の最新型潜水艦用魚雷は九五式酸素魚雷で、雷速、射程、炸薬量ともに優れていたが、自爆などの問題が多いため、あえて九二式を搭載した。一、二番管には、その九二式魚雷が装填されている。

切り札の八〇式魚雷は、さっき空母に一発当てて五本に減ったところである。

一番の下の五、六番管にはハープーンミサイルが装填してある。魚雷の射程外で攻撃する場合に備えてのことだが、他の目標に誤ホーミングする可能性もあり、あまり使いたくない。

三番管に装填中のＭｋ37は近距離用、すなわち自艦防御用に備えてのことだ。Ｍｋ37は有線誘導ができないから、撃ちっぱなしである。もちろん、魚雷が自分で目標を捜索し、探知すれば追尾するホーミング機能がある。だから海自の初期の潜水艦は、敵の水上艦に追われたときに備えて、艦尾の発射管にこれを装填していた。そういう使い方の魚雷である。

「脅威目標の解析はどうだ」

空母に魚雷が当たって、敵はバラバラに回避運動をしたため、レーダーまで使って正確に解析した結果も、もう使えない。ただ距離だけは参考になる。

「目標まで約六〇〇〇、的針一二〇度、的速三〇」

脅威目標と指示してあったから、作図もコンピュータも担当者が主体的にフォローしている。空母を仕留めた以上、狙うのはこれしかないのだ。

目標の針路（的針）が正確に出たのは、ほぼ真向かいで「あらしお」に向かっているからで、速力はスクリューの回転数からこれまた正確にわかる。回避運動直前までの距離はレーダー捜索のおかげでわかっている。

結果として、難しい解析も完了した。接近する敵だから、短射程の旧式魚雷でも十分攻撃可能だ。それより、攻撃を急がなければ、敵ソーナーの探知距離に入ってしまわないとも限らない。速力三〇ノットではソーナーは使えないはずだし、爆雷攻撃にさほどの効果があるとは思えないが、実戦だ。何が起こるかわからない。大事をとるに越したことはないだろう。

ちょうど、三番管の準備が終わった。

「三番管発射はじめ、目標、接近中の駆逐艦。高雷速、アクティブ」

「三番管発射はじめよし。射程内」

「三番管、次に打つ」

「ソーナー、方位送れ」

「セット」

「シュート」

「ファイア」

Mk37魚雷が走り出した。

TF17

「ヨークタウン」の左後方四〇〇〇ヤード（約三六〇〇メートル）を警戒していたのは、駆逐艦「ラッセル」である。一九三九年就役の満載排水量約二五〇〇トンの新鋭艦だが、本来は日本海軍同様、水雷戦を重視して建造され、約三八ノット（時速約七〇キロ）の高速で敵（日本だが）艦隊に肉薄、集団で魚雷を発射すべく建造された。爆雷やソーナーを装備しているが、高速ではソーナーは効かないから、対潜捜索では低速を使用する。敵の潜水艦はせいぜい数ノットだから、一〇ノット以上なら十分優速だ。だから、対潜用の護衛駆逐艦やフリゲート、コルベットは低速で、砲や魚雷は重視されず、爆雷やヘッジホッグなど対潜兵器を強化してある。日本海軍では、海防艦として整備される艦種である。

ともかく、開戦半年後の当時、対潜専用艦艇はまだ少なく、大西洋では旧式駆逐艦が船団護衛にあたっていた。潜水艦の脅威が低い太平洋での対潜戦は、本来艦隊決戦水雷戦用の艦隊駆逐艦が担っていた。艦隊駆逐艦が空母など重要目標の対空、対潜護衛に従事した結果である。

開戦前は、日米海軍とも艦隊決戦を想定して軍備をしていた。艦隊決戦は、戦艦や重巡洋艦による砲戦と、巡洋艦や駆逐艦による水雷（魚雷）戦が柱である。そのため艦隊駆逐艦は、大型高速そして重兵装の新型艦が揃っていた。この事情は日米とも同様で、「ヨークタウン」の護衛部隊を構成していた第二駆逐隊（COMDESRON2）も、バリバリの新鋭駆逐隊であった。

ともかく、現在「あらしお」に最も脅威を与える「ラッセル」にしても、新型とはいえ対潜能力はたいしたことはない。せっかくの高速だけでなく、砲や魚雷発射管も潜航した潜水艦相手には活用できない。近距離しか探知できないソーナーと、爆雷だけが頼りである。

もっとも、当時の潜水艦の能力はさらに低く、この程度の駆逐艦が海上を半日以上制圧すれば、いずれは浮上を余儀なくされる。浮上した潜水艦は無力だから、砲撃や衝撃（体当り）で撃沈の憂き目を見るのである。

ところが、その新鋭駆逐艦が、高速で回避運動の最中、轟沈した。潜水艦に雷撃されたことはもう疑う余地はない。高速で不規則な運動をしていたはずの駆逐艦がいとも簡単に撃沈されたことは、敵潜水艦の並々ならぬ能力を示すものである。

南東に向かっていた「ラッセル」が撃沈されたため、残存艦は北西に向けて全速力で離脱を図った。つまり、遁走である。制圧どころではない。そんな危険な仕事は、二機の水上偵察機に任せて、巡洋艦と駆逐艦は現場を離れた。しかし、傷ついた空母を放置もできない。水偵が潜水艦を発見できたら、攻撃しなければならない。そこで現場には、大きく傾斜して沈みかけた「ヨークタウン」と駆逐艦一隻が残された。

ほどなく、「ヨークタウン」に、とどめが刺されることになる。

次席指揮官のスミス少将は、太平洋艦隊に報告し、TF16に通報した。内容は電報を受けた提督たちが驚愕するに足るものであった。

「三日〇五：一〇　ミッドウェーの〇四〇度三〇〇マイルにおいて、敵潜水艦の雷撃により、USSヨークタウン大破、USSラッセル沈没、性能不明の高性能魚雷によるものと思われ、回避不能と判断、USSアンダーソン及び水上偵察機二機をヨークタウン護衛と潜水艦制圧に残し、他はTF16に合同すべく行動する」

「あらしお」

昭和十七年（一九四二年）に放り込まれた平成五年（一九九三年）就役の「あらしお」は、電池潜水艦ながら隔絶した性能を持っている。性能とは捜索手段特にソーナーと、攻撃手段の魚雷、そしてスノーケルと高性能電池である。

当時の潜水艦が無力だったのは、水上の対潜部隊を攻撃する能力がなかったことが大きい。魚雷が直進しかしないので、潜水艦を追い回す駆逐艦に魚雷を撃っても命中しないのだ。いや、それ以前の問題として、頻繁に変針する目標は測的できないから、魚雷を撃つための諸元が得られないのだ。駆逐艦などに追われる潜水艦には、反撃の手段がなかったのである。不利な条件は、まだあった。

たとえば水中運動性能の低さである。電池の性能が良くなかったため、最大速力でも八ノット程度しかない。当然、長時間はもたない。低速の三ノットでも一日程度である。それも、潜航時に完全充電していた場合だ。敵に追われているときは、すでにかなり電池を消費しているから、現実には半日も持たないだろう。

だから、雷撃して所在を暴露した潜水艦は、位置をピンポイントで特定されなくても、いずれ探知されて撃沈されるケースが多かったのである。この大戦中のイメージが、そのまま二十一世紀の今日にも残っていて、潜水艦の威力を理解できない人が多い。海上自衛官にすら、大戦中のイメージを持っている素人が少なくないから、無理もないが。

「あらしお」が、深深度で慎重に行動する限り、探知の危険はないし、偶発的な被探知の不運に遭遇しても、ホーミング魚雷で反撃できるから不安はない。

本居2佐は、確実を期すため、空母にとどめを刺すことにした。空母の位置はしっかり把握されている。魚雷が当たった空母は、停止しているはずだから、そこに魚雷を打ち込めば済む。多少考慮すべきは、護衛の駆逐艦である。

「ソーナー、敵駆逐艦の動静はどうだ」

「空母の周辺を周回している様子です。雷撃を恐れて直進はせず、二〇ノット程度で円周運動しているようです。ソーナー捜索距離は三〇〇〇（ヤード）程度」

それは、解析でも出ている。空母を中心とした数千メートルの円を描いているようだ。之字運動を交えているから、形も半径も正確な円ではない。よほど、魚雷が怖いらしい。当然だ。これは、無視して空母を屠る。

長いこと深度二〇〇メートルに潜んでいるが、ソーナーで海上の様子は把握している。空母は止まったままなのだから、指揮装置のモニター画面でもそのシンボルは動いていない。据え物斬りのような簡単な雷撃だ。ここはひとつ海軍の魚雷を試してみよう。出港以来魚雷整備に励んできた海軍軍人の努力に報いるのも悪くない。

海軍の魚雷は二〇〇メートルの水圧には耐えられない。五〇まで上がることにする。全没のままだから、五〇でも敵に探知される危険はない。

「深さ五〇、空母を再度雷撃する」

浅くなったところで、発射管に注水する。発射管に注水する場合、外圧と均圧させるから、発射管が閉じられたままでも、管内の水圧は外の水圧と同じになる。それでは、九二式魚雷が壊れるかもしれないので、五〇に上がってから注水した。均圧すれば、発射管の前扉を開くこともできる。

「一、二番管発射はじめ、目標空母。先ほどの命中位置に向けて発射する」

海軍から提供された九二式魚雷は、雷速三〇ノットで射程は五〇〇〇〜七〇〇〇メートル。炸薬は三〇〇キログラムの電池魚雷である。無論直進しかしないから、測的精度が良好で的の動きが単純でないと命中は難しい。幸い停止目標が相手で、距離も正確にわかっている。

射程は五〇〇〇弱。八〇式魚雷が命中した位置に、二本の魚雷を放った。

「用意、テーッ」

高圧空気が艦内に放出されて、耳がツンとする。ズッシーンと艦体に衝撃も感じる。水圧発射は、高圧空気により水圧ピストンが作動し、その水圧が魚雷発射管に及び、中の魚雷を押し出すのである。用済みの空気は艦内にベントされるから、気圧が急に上がって耳が痛むのである。

それも、連続して二度だ。自走で魚雷が出ていくより、水圧で打ち出す方が魚雷発射の実感がして、身が引き締まる思いをしたのは、海軍の魚雷員ばかりではない。艦長以下が攻撃を実感した。これが、空母に引導を渡すことになる。

そして計算どおりの時間に命中音が聞こえた。それも、ほぼ同時に二回である。深く潜航しているから、潜望鏡で見ることはできないが、空母に二本が命中したのは間違いない。

発射管室では、海軍の便乗者とともに水雷科の連中が万歳を唱和しているのが、発令所でも聞こえる。床一枚下の区画で、ラッタルの昇降口も開放されているせいで、まる聞こえである。発令所の発射管制盤についている水雷長が、艦長の顔色をうかがっているのがわかるから、艦長は目顔で黙認するよう伝えた。彼の顔にも笑顔が浮かんでいる。

彼の基準では、ピンポイントで位置を把握した停止目標に魚雷を当てることは、万歳をするほどの快挙ではない。しかし、海軍の連中には、潜ったまま、見えない数千メートル先の空母に二本とも命中させたことは言いようのない喜びだった。一ヵ月近く我が子のように調整に努めて来た魚雷だ。無事に走ってちゃんと爆発したことは、格別な思いであろう。おまけに、目標は空母である。

おそらく沈みかけていただろうから、そこに二本の魚雷を喰らっては、とても浮いてはいられまい。

海上自衛隊は、戦争中の米海軍の応急のレベルは知っている。火災や浸水がかなり抑え込まれて、日本海軍なら沈んだはずの艦艇の多くが生き残った。しかし、限度というものがある。八〇式魚雷が艦底の数メートル下で水中爆発したら、キールが折れるか大きな破孔はまぬかれない。数千トンの駆逐艦なら一本で轟沈する。数万トンの大型空母でも、航行可能のはずはないのだ。そこへ海軍の潜水艦用魚雷が二本追い打ちを掛けた。とどめには十分すぎる攻撃である。

ソーナーが、連続する水中爆発を報告して来た。艦体を通じて直接聴こえるから、空母が沈没しながら爆発する様子は、艦内の全員が知った。艦長は、乗員をねぎらう意味を込めて、1MCで解説をした。

「達する。今聴こえている爆発は、空母が沈没している証拠だ。弾薬だけでなく、蒸気ボイラーに海水が流入して起きる爆発だろう。これは、しばらく断続的に続くはずだ。ごくろうだった」

マイクを置いた本居2佐は、報告の文章を考えていた。空母撃沈は報告しなければならない。ミッドウェーに向かう味方に、敵空母の存在はすでに伝えた。三隻が二隻に減ったことは、これからの作戦や戦闘に大きく影響する重要な情報である。

それに加えて、「あらしお」の当面の行動方針も報告しておく。ミッドウェーの南には味方の「伊一六八」が一隻いるが、旧式の海大型で多くは期待できない。本艦がその能力を発揮して。敵の退路を断つことにした。

ハワイとミッドウェーの間の補給線と、これからの海戦の後ハワイに帰投、おそらく敗走するだろう敵の残存部隊を捕捉する。

報告には状況を知らせることとともに、その状況を踏まえてどうする、という意図を含めることも重要だ。無能な官僚的発想の指揮官は、細々とただ状況報告だけに終始する。どうせよ、と上級指揮官から命令を受けるまで、考えない。命令に従うだけは楽だし、責任を上官に転嫁できるから、保身を重視する官僚的な軍人が常用する。

しかし、戦場で千変万化の状況下で、漫然と指示や命令を待つようでは指揮を執る資格はない。どうする、と意図を示せば、上官はそれを認めるか他の任務を付与する。上官にとっても部下の意思表示は指揮統率上望ましい。積極果敢で合理的な行動は、上官が認めるにきまっている。

戦闘速報が佐々木二曹がたたく電鍵で発信された。

「四日〇二：〇〇頃（三日〇五：〇〇）、ミッドウェー東方、三〇〇浬において、空母一、駆逐艦一撃沈。先行した空母二隻は、ミッドウェー北方に向かった模様。以後、ミッドウェー、ハワイ間で哨戒す」

暗号解読は覚悟しなければならない。敵は自軍の空母が沈められた位置は分かっているから、それは明示して差し支えない。問題はその後の「あらしお」行動海域だから、これは曖昧にしておいた。敵は「あらしお」の予想位置をミッドウェーの南東と判断するだろう。それで「あらしお」は、西に離脱を始めた。

所在をくらますためと、ミッドウェーの北にいるであろう、残りの空母二隻に近づくための行動である。無事に離脱できれば、日没後にスノーケルができるから、それまでの辛抱である。深度二〇〇メートルで針路二七〇度、速力六ノットである。

やがて日が暮れた。日没時に、潜望鏡で天測をして、艦位も把握できた。

空母と駆逐艦をやすやすと撃沈し、淡々と深海に逃れてしまう様子に、佐々木二等兵曹は驚いていた。

優秀な下士官の揃っている日本海軍でも、とくに優秀な彼は戦艦や司令部勤務、通信学校教員など、エリートコースを歴任してきた。潜水艦に乗ったことはないが、同期の潜水艦乗りから苦労は聞いている。とくに雷撃は命がけで、それでも命中魚雷を得るのは難しいはずだ。

それが、この潜水艦は、護衛された遠距離の空母や高速で回避運動をする駆逐艦に楽々と魚雷を命中させた。その上、帝国海軍潜水艦の二倍の深度を二倍の速力で走っている。それでも、まだ余裕があるらしい。

味方ながら、寒気のする威力である。出撃以来、一ヵ月近く経っているから、曹士（この艦では、下士官兵とは言わないらしい）たちとも親しくなった。歳の割には子供っぽい連中が多いが、高度な機器を扱う技量は驚嘆に値する。艦長以下、士官たちも実に気さくだ。帝国海軍でも、駆逐艦や潜水艦は上下の隔てがなく、家族的とは聞いているが、「あらしお」の雰囲気はまったく別物である。

下士官の身には快適だが、艦長が自分に妙な遠慮をするのが、気疲れする。理由はわからないが、敬意を払ってくれるのである。もちろん海軍でも、若い士官や参謀は、古参兵曹の技量への敬意は持っている。しかし、艦長のそれは技量だけではないようだ。海軍軍人というだけで、無条件の信頼と敬意を感じている。

ともかく、受信電報の暗号解読と、わずかな電報発信以外は当直もなく、のんびり過ごさせてもらっている。海軍では「大和」で初めて下士官以下にも寝台が採用されたが、それまでは古参兵曹も釣り床（ハンモック）だった。それが、この艦は全員に快適な寝台が割り当てられている。発射管室の予備魚雷の架台に作られた仮設ベッドでさえ、彼の「大和」での寝台より快適である。

その上、完全冷暖房である。食事もうまい。献立はほとんど洋食で、当初は胃にもたれるのが辛かったが、もう慣れた。それでも、ヤンキーみたいにステーキが出てきたのには、驚いた。海軍じゃ、士官室でもあんなものは出ない。兵食じゃ、肉じゃががせいぜいである。それで、この潜水艦には太った連中が多いのだろう。

そうそう、厠（かわや：トイレ）にも驚かされた。潜航中でも自由に使えるし、温水が噴き出して尻まで洗ってくれるのだ。最初はびっくりして、飛び上がってしまった。そしたら、温水も止まった。立ち上がると自動的に止まるらしい。たしか、電信長が説明してくれたが、よくわからないまま急に使う羽目になった結果だ。

士官厠だけでなく、科員（曹士）用の厠もこの贅沢な設備があるのは、妙なものだ。聞けば、全部の厠にこんな装置が付いているのは、この艦が世界最初だという。未来世界でも、日本だけにしかないらしいし、潜水艦で全部そろえたのは初めてだと。

海軍じゃ潜水艦だけでなく、駆逐艦でも出港中は洗顔すら不自由なのに、このフネは二、三日おきにシャワーに入れる。それも、温水だ。実は制限はなくて、毎日好きな時にシャワーを使っていい。これは、本居艦長独特のやり方らしいが、毎日入る奴はいない。冷房が効いていて汗をかかないし、毎日着替えるほど下着や靴下がないのだ。それに、真水を大事にする節度もある。艦長はどうもこの節度を信用しているらしく、信頼にはこたえるのが男というものだ。

ともかく、潜水艦なのに、あの「大和」より快適なのである。聯合艦隊司令部では、「あらしお」から帰ったばかりの水雷参謀の話をだれも信じなかった。今度は、あれ以上だから、俺の話を信じてもらえないだろう。

日本海軍というより、米海軍の潜水艦といった方が分かりやすい。やたらに英語も目につく。聞けば、未来では米国の技術もかなり採用しているという。どっちが勝ったのだろう。

魚雷整備に乗ってきた上田兵曹長と横山二曹の二人は、佐々木二曹とちがい潜水艦乗りだから却って驚きは大きい。油と汗にまみれて長期の辛い行動を強いられる潜水艦乗りたちは、同じ海軍でも別格だ。そんな連中が、提督でも味わえない快適な航海に面喰らっているのは、自分以上だろう。

上田兵曹長らは、搭載魚雷の整備を一手に引き受ける覚悟で乗ってきたが、「あらしお」の魚雷員たちはすぐに要領を呑みこんで、やることがなくなったと言っていた。未来の魚雷は、搭載したら整備はまったくしない。だから、海軍の魚雷のように四六時中整備することが面白いらしい。

その整備の苦労が実って、空母にとどめの二本は見事に命中した。ずっとそれを手伝ってくれた「あらしお」の水雷科の連中も、一緒になって歓喜の万歳をした。それは、社交辞令や義理といったものではなく、心からの共感だった。

こうして、緊張感のない連中だと最初は軽蔑していた海軍の三人は、誠実で頭のいい「あらしお」乗員に急速に好意を持つようになった。

「あらしお」が敵空母を雷撃し、楽々と離脱した頃には、好意が驚異と尊敬になっていた。艦の性能がいいのは間違いない。しかし、艦長の度胸の良さと乗員の団結も、海軍以上のものがある。

初めての実戦というのが、信じがたい。

それを言ったら、未来の訓練はもっと厳しい条件でやっていると言われた。訓練だから命はかかっていないが、戦術的な条件はこんなもんじゃないらしい。敵側の能力がずっと高いうえに、潜水艦に不利な条件での訓練規定が普通だそうだ。厳しい訓練は、実戦での戦果につながるっていうのは、真理らしい。

参謀たちの話じゃ、海軍の演習でも、結構、手前味噌の裁定があるようだが、未来では八百長ぶりがもっと激しいと聞いた。潜水艦が敵の役まわりで、不利な条件ばかりの訓練で鍛えられているから、初陣でも見事な戦果を挙げることができた、そう艦長が部下に話していた。

この艦の統率を甘いと感じていた自分たちが、どうも間違っているように思えて来た。海軍とはやり方が違うのだ。噂に聞く米軍も、決して規律がないわけじゃないが、我々の眼にはたるんで見える。あれと同じだろう。

この先、どんな活躍をしてくれるか、楽しみである。帰って同期や後輩たちにする自慢話が多すぎて困るかもしれない。

同期といえば、機動部隊に乗っている連中はどうしているだろう。

第五章

主戦闘 ミッドウェー空襲と機動部隊の戦い

六月四日（現地時間三日）「赤城」第一機動部隊（第一航空艦隊）司令部

遅れてミッドウェーに向かっていた米空母が「あらしお」によって葬られたことは、第一機動部隊（第一航空艦隊）ではまだわからなかった。通信の不備で、「あらしお」の戦闘速報が「大和」など一部にしか届かなかったからである。ただ、その前の発見報告によって、二乃至三隻の空母が、ミッドウェーの北に向かっていることはわかっていた。

明日のミッドウェー攻撃をひかえ、南雲長官以下、第一機動部隊司令部では、作戦会議が開かれていた。主役は、航空参謀甲の源田中佐であり、彼が司会と主導をするのが慣例になっていた。長官も参謀長も、他の参謀たちも航空戦に暗いためだ。

「潜水艦の発見報告によれば、敵空母は二隻以上、おそらく三隻が二群に分かれてミッドウェーの北方海域にあって、わが方の側面から攻撃を企図しているものと思われます」

主目標の空母が出て来たとなれば、思うつぼだ。作戦秘匿には失敗したが、却って好都合。

それも三隻となれば、太平洋艦隊の六割である。戦争も決着がつくかもしれない。そんな楽観的な空気が支配的である。

「敵は、航続距離の長い大型機で索敵しているため、わが方をすでに探知しているでしょう。現に本日、攻略部隊（第二艦隊と上陸部隊）が敵機の触接を受けたと報告しております。攻略の意図が暴露した可能性も考慮しなければならないでしょう」

「しかし、わが方は敵空母の位置はつかめておりません。昨日までの索敵計画では、南から北に向けて七機を扇状に飛ばす計画でした。ミッドウェーは当隊からみて南東方向ですから、その南は無視すれば、二機は浮きます。七機全部をミッドウェーの北方海域に投入し、敵空母の発見に努めます」

参謀長が、発言した。

「潜水艦の報告では、確かにミッドウェーの北に向かっているとのことだが、敵の欺瞞の可能性はないか。ミッドウェーの南から奇襲してきたら、どうする」

機動部隊の東側、つまり左半円をカバーするだけでも、もともと粗すぎる計画だ。少しでも絞り込みたい源田参謀は、南を無視できる理由を説明することにした。

「ミッドウェーは、南東方向にあります。敵の陸上機の攻撃には備えていますから、南から攻撃されても、対応できるでしょう。左脇にあたる東から北方向からの奇襲に備える方が、重要かと判断します」

さらに、ミッドウェーの南には、島に接近して気象報告をしてきた「伊一六八潜」がいる。

万が一、敵機動部隊がミッドウェーの南に行動すれば「伊一六八潜」が発見できるだろう。

敵艦隊を捜索する索敵のほかにも、対潜警戒の飛行機も飛ばさなければならない。これにも、巡洋艦搭載の水上偵察機が三時間交代で準備された。レーダーのない日本海軍は、搭乗員の眼が唯一のセンサーである。軍艦では、視力に優れた見張員（航海科）が眼を凝らしている。

敵空母が発見できない以上、ミッドウェー空襲は予定どおり実施されることになった。空襲部隊（第一次攻撃隊）の発進は、日の出頃のまだ暗い時間帯で、敵空母はまだ発見できてはいないだろう。それはお互いさまだ。

敵空母の索敵は、第一次攻撃隊とほぼ同時に発進する。空母を第一目標にしているとはいえ、ミッドウェー基地を放置することはできない。ミッドウェーの敵基地はいわば不沈空母であり、撃破しておかなければそこからの攻撃を受けるからだ。攻略のためにも、施設の破壊は必要である。

第一攻撃隊を発進させた後、各空母に残った約半数の艦載機は敵空母発見に備えて、待機させる。その準備ができるころには、敵空母の発見が期待できる。

甲乙二人の航空参謀を除けば、長官以下司令部は皆航空作戦に疎いメンバーばかりだから、結局この方針が採用された。

日付が五日（四日）に変わった。運命の日である。

ミッドウェーに北西から接近中の第一航空艦隊では、まだ暗いうちから、第一次攻撃隊の準備が始まった。ミッドウェー基地を爆撃すべく甲板上に並べられた艦載機が、エンジンの暖機運転を始めた。狭い飛行甲板には轟々たるエンジン音が満ち、整備員がプロペラに巻き込まれないよう注意しながら、機敏にあちこちに動き回る。

○○：三○（四日○三：三○）、日出の約一時間前、第一航空艦隊は昼間航空戦に備えて、陣形を第一警戒航行序列に変えた。

ほぼ正方形の空母四隻を中心に、前方に巡洋艦「利根」「長良」「筑摩」が一列横隊、後方に戦艦「榛名」と「霧島」がやはり横隊で警戒する。空母の距離は約一〇〇〇メートルである。直衛の駆逐艦は空母付近にいるものの、数キロ離れた巡洋艦や戦艦は少し遠すぎる。敵の接近警報を発するにはいいが、防空火力を空母に提供することはできない。当時の日本海軍の防空火力として有効だったのは、二五ミリ機銃が主で、高角砲がこれに次ぐ。これらは射程が短いため、自艦防御がせいぜいである。空母を護衛する戦艦以下、防空戦に関しては護衛能力が皆無に近いのである。

○一：三○（○四：三○）、日の出前二○分頃ですでに明るくなった。第一航空艦隊四隻の空母から、上空警戒機、対潜直衛機、索敵機に続いて、ミッドウェー攻撃隊が発艦した。友永大尉指揮の第一次攻撃隊一〇八機である。

攻撃隊は高度一五〇〇メートル、一二五ノット（時速二三一キロ）で、ミッドウェーに進撃した。

攻撃隊発艦後、敵空母に備えた攻撃隊（第二次攻撃隊）が飛行甲板に並べられた。今度は、対艦攻撃用に魚雷や徹甲爆弾を搭載している。「あらしお」が発見した敵空母に備えてである。しかし、その位置はまだわからない。

TF16

TF17の「ヨークタウン」を沈められたため、TF16はその護衛の巡洋艦以下を吸収した。米軍の通信機能は日本より優れており、無線で会話することも可能で、電報ではわからなかった「ヨークタウン」が撃沈される様子が明らかになった。

発見報告をした潜水艦によるものと思われたが、発見報告と雷撃位置から、その行動能力が想像を超えるとみられた。二隻いる可能性の方が説明がつきやすいので、そう判断された。

暗号解読の結果、日本の作戦計画は承知しているが、計画と実際は違う。攻撃するには敵を実際に発見しなければならない。ニミッツ長官から、敵に決定的な打撃を与え得るまで、空母の位置を秘匿するよう厳命されている。だから、艦載機は温存しなければならない。索敵哨戒は、ミッドウェーの航空機が担当する。もっとも、基地の飛行艇や大型爆撃機の方が、航続力に優るから、索敵には適している。

最大の問題は、日本の潜水艦に発見されたことと、「ヨークタウン」を沈められたことである。

奇襲はむずかしくなった。また、先任で空母作戦に慣れたフレッチャー少将が戦死し、巡洋艦出身のスプルーアンス少将が単独で二隻の空母の指揮を執る事態になってしまった。

暗号解読で先制と奇襲を期待していた米海軍は、敵の半分の空母兵力で強力な日本機動部隊と対峙しなければならないのである。ミッドウェーの基地航空機、とくに航続力の長い哨戒機を活用して、先制探知に努めつつ、自軍の空母の位置は隠さなければならない。勝機はそこにしかない。

TF16（空母「エンタープライズ」「ホーネット」基幹）は、ミッドウェーの北、約二〇〇浬（三七〇キロ）付近で、日本艦隊の発見を待った。

ミッドウェーでは、朝に予想される日本の空襲に備え、黎明（夜明け前）に日施哨戒の飛行艇と空中待機のB-17が発進した。他の航空機は発進準備を整えて地上待機状態である。〇二：二〇（〇五：二〇）、ミッドウェーから三一五度（北東）線上を哨戒中の米飛行艇（ST5）は、日本空母を発見した。雲があったため、空母は二隻と戦艦などだけが報告された。位置は、ミッドウェーの三二〇度一八〇マイル（三三三キロ）で、針路一三五度、速力二五ノットと平文で報告した。米軍は、先制探知を得た。これは大きかった。

スプルーアンス少将は、日本空母攻撃を決意し、準備に入った。位置が分かったから、あとは攻撃のタイミングである。

その隣、三〇〇度線を哨戒中の飛行艇（ST12）は、〇二：四〇（〇五：四〇）、ミッドウェーに向かう攻撃編隊を発見、平文で報告した。位置は、ミッドウェーの三二〇度一五〇マイル（北西二七八キロ）である。

〇二：五三（〇五：五三）、ミッドウェーのレーダーは、日本第一次攻撃隊を三一〇度九三マイル（一七二キロ）に探知、空襲警報が発令された。
ハワイから到着したばかりのB－17を含めた全機が離陸を命じられ、戦闘機は三〇マイル（五六キロ）前方の要撃位置につき、爆撃機や攻撃機は日本空母へ向かった。

ミッドウェー　第一次攻撃隊

〇三：一五（〇六：一五）、日本の攻撃隊はミッドウェー島に達し、猛烈な空襲が始まった。

初陣の真珠湾であれだけ水際立った手腕を見せた後、インド洋や南太平洋で英、豪ら連合国軍相手に戦歴を重ねてきた世界最強の航空部隊である。人事異動などで練度低下を懸念されたが、その実力はまだまだ世界最高水準であったろう。

これに先立ち、日本攻撃隊を発見、触接を続けていた敵飛行艇は、吊光投弾で警告と位置通報を実施した。これに応じ、高度三八〇〇メートルで待ち伏せをしていた敵戦闘機、約三〇機が襲いかかった。これに対して、各空母九機、計三六機の制空隊（零戦）が掩護戦闘に入った。兵力、練度、性能すべてにおいて優る零戦隊は、余裕をもって戦いを挑んだ。

敵戦闘機の妨害のなか、攻撃隊は中隊ごと、サンド島とイースタン島を爆撃した。

日本海軍の中隊編成は、艦上攻撃機（九七艦攻）は六機、艦上爆撃機（九九艦爆）と艦上戦闘機（零式艦戦）は九機である。三機編隊の小隊二乃至三で編成され、中隊長は大尉が標準である。

艦攻は編隊を組んだまま、水平爆撃で八〇〇キロ通常爆弾を投下した。水平爆撃は命中精度が悪く、編隊で多数を投下する公算爆撃で目標を包み込む。これに対し艦爆は、一機ずつ急降下爆撃で、正確に目標を狙うが、爆弾は二五〇キロと小型であり、水平爆撃より爆弾の投下速度が遅くなるから、破壊効果は小さい。このため真珠湾では、急降下爆撃は地上の施設や航空機を狙い、戦艦には徹甲爆弾を水平爆撃で投下した。

今回の爆撃目標は滑走路の他、高射砲陣地や燃料タンク、飛行艇エプロンなどである。動かない地上目標だし、水平爆撃でも命中弾はあるし、急降下爆撃でも威力に不足はない。所在の米機は旧式だったうえ、パイロットの練度不足もあって、零戦によって多くが撃墜された。しかし、事前警報を受けて敵機の多くは空中に逃れて地上撃破できず、長大な滑走露も破壊不十分で使用不能とするに至らなかった。そのため、攻撃隊指揮官友永大尉は第二次攻撃の必要を報告した。〇四：〇〇（〇七：〇〇）のことだ。

戦史に名高い「第二次攻撃隊ノ要アリト認ム」の電文である。

討ち漏らした地上施設、敵機ともにかなりあったためだ。

帰路についた攻撃隊は、いくつかの集団に分かれて〇四：五〇（〇七：五〇）から〇五：二五（〇八：二五）の間に母艦上空に達した。しかし、母艦は敵（陸上機）の攻撃を受けて防空戦闘中だったので、雲中に退避して空襲の終了を待った。戦闘機は防空戦に参加したが、帰投時で弾薬をほとんど持たなかったため、一機撃墜の戦果で終わった。

〇五：四〇（〇八：四〇）頃、空襲が終了したため、ミッドウェー攻撃隊は順次着艦をはじめ、ほぼ収容の終わった〇六：一八（〇九：一八）頃、また空襲が始まった。

第一機動部隊（第一航空艦隊）

攻撃隊出撃後、日本の空母群の状況は次のようなものだった。

この日、日出は〇三：五二（〇六：五二）、日没は一五：四三（一八：四三）である。

〇四：〇五（〇七：〇五）、ミッドウェーから飛来した米軍機による空襲が始まった。

米軍の攻撃は統一されたものではなく、編隊ごとにバラバラに実施された。

最初に攻撃したのは、ＴＢＦ雷撃機六機で、〇四：〇〇（〇七：〇〇）頃に空母に対する攻撃を開始したが、練度不足と零戦の要撃のため戦果はなかった。

次に攻撃したＢ‐26爆撃機四機は、高速を利して零戦を避け、空母二隻を雷撃し、さらに射撃したが、魚雷は外れた。

ＳＢＤ爆撃機隊一六機は、練度不足のため急降下爆撃ができず、緩降下爆撃を企図した。〇四：五〇（〇七：五〇）空母を発見、高度六〇〇メートルから緩降下爆撃を実施、至近弾一発を得た。しかし、半数が撃墜されて終わった。爆撃が緩降下だったため、日本側は何機かを雷撃と誤認した。

この頃、Ｂ‐17重爆撃機一五機が、高度六〇〇〇メートルから水平爆撃を実施、命中弾八、空母一隻撃沈と判断した。しかし、実際には、命中弾はなかった。高高度爆撃だったため、戦果もなかったが被害も一機損傷で済んだ。

最後は、SBU爆撃機一一機による爆撃で、〇五：一七（〇八：一七）頃から、緩降下爆撃を実施、至近弾二発を得たが、五機を失った。

旧式機や練度不足の理由で緩降下爆撃を実施せざるを得なかったようだが、急降下爆撃の方が命中率も高く、実施は容易と言われる。現に、後で発生する米空母機の攻撃は、雷撃はすべて失敗するが、急降下爆撃は命中弾を得る。

こうして、米軍のいわば第一次攻撃は、無統制かつ低練度、旧式機の投入という不手際なものだった。

日本側は、上空警戒機に加えて、燃料弾薬を満載して艦上待機していた二次攻撃隊の戦闘機が防空戦に参加したため、〇五：四〇（〇八：四〇）頃までに来襲した敵機は大半が撃墜されて、わが方に被害はなかった。

このような戦況だったので、ミッドウェーの米軍陸上機は、第二次攻撃の余力がなく、以後の海空戦は、空母二隻の艦載機だけが戦力になる。ただその事情は、日本側には正確にはわからない。

ミッドウェーの攻撃の後、どうするか。戦闘が一段落したところで、次の作戦方針を考えなければならない。

〇四：一五（〇七：一五）、日本側の索敵機は、予定索敵線先端に到達したが敵艦隊を発見できなかったため、南雲長官はミッドウェー第二次攻撃を決意し、それを参謀たちに諮った。

南雲中将の悩みは、敵空母とミッドウェーの陸上基地のいずれが問題か、である。

米空母が出撃していることは「あらしお」の発見報告で既知だが、その位置はまだ不明である。攻撃圏内にあるかどうかがわからない。一方で、ミッドウェーの陸上基地は空母以上に脅威のままだ。基地機能を破壊しない限り、そこからの航空攻撃は避けられない。だから、長官の意見は、

「敵空母は、まだ発見できない。索敵機が飛んだ海域にはいない、と判断すべきだろう。つまり、攻撃圏内にはいないと見るべきだ。それより、ミッドウェーへの攻撃効果は不十分だから、そこからの攻撃は続くだろう。ミッドウェーへの再攻撃を考慮すべきではないか」

つまり、ミッドウェーへの二次攻撃を優先すべきだと、考えたのである。

しかし、待機中の攻撃隊は、聯合艦隊からの指導で、敵艦隊に備えた第四編成である。第四編成というのは、一航戦（赤城、加賀）の艦上攻撃機全力（四三機）、二航戦（飛龍、蒼龍）の艦上爆撃機全力（三六機）及び艦上戦闘機が各艦六機（計二四機）である。

これを、ミッドウェー攻撃に振り向けるには、兵装を陸用爆弾に換えなければならない。

艦攻の魚雷はもちろんだが、艦爆の爆弾も陸用と対艦用では違う。対艦用の爆弾は、陸用と重量は同じ二五〇キロだが、装甲貫徹力を高めるため弾体が強化してあり、その分炸薬は少なく、約六〇キロである。弾体が弱い陸用は、炸薬が約一〇〇キロある。

効果は下がるものの、艦爆の爆弾は陸用で対艦攻撃もできるし、その逆も可能である。

問題は、艦攻である。魚雷では陸上基地は攻撃できない。逆に爆弾で空母を攻撃する場合、水平爆撃だから、編隊で爆撃しても、高速回避する空母には命中弾は期待できない。だから、艦攻の兵装転換が焦点である。

南雲長官は、第一航空戦隊の兵装転換を下令した。ミッドウェーの北方に重点を移した索敵網に引っ掛からなかったため、敵空母は索敵海域より遠方にあると判断した。となれば、敵からの攻撃はまだないはずだ。敵空母の捜索に時間を無駄にするより、攻撃効果不十分なミッドウェー攻撃をやっておこうという判断である。

参謀長や航空参謀は、存在確実な敵空母への不安が消えなかったが、陸上基地の脅威は無視できなかった。空母が索敵範囲にいないなら、攻撃圏外と見なさざるを得ない。仮に攻撃圏内にいたとしても、所在がわからなければ、攻撃隊を向かわせることはできない。

小型機は大半が撃墜されたが、B-26やB-17はほとんど撃墜されずに離脱した。とくに大型のB-17は、零戦での撃墜が極めて困難だと判明した。むろん、対空火器での撃墜はさらに難しい。

敵も二度目の攻撃には、攻撃法や戦闘機の護衛など、工夫をしてくるだろう。基地で破壊すれば、それは予防できる。

こうして空母への不安は残しつつ、陸上攻撃が決定された。ただ、二航戦の艦爆はそのまま対敵空母の兵装で待機させた。

しかし、索敵機は敵機動部隊の上空を通過していたが、雲が厚くて発見できなかったのである。

〇四：二八（〇七：二八）、「利根」四号機は敵らしきもの数隻発見、ミッドウェーの一〇度二四〇浬、針路一五〇度と報告した。

しかし、索敵機の位置誤差が大きく、報告位置は二〇〇浬ちかく、実際とずれていた。そのうえ、空母を見逃している。これは、TF16だったが、雲に隠れた二隻の空母を発見できなかったのである。

TF16

スプルーアンス提督は、〇二：二〇（〇五：二〇）に味方飛行艇の報告で日本機動部隊の位置を把握していたから、〇四：〇二（〇七：〇二）に攻撃隊の発進を始めていた。日本のミッドウェー空襲部隊が帰投するころの混乱期に、これを奇襲する計画である。

日本空母の発艦作業は、軽い戦闘機から始めて、次に艦爆、最後に艦攻を発艦させる。重い大型機ほど長い発艦距離を必要とするからである。戦闘機、艦爆、艦攻の順に上空に編隊が揃う。

米空母は、戦闘機は空母の直衛を優先して、攻撃編隊は裸で出すことが多い。艦上爆撃機と雷撃機（日本は艦上攻撃機と呼ぶ）のうち、航続距離の長い雷撃機を先に上げて爆撃機が発艦するまで上空で待機させる。

〇四：二八（〇七：二八）の「利根」機の探知は、ちょうど爆撃機が発艦する前に起きた。「利根」機が敵を探知することなく、雲上をむなしく通過した時、米空母二隻のレーダーでは、これを探知した。当時のレーダーで単機の小型機を探知できたのは、近距離だったからである。編隊だと三〇浬（五六キロ）程度で探知できるが、単機だと探知は難しい。

レーダーでは機種はわからないが、日本の機動部隊から飛んできたのは間違いない。発見されたと判断したスプルーアンス少将は、先制攻撃を決心した。このまま爆撃機がそろうまで待っていると、日本の攻撃に先を越されると即決する。この臨機応変の決断が、彼を名提督にするのだ。

前述の理由で、決断した時は上空にあった雷撃隊だけで、後続の艦爆隊を待たずに先行させた。そのため、後から発艦した爆撃編隊は雷撃隊と連携できず、全体として五月雨式の非集中攻撃にならざるを得なかった。ただでさえ分散した攻撃隊は、編隊長の判断で個別に行動したから、さらに集中を欠く。

しかし、この決断は意外な結果を生む。先制攻撃だけでなく長時間の戦闘となり、さらに雷撃の終わった頃に急降下爆撃が始まる、という理想的な経過を生じるからだ。

わずかな時間差と運が、海戦の帰趨を決める。航空戦はオセロゲームのような危うい一発逆転が起きるのである。

第一機動部隊（第一航空艦隊）

米側は暗号解読により、日本側は「あらしお」の報告により、お互いにミッドウェー付近に敵空母の存在を予測していたが、攻撃のためには正確な位置を知らなければならず、そのために双方ともに索敵機を飛ばしていた。双方とも、事前の「作戦情報」は得ていたが、現場で戦闘するための「戦場情報」が焦点になっていたのである。

その情報戦に日本側は後れを取って、敵空母の位置を知ることが遅れた。

〇二：二〇（〇五：二〇）、米側が飛行艇による長距離偵察で日本艦隊を捕捉し、空母まで確認したのに対し、重巡「利根」の水上偵察機が敵艦隊を捕捉したのが〇四：二八（〇七：二八）と遅れたうえ、位置も誤差があったし、肝心の空母を見逃したのである。

雲量ゼロの快晴でもない限り、飛行機と水上の艦隊との間には雲がある。

この日、米機動部隊付近は、雲量五、雲高は八〇〇～一〇〇〇メートルであった。雲のない状態が〇で、全天雲の状態を八とするので、雲量五は六割程度ということである。なお、現在の日本では、〇から一〇までの表記をしているので、注意が必要である。また、当時の視程は約三〇キロメートルと報告されている、

これに対し、日本艦隊の上空はほとんど快晴で、雲量は一～二、視程も六〇キロメートル程度あり、気象条件も日本側に不利であった。米艦隊は半分程度が雲に隠れるのに対し、日本艦隊は八割以上が暴露されている状態である。

雲高が一〇〇〇程度だと、雲の下を飛ぶのは低すぎるので、日米相互に比較的低い雲の上を飛んでいる。その結果、米艦隊より日本艦隊は発見されやすかった。それに、艦載機のほ

かに長距離哨戒のできる飛行艇を活用した米軍は、日本艦隊を遠距離で先制探知できた。〇四：四五（〇七：四五）、「利根」機が米艦隊付近の天候を報告して来たころ、第一機動部隊司令部では、発見はされていないが付近に敵空母ありと判断、二次攻撃隊の兵装転換を中止し、再度艦隊攻撃のため雷装に変更した。戦史の悪夢は避けられなかった。

南雲中将は、この時点での彼我の距離を二一〇浬と判断、攻撃隊の準備ができるまで、距離を詰めるべく北上を始め、さらに二式艦偵を発進させた。

二式艦上偵察機とは、後の彗星である。十三試艦爆として開発中だったが、高性能のため二式艦上偵察機として、急遽作戦に投入された。別途開発中の艦上偵察機「彩雲」が間に合わなかったための処置である。

二式艦偵は水冷式エンジンを搭載した高性能機で、艦上爆撃機、艦上攻撃機の両方に使える機体だが、当時はまだ三機が偵察機として搭載されていたに過ぎない。フロート付きの水上偵察機に比べ、速力、運動性などが格段に優れていたため、敵戦闘機に追われても帰還できる能力が期待された。速力は、零戦二一型の二七五ノット（時速五〇八キロ）を凌ぐ二九五ノット（時速五四六キロ）である。

ちなみに、彩雲も含め、艦上偵察機を整備したのは、世界で日本海軍のみである。情報軽視の日本海軍としては珍しく、世界に誇ってよい機種だろう。

ところで悪いことに、「利根」機の発見報告直後の〇四：五〇（〇七：五〇）頃、ミッドウェー攻撃から戻った第一次攻撃隊が、散発的に帰投してきた。まだ、ミッドウェーからの陸上機による空襲が続いていた時であり、収容はむずかしかった。そのため、第一次攻撃隊は上空で待機を強いられた。

日本海軍の航空戦は、兵力を集中して一気にやるので、敵もそうだと想定していた。ところが実際には、五月雨式にダラダラと攻撃が続いて、被害はなかったものの、防空戦闘が長時間におよぶ結果になった。

本来、兵力の逐次投入は戦術的には下策で、現に敵は戦果を上げていない。ところが、長時間続いた戦闘のために、一次攻撃隊の収容ができず、これに二次攻撃隊の発進、それに防空戦に従事していた戦闘機への補給を同時に実施しなければならない事態になった。

当然ながら第一次攻撃隊の収容、第二次攻撃隊の発進、そして戦闘機の補給を同時にすることはできない、敵発見の報告を受けた第一機動部隊（一航艦）司令部では、むずかしい決断が迫られていた。空母は発見されていないが、巡洋艦以下が行動している以上、付近に空母ありと見るべきであろう。

参謀長草鹿少将は、敵艦隊攻撃優先を主張したが、問題点も指摘した。

「艦爆だけなら、すぐに出せますが、戦闘機の護衛はなしです。珊瑚海では戦闘機の護衛なしで出した攻撃隊は戦果をあげていません。また、敵の攻撃を見てもわかるとおり、戦闘機をともなわない攻撃隊は、ほとんど撃墜されてしまうでしょう」

航空甲参謀源田中佐も、

「敵空母の正確な位置が不明なまま攻撃隊を発進させるのは、不安があります。また、二次攻撃隊の戦闘機は、これまでの防空戦闘に従事したため、燃料弾薬を補給しなければ随伴させることはできません。戦闘機の掩護のない攻撃隊は、敵の空襲を見ても、大半が撃墜されて戦果が期待できません。また、ミッドウェー攻撃隊は、空襲の間、上空で待機したため、早急に収容しないと燃料切れで不時着水しなければなりません。ここは、まず、ミッドウェー攻撃隊と戦闘機を収容し、態勢を整えて、敵空母攻撃に向かうのが最善と思料します」

これが、結論として採用された。

しかし「飛龍」に座乗する第二航空戦隊山口司令官は、ただちに攻撃隊の発進を進言して来た。艦爆だけでも発進させ、敵空母の飛行甲板に一発でも命中弾を与えるべき、と考えたのである。二航戦の艦爆は、対空母用の爆弾を積んで待機しているのだ。

先制攻撃で敵の空母を無力化する合理的な判断だが、戦闘機の護衛がない艦爆の生還は期しがたい。万全を期したい南雲中将以下には、拙速に過ぎると感じられた。山口司令官の判断は、敵将スプルーアンスと奇しくも同じ発想だ。これが、航空戦の指揮というものであろう。

二式艦偵が発進した直後の〇五：四〇（〇八：三〇）頃には敵の空襲は途絶えたため、ミッドウェーから戻って上空で待機していた攻撃隊の収容が始まり、四〇分ほどでほぼ完了した。

ちょうどそのころ〇六：一八（〇九：一八）、今度はついに、敵艦上機が来襲し始めた。これで、敵空母の存在が、はっきり認識された。敵空母は、攻撃圏内にいる。一次攻撃隊は収容したが、防空戦闘機の収容と、第二次攻撃隊の発進が妨害されることになった。

このタイミングは偶然ではない。前述したように、米飛行艇の発見報告をもとに、ミッドウェー空襲部隊の帰投の時間を測って、奇襲をかけることを狙った敵将の判断の結果である。ただ、発進した米攻撃隊は、編隊（スコードロン、飛行中隊）ごとに進撃したため、連携攻撃ができず、陸上機同様の散発的な攻撃となった。最初に攻撃したのは、一次空襲の陸上機同様、雷撃機だった。

これに応じ、日本艦隊では各艦で「対空戦闘用意」のラッパが高々と鳴り響き、防空戦闘が再開された。艦上機が来襲したことで、敵空母の存在がより確実になったが、日本側はまだその位置を知らなかった。

米攻撃隊

〇六：二〇（〇九：二〇）、まず「ホーネット」の第八雷撃中隊（VT‐8）一五機が日本空母を発見、攻撃したが、零戦のために全機が撃墜されてしまった。

次いで「エンタープライズ」の雷撃隊（VT‐6）が〇六：三八（〇九：三八）から七機ずつの二波に分かれて攻撃した。やはり零戦の要撃にあって、〇六：五八（〇九：五八）にやっと四機が魚雷を投下したが戦果はなかった。生還できたのは一機のみである。
戦史では、この後に「ヨークタウン」の雷撃機が来襲するが、やはり戦果はあげていない。相変わらずパラパラと五月雨式に来襲する敵の艦載機は、戦闘機を伴わなかったこともあって、わが戦闘機に大半を撃墜されて戦果はあがらなかった。しかし、雷撃機を要撃するため零戦が低空に集まったとき、急降下爆撃機の攻撃を受ける事態になるのは、戦史どおりである。

そこまで計算したわけではなかったが、雷撃機は急降下爆撃を成功させるための囮となった。囮は犠牲になるから、人命重視の米軍の用兵思想にはない、あくまでも偶然の結果である。

○七：○五（一○：○五）、「エンタープライズ」の艦爆隊（ＶＢ‐８、ＶＳＢ‐８）は、日本空母を発見した。

○七：二二（一○：二二）、燃料不足のため、近い空母二隻（南西にいた一航戦）に対し攻撃を開始、それぞれに第八索敵爆撃中隊（ＶＳＢ‐８）及び第八爆撃中隊（ＶＢ‐８）を振り分けたが、この命令はＶＢ‐８には伝わらず、一部はＶＳＢ‐８の攻撃に参加する結果となった。

それでも、○七：二三（一○：二三）、空母（加賀）に最初の直撃弾を与えた。さらに、数分後、隣の空母（赤城）にも命中した。艦尾に命中したため、同艦は操舵の自由を失い、ひたすら円周運動をする結果となった。

この二隻にはさらに攻撃（急降下爆撃）が続き、「加賀」は三発命中、「赤城」は二発が命中し、至近弾一発が得られた。

これらの戦果は「エンタープライズ」のVB‐6（第六爆撃中隊）及びVSB‐6（第六索敵爆撃中隊）のSBD艦爆によって、もたらされた。

米海軍の飛行中隊の記号について、説明しておこう。

VFやVT、VBなどの記号の後に数字が付与される。Vは飛行機の意味で、現在では回転翼機（ヘリ）のHに対して、固定翼機の意味がある。

次の記号は機種（用途）であり、Fは戦闘、Tは雷撃、Bは爆撃、Sは索敵を表わす。VF‐8は第八戦闘中隊、VSB‐8は第八索敵爆撃中隊ということである。

当時の米空母艦載機は、「エンタープライズ」が六、「ホーネット」が八の部隊名であった。だからVF‐8は、ホーネットの戦闘機隊とわかる。また、定数は戦闘機が二七機、爆撃機が一八乃至一九機、雷撃機が一五機である。

「ホーネット」の場合、VF‐8（F4F二七機）、VSB‐8（SBD一九機）、VB‐8（SBD一九機）、VT‐8（TBD一五機）である。

ついでに現在は、Sは対潜に変わって、索敵は哨戒のPに変わった。海上自衛隊もこの方式に倣っているから、航空部隊の略称は同じ意味である。

VP‐1なら、第一哨戒飛行隊。VS‐12なら、第十二対潜飛行隊というわけである。へリの場合、HS‐1は第一対潜ヘリコプター飛行隊である。

第一機動部隊（一航艦）

二式艦偵は〇七：〇〇（一〇：〇〇）に「『利根』機報告位置に敵影なし」、さらに〇八：一〇（一一：三〇）、敵空母発見を報告したが、いずれも南雲長官には届かなかった。

これらの不運など、日本側の事情は複雑だった。

敵空母の存在に過敏だった一航艦司令部は、艦載機来襲の事態に反応した。「利根」機が発見した水上艦の近くに空母ありと判断、攻撃隊の発進準備を命じたのである。敵空母の位置が不明なままだが、事態は逼迫している。

しかし、攻撃隊を敵に向かわせるには、空襲に対応して防空戦闘に従事中の戦闘機を収容、燃料弾薬を補給しなければならなかった。戦闘機なしで攻撃隊を発進させれば、敵の空襲部隊同様、敵戦闘機の餌食となって、攻撃は失敗するだろう。

敵の空襲下、兵装転換が強行されたが、効率は上がらなかった。空母は敵弾回避のため、頻繁に大きく舵を取るため、動揺や艦の傾斜が重量物の魚雷や爆弾の取り扱いを妨げたからである。

考証の悪い映画などでは、飛行甲板で兵装転換をする場面があるが、実際にはこの作業は格納庫内で実施されるため、飛行甲板に魚雷や爆弾がごろごろしていることはない。だから、危険物があるのは格納庫の方である。

兵装転換を飛行甲板で実施しない理由はいくつかある。まず、防空戦が一時間半も続いていたため、飛行甲板は防空戦に使用される戦闘機の発着艦に空けておかなければならなかった。ミッドウェーから帰った攻撃隊も収容できないほど飛行作業が連続する状況で、兵装転換をするわけがない。また、爆弾や魚雷を飛行甲板に上げるのも困難だ。格納庫にはその準備がある。

最初に現われた敵の雷撃機は、大半が戦闘機に撃墜された。上空警戒の零戦だけでなく、第二次攻撃隊の戦闘機も発艦したし、帰還した第一次攻撃隊の戦闘機も要撃に参加したため、戦闘機の数は十分だった。米側が戦闘機を援護につけなかったことは、日本側には不思議だった。

戦闘機の妨害をかろうじて抜けた敵雷撃機も、技量不足と見えて命中した魚雷はなかった。戦闘機をともなわない雷撃隊が次々と撃墜されていく様子に、一航艦司令部では、敵空母からの先制攻撃を受けた衝撃から立ち直って、余裕が戻った。

「陸上機もそうでしたが、艦載機もあの程度では、敵の機動部隊の練度もたいしたことはありませんな」

参謀長がそう言ったとき、「赤城」の見張員が絶叫した。

「急降下、直上！」

艦橋のだれもが真上を見上げた。黒い点がいくつか見え、それが大きくなっていった。

戦闘機は、雷撃機に対応して全機が低空にあって、この攻撃を防ぐことのできる戦闘機は皆無だった。日本海軍の対空射撃は効果がない。一航艦の空母二隻は、事実上、無防備な状態でこの攻撃を受ける事態になった。

〇七：二三（一〇：二三）、まず「加賀」が直撃弾を受け、飛行甲板下の格納庫で爆発、燃料弾薬に引火、誘爆して被害が拡大した。米軍の爆弾は遅延信管を使用していて甲板で爆発せず、その下の格納庫で爆発するようになっていたため、被害が大きくなったのである。

数分後、「赤城」も艦尾に命中弾を受け、舵が故障し、速力が落ちた。敵の攻撃は、この二隻に指向された模様で、「加賀」は命中弾計三発、「赤城」は命中弾二発と至近弾一発を受けた。

戦史では、さらにこの直後、「ヨークタウン」の急降下爆撃機が、「蒼龍」に命中弾三発を与えるのだが、「ヨークタウン」は「あらしお」に撃沈されてそれは回避されたため、敵空母機の第一次攻撃の被害は空母二隻に留まった。しかし、珊瑚海海戦を上まわる開戦以来最大の被害である。

一航艦には、衝撃が走った。わずか数分間の、まさにあっという間の出来事である。

日本の九九艦爆の爆弾は二五〇キロだが、米海軍の急降下爆撃機は一〇〇〇ポンド（約四五〇キロ）爆弾を使用するから、威力はほぼ倍である。おまけに、日本海軍の空母は設計上の被害対策も応急訓練も不十分で、被害はあっという間に拡大する。弾薬の誘爆と航空燃料の爆発的延焼が主因である。

米空母は、戦闘前に燃料補給管を空にして不燃ガスを封入してある。また、応急組織も整っており、訓練も装備も優れていた。珊瑚海海戦で被害を受けた「ヨークタウン」が真珠湾に回航され、三日で修理を終えてこの海戦に参加できたのは、そのためだ。

一方、日本海軍は被害対処については、お粗末の一語に尽きる。

〇七：三〇（一〇：三〇）、空襲は終わり、「対空戦闘用具納め」のラッパが流れた。沈みかけた「赤城」から、南雲長官以下、司令部の幕僚や要員が駆逐艦「野分」に収容され、さらに空母「蒼龍」に移乗、中将旗を掲げた。この移乗に一時間ほどを要し、完了した〇八：三〇（一一：三〇）まで、指揮を執れなかった。

その間、次席指揮官阿部第八戦隊司令官に指揮権が委譲されたが、実質的な指揮は執れなかった。指揮は提督一人がするものではなく、参謀や通信、作戦上の情報の集積など、組織的な能力が必要だからだ。航空参謀のいない巡洋艦部隊の八戦隊で、航空戦の指揮を代行するのは難しい。実質的な航空作戦指揮は、二航戦司令官山口少将が自主的に執った。阿部少将はそれを追認することで、形式的な指揮権を維持したに過ぎない。だが、これが功を奏した。

海軍には軍令承行令（指揮継承順位の規定）というものが決められており、部隊の最先任者が指揮を執れなくなれば、次席の指揮官が自動的に指揮を引き継ぐことになっていた。最先任者とは、最も階級の高い「兵科」将校である。この場合、南雲中将だが、一航艦には中将が一人だから、次席は少将の先任者（少将に昇進した日付が最も早い）がなる。同日付けの昇進の場合、士官名簿の順位（俗にハンモックナンバーという）の高いものが先任である。

ハンモックナンバーは、兵学校を出て同じ日に少尉に任官した数百名の将校（士官とは微妙な違いがあるが、ここでは触れない）にも、成績順に先後任がつくのだ。首席をクラスヘッドという。

また、機関中将や軍医中将より兵科少尉の方が指揮権は上という規定だから、いろいろ批判はあるが、事実関係としてはそうである。

軍令承行令上は、悪く言えば違法、よく言えば変則的に後任の山口少将が指揮をとったのには、伏線がある。

ハワイ作戦の帰路、ウェーク攻略作戦の時のことである。この作戦は、阿部八戦隊司令官の指揮で実施されたが、主戦力は二航戦であり、いろいろ不都合や不満が残った。また、珊瑚海海戦では、五戦隊司令官が先任だったが、主戦力の五航戦司令官が指揮を執って成功している。

これらの戦訓に加えて、山口少将の積極果敢な性格もあったし、第一機動部隊（第一航空艦隊）の指揮官の中で、山口少将が航空戦に関しては最も有能だった。航空戦に暗い水雷出身の南雲中将より、はるかに航空戦には長けている。半減した空母を彼が指揮することで、最悪の事態は避けられるのである。半減したとはいえ、日米の空母戦力は二対二と互角であり、練度では日本に分がある。勝算は十分あるのだ。

〇七：四五（一〇：四五）、重巡洋艦「筑摩」の五号機（水偵）が、敵空母を発見した。約一〇分後、これに対し、（対空母）第一次攻撃隊が発進した。「飛龍」「蒼龍」から艦攻一二機、艦爆一八機、艦戦一二機である。指揮官は、「飛龍」分隊長小林大尉。

無論、山口少将の采配だ。これが、空母に対する第一次攻撃となる。本格的な海戦の始まりだ。ミッドウェーへの第二次攻撃は自然消滅した。

空母への攻撃隊の発進を知った阿部八戦隊司令官は、触接中の「筑摩」機に対し、〇八：〇〇（一一：〇〇）、「敵空母の位置知ラセ　攻撃隊ヲ誘導セヨ」と命令した。

この八戦隊司令官の好判断に「筑摩」機は機敏に反応し、〇八：一〇に敵の位置を報告、〇八：一六に付近の天候を報告してきた。

攻撃隊が敵に接近するころを見計らって〇八：三二には攻撃隊指揮官に直接連絡して「無線誘導ヲナス」と打電の後、誘導電波の長波を送った。

誘導は功を奏して、攻撃隊は〇八：五五に敵機動部隊を発見、攻撃に移った。これに対し、敵戦闘機は要撃体制をとっており、日本とは比較にならない強力な対空砲火も受けることになった。空母のレーダーが、日本編隊を三〇浬（五六キロ）前で探知したためである。
戦闘機と対空砲火の妨害の中、攻撃隊は〇九：〇八（一二：〇八）から攻撃を開始した。
まず「ホーネット」に魚雷一本を命中させ、さらに飛行甲板中央部に直撃弾一発を得た。
これで、同艦は発着艦ができなくなり、空母としての機能を喪失した。航空魚雷では撃沈に
至らず、飛行甲板は破壊したが、一二ノットまでの自力航行は可能である。
これだけの戦果を得た攻撃隊の被害は甚大で、艦攻八機、艦爆六機、艦戦五機が未帰還と
なった。

攻撃隊を発進させた後、山口二航戦司令官は上空警戒機や索敵機を収容し、弾薬燃料を補
給した戦闘機を上空警戒に上げた。併行して、空母への第二次攻撃隊を準備した。
〇八：三〇（一一：三〇）に二式艦偵がミッドウェーの北一五〇浬（二七八キロ）に敵空
母を発見し報告したが、電報は指揮官には届かなかった。さらに一〇分後、同じ偵察機が別
の部隊を確認報告したが、やはり指揮官に不達で終わった。
日本海軍の通信機材の不良か、通信要務の不手際かは分からない。いずれにせよ、正面の
攻撃重視で長年やって来た体質が、通信や情報を等閑視した結果である。
〇八：三〇（一一：三〇）頃、南雲司令部が指揮を回復した。状況を把握した南雲長官は、
山口司令官の航空戦指揮を評価した。一航艦司令部での情勢判断も、山口司令官と同じであ
る。

〇九：一五（一二：一五）、第一次攻撃隊からの報告で、敵の位置が約九〇浬（約一六〇キロ）と判明したため、第二次攻撃隊を発進させた。第二次攻撃隊は、艦攻八機、艦爆六機、艦戦五機、指揮官はミッドウェー攻撃隊指揮官、友永大尉である。彼の乗機は、ミッドウェーで燃料タンクに被弾していたが、応急修理して出撃した。

これで、二隻の空母に残ったのは、それぞれ六機の戦闘機だけとなり、一次攻撃隊の収容準備も整った。

一〇：三〇（一三：三〇）、一次攻撃隊と二式艦偵を収容したため、口頭で報告を受けることができ、敵情が詳細に判明した。敵情とは、位置と兵力である。

空母二隻を中心とする敵機動部隊は、第一航空艦隊の北東約九五浬（一七六キロ）で行動中。護衛は巡洋艦、駆逐艦二一隻。うち空母と巡洋艦、駆逐艦各一隻に命中弾があり、巡洋艦には魚雷一本も命中した。

このころ、第二次攻撃隊も空母を攻撃中であったが、戦闘機や対空砲火に阻まれ、苦戦の模様である。

味方の被害の大きさと、搭乗員の疲労を見た南雲長官は、航空戦を終結させるとともに、水上戦で決着をつけるべく、部隊を北上させた。

一〇〇浬足らずの間合いは、二〇ノット（時速三七キロ）なら五時間もあれば詰められる。深夜には接触できると期待した。

敵のレーダーの存在を知らない日本海軍は、夜戦で勝利を得られると考えていた。レーダーは、じつは日本海軍でも内地の戦艦に装備して試験が実施されていたが、現場の一航艦では、敵がそれを実戦配備していると考えるに至らなかった。

敵に接触していた偵察機の報告では、敵機動部隊は離脱を図っており、彼我の距離は約一二〇浬（約二二〇キロ）で開き気味である。わが水上部隊との接触を嫌ったものと思われる。当然であろう。しかし、大損害を受けた第一機動部隊は、追撃をやめようとしなかった。航空戦はできなくても、水上艦だけでもとどめはさせるはずだ。

収容した第一次攻撃隊の稼働機で、第三次攻撃隊の準備が急がれた。急げば、日没までにもう一撃を加えられる。幸い、敵の攻撃がなかったため、作業は順調だった。しかし、被弾した機体もあって、次の攻撃に使える機体は艦攻三機、艦爆一〇機、艦戦五機であった。このほか、上空警戒についていた艦戦一二機がある。

そこへ、第二次攻撃隊からの急報が入った。友永機の体当たりで小破した空母が、味方潜水艦の雷撃で沈没に瀕しているという。残るは一次攻撃隊により大破した空母が一隻だけである。

そのあとすぐに「あらしお」の戦闘速報が入り、航空攻撃と潜水艦により空母一隻撃沈、一隻大破の戦果が報じられた。巡洋艦は潜望鏡では見えなかったらしい。

これで、三次攻撃隊の発進は中止され、水上部隊での追撃が始まった。

対空母第二次攻撃隊

一〇：〇五（一三：〇五）、第二次攻撃隊が攻撃を開始した。無傷の空母（エンタープライズ）へ攻撃が集中されたが、敵戦闘機や対空砲火の妨害は相変わらず激しかった。

攻撃隊は、果敢に突撃したが命中弾を得ることはできなかった。雷撃針路に入って被弾した友永大尉の艦攻がそのまま艦橋に体当たりして、小破させたのが唯一の戦果だった。

米機動部隊は、攻撃してきた艦載機の技量は未熟だったが、防御力は日本をはるかに超えた戦力を発揮している。攻撃に戦闘機の護衛を付けず、空母の防空に専従させる戦術をとって迎撃するから、少数で援護する零戦では艦攻や艦爆を守り切れない。さらに、敵戦闘機の網をくぐって空母に近づいても、護衛の巡洋艦や駆逐艦はもとより、空母の対空砲火も熾烈を極める。

日本海軍では戦闘機や対空砲火を組織的に運用することができなかったが、米海軍は優秀な無線機などを活用して、組織的な防空戦闘を実施していたのである。

このため、第二次攻撃隊は、魚雷攻撃、急降下爆撃とも命中弾を得ることができなかった。唯一、被弾した友永機が艦橋に体当たりしたが、魚雷は爆発せず、煙突やアンテナを破壊しただけに終わった。

艦攻二機、艦爆二機、艦戦三機に減った攻撃隊が帰路につこうとしたとき、突如小破したその空母に巨大な水柱が上がった。

空母の艦体が包み込まれるその大きさと、爆発の火炎が見えない様子に攻撃隊は目を疑った。次席指揮官機が上空にとどまって、さらに観察した。大型魚雷の命中であろう。おそらく、味方潜水艦の雷撃と思われたが、高速で不規則な回避運動をしている空母に、魚雷を当てることなど神業以上の難事だ。

しかし現に空母は左に大傾斜し、停止したようである。飛行甲板は無事なようだが、もう飛行作業はできない。そこへ、もうひとつ水柱が上がった。今度はやや小さめで、命中の瞬間爆発の火炎と煙が上がった。これは、見慣れた魚雷命中の様子である。舷側に魚雷が命中したようだ。

これでは、とても浮いていられない。

攻撃隊次席指揮官は、これを報告して、帰路についた。

「あらしお」

「あらしお」は、四日（三日）に「ヨークタウン」を撃沈したあと、ミッドウェー北方に去った米機動部隊を追っていた。索敵機や聯合艦隊、第一航空艦隊などの通信を傍受していたから、海戦の様子もわかっていた。索敵機の発見報告より先に、自艦のセンサー（捜索武器）で米機動部隊の位置と動静は概略把握していた。

高速の機動部隊を追いかけるのは大変だが、このころには米機動部隊は日本艦隊を攻撃するため、地理的な移動は小さくなっていた。

五日〇九：〇〇（四日一二：〇〇）頃、日本の攻撃隊（第二次攻撃隊）が乱舞する様子を、潜望鏡でとらえた。フタマン（二万メートル）以上ある敵艦隊は水平線の向こうで、ほとんど見えない。大型艦のマストの先がかろうじて見える程度だ。不規則に高速移動する航空機は測的できないが、おかげでその下で右往左往する米艦隊を探すのに苦労はない。対空戦闘に忙しい米機動部隊は、慎重に接近する「あらしお」には気づかなかった。

本居2佐は、対空戦闘で回避運動する空母を教科書どおり測的することは意味がないと考えた。おまけに、距離が遠すぎるから精度も悪い。

砲弾に比べれば速力の遅い魚雷は、命中まで時間がかかるため、目標の未来位置に発射しなければならない。目標の現在位置と潜水艦、そして未来の魚雷命中点を頂点とする三角形を命中三角形ということはすでに述べた。

命中三角形を得るための目標運動解析が、潜水艦の戦術の基本だが、この局面では、命中三角形は望めない。有線誘導魚雷を命中まで誘導する方がいい。射程内なら、確実に仕留められる自信はある。

有線誘導の八〇式魚雷が三、四番管に、直進だけの海軍九二式魚雷が一、二番管に準備してある。

「三番管発射はじめ、方位線誘導、低雷速。攻撃目標は追って指示する」

方位線誘導とは、自艦から見える敵の方位に魚雷を走らせる誘導法である。魚雷の速力を低速にしておけば、射程は伸びるから、不明要素の多い局面では合理的な判断である。

運動する目標の現在方位に魚雷を走らせるから、常に目標から後落する効率の悪い誘導方法だ。犬が対象物を追うときの運動に似ているから犬追いとも言う。効率は悪いが、最終的に魚雷は敵に向かうから、射程内でありさえすれば、確実に命中させられる。魚雷が命中すれば、魚雷の航跡が記録された指揮装置（コンピュータ）には、その時の位置が入力される。その位置に直進魚雷を打ち込めば、簡単にとどめがさせるのは「ヨークタウン」で実証済みだ。

雷撃は、味方機の攻撃が終わった後がいいだろう。戦闘の結果を見て、雷撃目標を決める。それに、まだ距離は遠い。確実に魚雷の射程内に収めるため、この混乱を利用して接近することにした。

魚雷発射準備を整えつつ、味方の攻撃にも注視した。潜望鏡と赤外線で録画もしておいた。司令部の正確な戦果判定に役立つだろうし、状況が分かりにくい区画で気をもんでいる部下に、あとで見せて労をねぎらうつもりだ。食堂のビデオで解説しながら訓練結果を部下の教育に使うのが、本居2佐のやり方である。

数機ずつの編隊が、急降下爆撃や雷撃を試みるのが見える。敵の対空砲火は激しく、空中で爆発する砲弾が、無数の黒煙を雲のように発生させている。時々味方の飛行機が火炎に包まれるのも見える。映画とは違う胸に迫る光景である。遠くて見えないが、低空では雷撃機も肉薄しているだろう。雷撃機の攻撃高度は一〇〇メートル程度だから、この距離では水平線の向こうである。

一発の魚雷が空母に命中して、黒煙と水柱を上げるのも見えた。同じ空母に、急降下爆撃も命中弾を与えた。急降下爆撃というと、ほとんど垂直に降下すると思い込んでいたが、四

○度程度の角度である。まっすぐ敵艦に向かって降下する九九式艦爆は、潜望鏡の倍率を一杯に上げても黒い点にしか見えないから、投下した爆弾までは見えない。ただ、急上昇するから爆弾の投下がわかるだけである。その直後に水柱が上がるが、命中弾はないようだ。
潜望鏡についている艦長と哨戒長は、直接戦闘を見られるが、他の乗員はそうはいかない。ただ、二番潜望鏡と赤外線の映像は、発令所の小さなモニターには映し出される。手空きの連中はそこに群がっている。

まるで、昭和三十年代の街角のようだ。電気店や街頭にあった小さな一四型のブラウン管に、まだテレビが自宅にない多くの日本人が蝟集した、あの風景を思い出したのは艦長だけである。番組は確か、プロレスやプロ野球放送だったたな。

一番潜望鏡の哨戒長には、全周の見張りをさせて、二番と赤外線は海戦を観戦、録画している。艦長は、海軍の便乗者に二番潜望鏡を見せることにした。彼らが見ている状況が、そのままビデオに録画されていく。まだテープ（ＶＨＳ）の時代である。

便乗者は観戦しているが、乗組員は戦闘配置のままである。ただ、目標運動解析の必要がないから、みな手持ち無沙汰なだけだ。たるませてはなるまい。航空部隊が攻撃を終えて帰投する。そろそろいいだろう。水平線からわずかにのぞく飛行甲板に傾斜が見られない空母を狙う。こっちには、命中弾がなかったようだ。

一気に距離を詰めるため、いったん深度五〇メートルに入り、六ノット（時速約一一キロ）に増速した。露頂中は高速を出すと潜望鏡などが起こすウェーキが大きく白波を立てるので、それが発見の端緒になってしまう。一時間ほど我慢して距離を詰めることを優先したのだ。

この努力で、距離は一〇キロは稼げた。一〇：〇〇（一三：〇〇）頃に露頂した時には、空母二隻を視界内にとらえていた。近い空母は数キロ、遠い空母も一〇キロはない。

改めて、魚雷発射準備をしていた時、また日本機の空襲が始まった。今度は前回の半数ほどの機数しか見えない。機動部隊に相当の被害が想像され、艦長以下緊張した。ならば、いよいよ攻撃を成功させなければならない。

露頂して速力を四ノット（時速七・四キロ）に落とし、魚雷発射準備を再開した。

攻撃目標は、攻撃隊の戦果しだいだ。二隻とも空母が潜望鏡で見えるから、注意深く観察した。すでに一隻は大きく傾斜して黒煙を上げている。大破炎上中のこれは後回しだ。もう一隻は、潜望鏡を向けたときにはずっと左に移動し、まだ健在に見える。これをやる。

「三番管攻撃目標は、これ（空母のマストに照準線を合わせて方位信号を送るボタンを押すと、指揮装置にそれが入力される）。方位線誘導、潜望鏡で誘導する。概略距離八〇〇〇、方位角はとりあえず左三〇度、的速は二〇ノットを調定しておけ。低雷速、アクティブ」

便乗者から二番潜望鏡を受け取った艦長の観測は、ビデオモニターで観られるから、空母を狙っていることは、便乗者たちにも理解された。

水雷長と指揮装置の操作員は、諸元を入力、報告した。

「調定よし」

「三番管発射はじめ」

　右舷真ん中の魚雷発射管の前扉が開いた。

「三番管発射はじめよし」

「三番管次に打つ」

　艦長の右親指が、潜望鏡ハンドルのボタンを押した。その信号が指揮装置に取り込まれ、発射手続きが終わって魚雷が発射された。

「三番管発射」

「誘導間隔三〇秒、五秒前知らせ」

　三〇秒ごとに潜望鏡から方位信号を送って、その方位線の上を魚雷が走るようにするのである。じっと目標だけ眺めているのは、危険だ。艦長は、誘導の合間に海上や空中を観測して、敵を見張ることも忘れない。

　一番潜望鏡の副長も真剣に見張りをしているが、敵機動部隊の近くである。水上艦だけでなく、飛行機が近距離を通過しないとも限らない。

　じっくり全周を見渡すのには、三〇秒は十分な時間だ。一周して空母に戻って照準線にとらえた頃、「五秒前」と報告がくる。そこでまた、方位信号を送るのである。

　これを十数回繰り返したころ、

「魚雷目標捕捉」と報告がきた。すぐに、魚雷は十分な探知信号を得て追尾に入った。

「誘導止め、ワイヤカット、三番管発射止め、魚雷位置を記憶させ、的速停止を調定」

例によって、とどめの魚雷を打ち込む位置を指揮装置に記憶させておくのである。とどめは、九二式魚雷二本というのも、もうセオリーになった。海軍の魚雷員の手柄にもなる。その事情を呑み込んでいる上田兵曹長と横山二曹は、言われなくても発射管室に降りて行った。発射の仕事はないが、自分たちの魚雷が無事に仕事をするかどうかは、発令所ではなく発射管室で見届けたい。

「一、二番管発射はじめ、目標三番管と同じ」

その時、潜望鏡に白い水柱が見え、すぐに衝撃が伝わってきた。航空魚雷の命中とは比較にならない激しさで、すでになじみのある八〇式魚雷の命中音である。

三番管の八〇式魚雷の探知信号のおかげで、空母までの距離は六六〇〇メートルと正確にわかったし、大破して停止したはずだ。

巨大な水柱は、空母の艦体の後ろ半分を覆っていたが、ゆっくりと崩れ落ちた。左に傾いたまま、まだ浮いている。

帰路についていた日本の攻撃隊の中から、反転した機がある。本艦の雷撃に驚いて状況を確認しているのだろう。海軍の潜水艦用魚雷の威力も見せてやろう。

「一番管、用意、てーっ」

「二番管、用意、てーっ」

数秒間隔で九二式魚雷が二本出て行った。

今度は、潜望鏡に爆発の火炎と爆炎が水柱の代わりに空母を覆ったのが見えた。一本は不発か外れたらしい。それでも、十分な被害を与えたであろう。

航空攻撃ですでに一隻は大破したようだし、これで米軍に無事な空母はなくなった。

「あらしお」は戦闘速報を送った後、大破して航行不能の空母を守って行動を決めかねてい
る米艦隊から一万メートル付近で露頂哨戒を続けた。

あまりやり過ぎない方がいい。味方の水上部隊の戦力から見ても、これらを撃破するのは容易のはずだ。手柄を立てすぎるのも考え物だし、貴重な魚雷も節約したい。

米機動部隊は、傷ついた「ホーネット」を守って、一二ノットで戦場からの離脱を図った。もう一、二回空襲があるかもしれないが、これまでの戦闘結果から、雷撃機と爆撃機はせいぜい一〇機程度であろう。防空のために戦闘機を上げることはできなくなったが、その分対空砲火は自由に発揮できる。「ホーネット」を見捨てて退却することはできない。残った巡洋艦と駆逐艦で濃密な対空火力を発揮する。

一二ノットでハワイに向かう米艦隊に対して、第一機動部隊（一航艦）は、二一ノットで追撃をしていた。距離約一〇〇浬（約一九〇キロ）。理想的な針路なら、一一時間強で会敵できるはずだ。

米艦隊は、大破した空母一隻のほか、巡洋艦七隻、駆逐艦一二隻である。

日本艦隊は、航空戦可能な空母二隻に戦艦二隻、重巡二隻、軽巡一隻、駆逐艦一二隻である。水上戦（砲戦、水雷戦）でも十分勝てる。

高速のため、五隻の給油艦は置き去りにしたが、海戦後に補給できる見込みである。これを護衛するため、駆逐艦四隻が分離された。

六日(五日)の日の出前、日米ともに索敵機を発進させた。お互いに概略位置を承知していたので、ほぼ同時に発見した。

夜が明けるから、米軍のレーダーの優位性は失われた。

南雲長官は、肉薄して被害が出る恐れのある航空攻撃はひかえ、戦艦「榛名」「霧島」の射撃から始めた。敵の巡洋艦の射程外からアウトレンジする。これに重巡「利根」「筑摩」が続いて、射程に入るのを待つ。

「榛名」「霧島」は三六センチ砲、重巡は二〇センチ砲を備えている。これに対し米巡洋艦は八隻八インチ(二〇・八センチ)砲であり、戦力は隔絶している。

これに加えて、軽巡「長良」と駆逐艦八隻は、計魚雷七二本での水雷戦に備えて接近する。「飛龍」から戦闘機が二機飛んで、索敵と弾着観測をする敵の水上機を撃墜、駆逐したため、日本側の砲撃は射程、精度とも圧倒的だった。

米駆逐艦は勇敢にも突撃して魚雷を発射しつつ、煙幕を展張して日本艦隊の砲撃を妨害したが、重巡の主砲と戦艦の副砲で二隻が撃沈された。洋の東西を問わず、小型艦の乗組員は、なぜか勇敢なのである。

米巡洋艦も反転して突撃し、射程内での砲戦を挑んだが、交戦前に三六センチ砲弾を受けて大破、あるいは撃沈された。空母は放棄され、数隻の駆逐艦はハワイに遁走した。

これに対し、二航戦から艦攻と艦爆が発進し、すべて撃沈破した。米艦隊には戦闘機はなく、敗走する駆逐艦だけでは対空火網も薄くならざるを得ない。

ミッドウェー海戦は、砲戦と航空戦で終了した。敗残の「ホーネット」は捕獲された。

日本海軍は空母二隻を喪失したが、米艦隊は全滅した。

勝利と言っていいだろう。

第六章

攻略

六月七日（六日）　聯合艦隊司令部

海戦の結果は、史実とはかなり違ったものになった。

史実では、わずか空母一隻、駆逐艦一隻撃沈の戦果で、被害は、空母四隻と重巡洋艦一隻を失い、重巡洋艦一隻、駆逐艦一隻が撃破された。当然、空母艦載機はすべて失われている。

これに対し、この世界では、空母二隻、重巡洋艦二隻、軽巡洋艦一隻、駆逐艦十四隻撃沈の戦果を挙げ、空母一隻を捕獲した。戦闘被害は、空母二隻（赤城、加賀）喪失にとどまった。このほか、衝突事故で重巡二隻が損傷したが、幸い敵の攻撃を受けずに済んだ。ただ艦載機の被害は甚大で、搭乗員も多くが失われた。戦史では空母が壊滅したため、搭乗員は比較的生存者が多かったのだが、今回は、艦載機の戦闘被害が大きかったため、搭乗員の喪失が歴史より痛手、という結果になってしまった。

第一航空艦隊のうち、第一航空戦隊は壊滅したが、第二航空戦隊の空母二隻は無傷で残った。出撃してきた米空母三隻はすべて撃沈、捕獲したから、付近海域の制空、制海はわが方にある。ミッドウェーの敵陸上機も、海空戦で多くが被害を受けた。滑走路はまだ使えるようだが、残った少数残存機は二航戦が制圧できるだろう。

ハワイから、航続力の優れたB-17や飛行艇が飛来する可能性はあるが、これまでの戦闘結果から、脅威にはならないはずだ。これら大型機の高高度からの爆撃では、機動部隊、攻略部隊ともに、被害は出ていない。

この状況下で、ミッドウェーの攻略の是非が再検討された。元々空母を誘い出すため、ハワイに近いミッドウェーを攻略して脅威を与えるのが作戦目的だった。空母を撃破した今、島の攻略の必要性に疑問が生じたのである。

作戦の大幅な変更は、機動部隊や攻略部隊ではなく作戦を指揮する聯合艦隊が実施することは、作戦前の打ち合わせで決まっていた。決断は、聯合艦隊司令長官の手にゆだねられた。

戦略的思考を基本にする山本長官は、戦争終結を常に考えていた。具体的には、積極的に敵の痛点を攻撃し続けることで、戦争の主導権を維持し、米国が立ち直って戦備を増強する前に決着をつける、ことである。そのためには、インド洋のセイロン、太平洋のハワイの攻略すら主張していたほどだ。陸軍や大本営（軍令部）の猛反対に遭って、ミッドウェー攻略に規模が縮小された。それさえも、大本営は難色を示したが、ドーリットル空襲が後押ししたことは、すでに述べたとおりである。

米空母が全滅した今、占領や維持に困難がともなうにせよ、ミッドウェーを攻略してハワイに重大な脅威を与える戦略的価値を重視した。

すぐに結論が出た。作戦は継続、予定どおりミッドウェーを攻略する。

海戦は一応勝利に終わっても、攻略には問題はある。捕虜の証言で守備の海兵隊が大幅に増強されていることが第一である。それにサンゴ礁を越えて礁内の二島、イースタン島とサンド島に取り付く技術的な困難も解決されていない。

砲術参謀の案で、戦艦、重巡洋艦の主砲で火力制圧することとなった。敵航空機の活動は抑え込めるから、島に水上艦が接近しても大丈夫だ。攻略部隊の障害となるサンゴ礁も砲撃で破壊し、喫水の浅い平底の大発が突破できるようにする。

攻略目標の二つの島は、ともに平坦で防御しにくい地形である。防御の拠点となる高所や洞窟などはない。大小の塹壕や掩体という人工の施設に米海兵隊は潜んでいるはずだ。戦艦や重巡の主砲で事前に十分な制圧射撃が可能である。戦艦はもちろん、重巡の二〇センチ砲ですら、陸軍の野砲としては最大級である。艦砲射撃の効果は、戦史で証明されている。

この火力制圧は、攻略部隊で十分とみられたが、状況しだいで主力部隊の「大和」以下も投入する。そもそも、主力部隊の任務は当面ないのだから。攻略と事前砲撃は第二艦隊司令長官の裁量に任されたが、数百マイル後方の主力部隊も、ミッドウェーへ急行した。　山本聯合艦隊司令長官は、南雲中将に空母二隻ほか、戦闘可能な兵力で攻略部隊を支援するよう命じた。攻略部隊の小型空母「瑞鳳」だけでは、ミッドウェー攻略の航空支援が不足と判断したからである。

海戦の主役は空母機動部隊だったが、今度は攻略部隊の出番である。

日本海軍が作戦のたびに編成した軍隊区分は、後世の読者には分かりにくいだろうが、できるだけ戦史から逸脱しないため、煩雑な記述を容赦願う。

この作戦における主力部隊は、主隊と警戒部隊に分けられている。聯合艦隊司令長官が直接指揮する主隊は、本隊の第一戦隊「大和」「陸奥」「長門」、警戒隊の第三水雷戦隊、軽巡「川内」、第十一駆逐隊、第十九駆逐隊、空母隊の「鳳翔」「夕風」、特務隊の「千代田」「日進」、補給隊から編成される。

第一艦隊司令長官の指揮する警戒部隊は、本隊と警戒隊に分けられており、本隊が旧式戦艦の第二戦隊（伊勢、日向、山城、扶桑）で、警戒隊は水雷戦用の第九戦隊（軽巡「北上」「大井」、第二十、二十四、二十七駆逐隊）、第二補給隊を伴っている。

このように主力部隊には戦艦が七隻揃っている。この新旧の戦艦に旧式空母、軽巡や駆逐艦を加えた編成は、昼間砲戦と夜間の水雷戦に対応できる従来の艦隊決戦編成そのものである。

乾坤一擲のミッドウェー作戦の編成が、旧態依然とした戦艦中心であったのは、一部の読者には意外かもしれない。主役は、第一機動部隊（第一航空艦隊）だったのに、「主力」部隊の名称は戦艦部隊に残されたのである。

この古い思想に基づく艦隊決戦用主力部隊には、やはり旧式の九六式艦上戦闘機を搭載した空母「鳳翔」が配属されている。日本海海戦やユトランド沖海戦、いや前年五月のデンマーク海峡海戦のような艦隊決戦なら、威力を発揮したであろうが、海戦先進海域の太平洋では、空母相手には時代遅れにすぎる編成である。ただ、敵空母が撃退された状況では、十分に活躍するだろう。

攻略部隊

海戦後新たに主役になった攻略部隊は、第二艦隊司令長官近藤中将の指揮下にある。その軍隊区分は次のとおりである。（指揮官：主要任務）

本隊（第二艦隊司令官直率：全作戦支援）
第三戦隊第一小隊　戦艦「金剛」「榛名」
第四戦隊第一小隊　重巡洋艦「愛宕」「鳥海」
第五戦隊　　　　　重巡洋艦「妙高」「愛宕」
第四水雷戦隊　　　軽巡洋艦「由良」、第二駆逐隊、第九駆逐隊
空母「瑞鳳」（九六艦戦、九七艦攻各一二機）、駆逐艦「三日月」
給油艦四隻

護衛隊（第二水雷戦隊司令官：一、占領隊輸送、護衛。二、ミッドウェー攻略並びに設営援助）
第二水雷戦隊　軽巡洋艦「神通」、第十五駆逐隊、第十六駆逐隊、第十八駆逐隊、第十六掃海隊、第二十一駆潜隊、その他

占領隊（第二連合陸戦隊司令官：一、ミッドウェー島攻略。二、基地設営）
第二連合特別陸戦隊（二連特）
第四測量隊、第十一設営隊、第十二設営隊
陸軍一木支隊　歩兵第二十八連隊（歩二十八）基幹

支援隊（第七戦隊司令官）
第七戦隊　重巡洋艦「熊野」「鈴谷」「三隈」「最上」、駆逐艦二隻

航空隊（第十一航空戦隊司令官：一、キュア島占領。二、上陸戦闘協力。三、対潜哨戒、攻撃）
第十一航空戦隊　水上機母艦「千歳」（水偵二三機）、特設水上機母艦「神川丸」（水偵一二機）、駆逐艦一隻
哨戒艇一隻

特別陸戦隊一個小隊

補給隊（第二艦隊司令官直率）

補給艦五隻

二連特は、五月一日に編成されたばかりである。司令官はのちに沖縄戦で有名になる大田少将。司令部は六三六名、横須賀第五特別陸戦隊（横五特）一四五〇名、呉第五特別陸戦隊（呉五特）一一〇〇名が基幹構成部隊で、占領後の基地設営のため、第十一設営隊（十一設）及び第十二設営隊（十二設）が門前大佐の指揮下に配属されている。防御陣地設営のため、土嚢二五万個も準備された。兵器より土嚢を準備するあたり、日本的な周到さといえる。

特別陸戦隊（特陸）は、陸の歩兵大隊に相当する規模で、定員は約一〇〇〇名である。海軍創設時にはあった海兵隊を廃止した後、海兵隊相当の任務を期待されてきた。鎮守府で編成されるから、部隊番号の前に鎮守府名が付く。例えば、横須賀第五特別陸戦隊（横五特）のように。

二連特は、今度の作戦に備えて増員と装備の増強が図られた。とくに横五特の場合、館山砲術学校（陸戦教育機関）から教官、教員を引き抜いて増員されていたから、戦力はかなり向上している。

ちなみに、海軍には砲術学校が二つあった。本流の艦載砲の術科教育は、横須賀の砲術学校で実施されている。これに対して館山砲術学校は、陸戦隊の養成機関であった。いわば陸軍の砲兵学校や歩兵学校などを併せた教育機関といえる。この種の教育機関（学校）を、陸軍では実施学校、海軍では術科学校という。

特陸は本来大隊規模だから、司令は中少佐である。今回は増強されたこともあり横五特司令は安田大佐、呉五特は林中佐が任命された。両司令も大田司令官とともに、陸戦の権威とされた人物である。その上、両特陸とも、隊員は選りすぐりの精鋭を揃えてある。

特陸は、兵力が歩兵大隊相当とはいえ、独立作戦機能をもつ小型の諸兵科連合部隊というべき実力を持つ。だから通常単独で作戦するが、二個以上の特陸を運用する場合、連合陸戦隊となる。その戦力は陸軍の旅団を凌ぐであろう。日本陸軍の旅団は、独立混成旅団などを別にすれば単兵科（歩兵）なので、砲兵、工兵など戦闘に必要な兵科を持たないし、輸送、補給など後方支援機能が脆弱だからだ。

特陸は陸戦専門部隊だが、艦隊乗員を臨時編成して陸戦隊にすることもある。装備、練度ともに特陸とは比較にならないが、現地に艦隊がいれば、陸上における緊急事態に即応できる利点があるため、海軍では兵学校、海兵団、各術科学校でも一定の陸戦訓練を実施している。海軍軍人は、とりあえず歩兵にはなれるというわけである。

海上自衛隊でも、名目上は護衛艦一隻で陸戦隊一個小隊を編成する建前で、定数の小銃や機関銃などが搭載されている。ちなみに、潜水艦にも小火器が少数だが搭載されている。

陸軍歩兵第二十八連隊（歩二十八）は、北海道第七師団の基幹構成部隊四個歩兵連隊のひとつである。連隊長一木大佐は、歩兵学校、戸山学校の教官を務めた有能な歩兵将校で、なかでも歩兵戦術と銃剣術に優れていた。

戸山学校というのは、歩兵の戦技（射撃、剣術、銃剣術など）や戦術、体育、軍楽などを教育する学校である。歩兵学校は、戸山学校から分離した教育機関で、戦闘法の研究や教育をする学校であった。

両校の教官を務めて歩兵の戦術、戦技、戦闘法の権威だった一木大佐が、手塩にかけて鍛えた歩二十八の現役兵の練度と士気は高く、陸軍部内でも格別に期待された連隊の一つである。これに工兵第七連隊第一中隊、独立速射砲第八中隊などの配属を受け、一木支隊と呼ばれた。

支隊というのは陸軍の用語で、陸上自衛隊でも踏襲されている。特別の作戦任務に基づき、一時独立して行動する派遣隊の意味で、規模や編成はその任務に応じてさまざまだが、大隊から旅団規模である。それより上の師団は独立作戦能力を持つ戦略兵団の位置づけだからだ。日露戦争の秋山支隊（騎兵旅団基幹）は有名である。実質的に海軍特別陸戦隊は支隊といえる。

一木支隊は総兵力約二〇〇〇名、折畳舟約三〇隻、対戦車砲（速射砲）八門などを装備していた。

このように陸海軍ともに精鋭な上陸部隊を準備してはいたが、上陸自体が困難であることは懸念されていた。島はリーフ（サンゴの環礁）に囲まれているため、舟艇で突破できないのである。南側のリーフの中央、イースタン島とサンド島のほぼ中間には、ブルックス水道が開いているが、当然敵は警戒しているだろう。機雷も敷設されていると見なければならない。陸上からの妨害射撃を考慮すれば、掃海は占領後に掃海艇で実施するしかあるまい。

戦争後期には、米海兵隊がキャタピラ付きの水陸両用艇で、リーフを乗り越える手段をとるが、日本海軍にはそんな装備はまだない。リーフまでは舟艇で行くとして、リーフを越えて、背の立たない海中を五〇乃至一〇〇メートル泳いで敵前上陸するしかない、と最初は考えられていた。しかし小銃など装備を持ってとても泳げるものではない。そこで、リーフから先はゴム浮舟などで進むことにした。それでも、リーフから島に取り付くまでは、まったく無防備で危険極まりない移動である。小火器の弾丸でも被弾すれば、脆弱なゴムボートは沈没するだろう。

上陸実施責任のある二連特司令部では、首席参謀米内少佐が知恵を絞っていた。少佐は、五月一日の二連特編成まで第四艦隊参謀だったが、四月から上陸計画を研究してきた。当初は、海戦の前に奇襲上陸のはずだったから、これらの面倒で危険な移動は、敵に気づかれないようにやらなければならない。となれば、夜間にひっそりやらざるを得ない。そのため敵に発見されないよう前夜半は暗夜が絶対条件である。それで月出が現地時刻零時頃の六月七日(月齢二二・八)とされた。また、七月まで延期すると、強風の季節になることが予想されて、作戦期日が六月七日に決定したのである。準備が不十分なまま部隊が出撃させられたのは、詰まるところこんな事情だった。

ところが海戦の結果、奇襲性は必要なくなり、日本側の都合でいつでも上陸できることになった。準備不足で出撃したが、攻略作戦は腰を据えてやれるとなれば、作戦は見直される。最大の障害、リーフの破壊を堂々と実施することになった。ブルックス水道も、掃海しだいでは使えるだろうが、リーフを破壊する方が確実だと考えられた。

リーフを破壊して進入路を啓開する方法として、哨戒艇や掃海艇により、夜間にひそかに接近、爆破する方法と、攻略部隊本隊及び支援隊の戦艦、重巡洋艦の砲撃による破壊が研究された。海戦の結果を受けて、聯合艦隊砲術参謀が、戦艦などの大口径砲での破壊法を指示してきた。状況しだいでは、攻略部隊の第二艦隊だけでなく、「大和」以下、主力部隊の戦艦群も加わるという。

当然、大口径砲の砲撃は、リーフのみならず、敵の守備隊にも浴びせられる。むしろ、そちらへの砲撃がより重要で効果的だ。

上陸作戦は、奇襲から本格的な強襲作戦に変わった。

観測や偵察が可能になるだけの明るさが確保できる、現地時間七日（日本時間八日）の日出前から砲撃開始するように変更された。

事前砲撃は、リーフの破壊だけでなく、陸上の敵陣に対しても、砲撃が実施されることになった。捕虜の証言から、予想以上の兵力が増援されているとわかったからだ。まず、陸上を砲撃して敵の抵抗力を奪い、さらに接近してリーフに対する砲撃を実施することになった。

陸上砲台の射程を十分外しての砲撃だが、念には念である。

「瑞鳳」及び二航戦の艦載機で上空を制圧するなか、島に接近した戦艦及び重巡洋艦の艦砲射撃で敵守備隊とサンゴ礁を撃破する手順が決められた。爆撃より、砲撃の方が効果が大きい。砲撃が終わった後、上空から残った目標を爆撃することにされた。米軍の両用戦の手順と同じだ。軍事的合理性に国境はない。

島への制圧射撃は、三六センチ砲一六門、二〇センチ砲八〇門の火力をもってすれば、十分可能であろう。このほかに戦艦の副砲や軽巡洋艦と駆逐艦の艦載砲がある。効果不十分なら、「大和」以下が参加する。「大和」の四六センチ砲弾は、三六センチ砲弾より六割以上威力が大きい。

八日〇一：〇〇（七日〇四：〇〇）　ミッドウェー　攻略部隊（第二艦隊）

南から接近してきた第二艦隊の戦艦二隻と重巡洋艦八隻の対地射撃が開始された。

三六センチ砲弾は六三五キログラム、二〇センチ砲弾でも一二五キログラムである。それが一〇〇発以上同時に着弾する。三〇トン以上が着弾するのだ。

日本海軍で最大の爆弾は八〇〇キロ、艦爆は二五〇キロである。艦攻や艦爆一個中隊が投下する爆弾以上の火力が、戦艦の主砲一斉射で発揮される。二、三斉射で正規空母一隻の攻撃力を凌駕するのである。

当時、火力に優れた米陸軍でも最大の野砲は八インチ、つまり二〇三ミリで重巡洋艦の主砲並み、主力野砲の榴弾砲は一〇五ミリ、補助的な榴弾砲が一五五ミリだった。軽巡洋艦や駆逐艦の主砲以下である。そして弾丸威力は、口径の三乗に比例する。軍艦の艦載砲の威力が分かろうというものである。

太陽はやっと顔を出したばかりだが、島は十分な朝の光の中にあった。「霧島」と「金剛」の三六センチ砲が二島に試射を開始した。艦隊決戦に備えて技量を練り上げた日本海軍の砲撃は、広くて動かない島には十分以上に正確だった。

上空には零式観測機が飛んだが、初弾観測から有効弾だったので修正の必要はなく、次は一六門の斉射である。島が黒煙に包まれたころ、さらに接近した重巡洋艦の二〇センチ砲がリーフ（サンゴ礁）への射撃を始めた。島には爆炎が林立し、リーフには水柱が無数に上がった。

射撃には対空用零式弾が主用された。これは、弾片効果を狙った榴弾で、徹甲弾のように貫徹力はないが、軽装甲の艦船や陸上には対しては威力を発揮するし、地上射撃では徹甲弾より効果がある。

戦艦、重巡洋艦の射撃が終了したところで、観測機が効果を確認するため、島の上空を低空で飛んだ。対空射撃に対しては、戦闘機が掩護に付いたため、妨害を受けることなく、精密な観測が実施できた。対空射撃をする無事な砲座はすでになかった。被害確認ができない数ヵ所の砲座に、艦爆が念のため急降下爆撃を加えたが、対空砲火は散発的な小火器だけで、日本機に被害はなかった。

次に、リーフを完全破壊するため、第二水雷戦隊が島に接近した。水面下のサンゴ礁に対して魚雷を発射した。進入口を二ヵ所確保するだけだから、一〇本程度の魚雷が水柱を上げて、短時間で終わった。

水上と空中からの援護を受けつつ、掃海艇がサンゴ礁の進入口を確認、大発（上陸用舟艇）の航行に支障のないことを報告してきた。

攻略部隊指揮官第二艦隊司令長官近藤中将は、占領隊指揮官第二連合特別陸戦隊司令官大田少将に上陸を命じた。

大田少将は、歩兵二十八連隊長一木大佐にこれを伝達した。陸海軍は協力関係のため、同じ上陸部隊を指揮する大田少将が一木大佐に命令できないもどかしさがある。それでも、一木大佐は大田少将を信頼していたので、緊密な協同を約束していた。さらに一木支隊には、海軍の通信隊の一部が配属されている。

南側に啓開されたリーフから主力が上陸するが、陽動のため陸海軍それぞれが北から小部隊を送り込んだ。

歩兵二十八連隊は、小阪歩兵中尉の指揮する一個小隊約四〇、二連特は呉五特分隊長三輪大尉の指揮する一個小隊約五〇である。それぞれ、哨戒艇に分乗して夜間、島に接近していた。島やリーフに対する戦艦、巡洋艦の射撃の間に、上陸準備を整え、砲撃終了を待った。

海軍陸戦隊はサンド島、陸軍歩兵連隊はイースタン島を攻撃する。第二水雷戦隊がサンゴ礁雷撃に移ったころ、両隊は上陸を開始した。

米軍は、南方からの猛烈な砲撃を受けていたため、北への警戒は薄かった。そのため上陸直前まで反撃を受けなかったが、上陸するころには察知され、米軍の反撃が始まった。当初、反撃は組織的なものではなく、日本軍を発見した個々の銃座レベルだったが、徐々に組織的な戦闘になっていった。しだいに日本軍は苦戦することになる。

イースタン島では、小阪小隊が被害を怖れず前進して内陸部五〇メートルに達した。この時まで、小隊の死傷者は三割に達していたが、陽動襲撃の任務をよく理解した将兵は、攻撃の衝力が陽動効果に結びつくと信じて敢闘した。全滅しても、主力の上陸に寄与すればいい、そう信じて決死的な戦闘をしたため、米軍もその果敢な攻撃ぶりに混乱した。上陸の先鋒だろうか、との疑心暗鬼が生まれた。

小阪小隊は奇襲効果により、五インチ砲台一と重機関銃座二を占領した。それらを拠点に攻撃を継続し、時々指揮をする小阪中尉の軍刀が、朝日にきらめいた。隙あれば、さらに突撃しそうな勢いである。軽火器のみの小兵力の歩兵が、被害を出しながら前進を止めない。陽動や偵察なら、そんな無理はしない。それが、欧米の常識的な兵法である。南の砲撃を陽動、北の上陸を主攻との思いが指揮官の頭をかすめた。敵指揮官を混乱させるのが、陽動作戦の目的だから、任務は達成されたといっていい。それでもたかだか一個小隊の攻撃である。敵の反撃が強まるにつれ、小阪小隊の死傷者は増大する一方である。このままでは全滅するだろう。

サンド島の陸戦隊は、北部の標高一三メートルの丘に軍艦旗を立てることだけを目的にしていた。そのため無理な前進をせず、塹壕や破壊されたトーチカを伝いつつ、着実に前進する方法をとった。無理をしないとはいえ、そこは日本の陸戦隊である。丘に軍艦旗を立てるため、敵弾の中を駆け出す隊員が何度も、敵弾に打ち倒された。

これら陽動部隊の攻撃は、南のリーフ進入路啓開と併行していたため、米軍は対応に手間取った。

さらに、陽動部隊の掩護には上空に戦闘機があって、敵の反撃拠点に銃撃を加えた。日本の海軍機としては珍しい近接航空支援である。地上部隊との無線通信は確立されていないが、地上砲火の状況を見た搭乗員の判断で、適宜銃撃した。真珠湾では低空で銃撃した際、電線を引っ掛けて帰ったほどの戦闘機隊である。敵味方の状況を把握し、味方の危機に効果的な支援射撃を加えた。

地上の部隊も、日章旗や軍艦旗を地上に広げて、上空からの識別に備えた。地上に広げた旗は、同じ地上で障害物の向こうにいる敵からは見えない。有効な敵味方識別手段である。また、これで空から支援する航空部隊は、地上の部隊の陸海の別を知った。陸軍は日章旗を、陸戦隊は軍艦旗を常用する。記録映像や写真で旭日旗を掲げているのは、海軍陸戦隊である。陸軍の軍旗(連隊旗)も同じような旭日旗だが、ほとんど縁の房だけで布地が残っている連隊はまずない。大元帥陛下から下賜され、更新されることのない軍旗と違って軍艦旗は備品なので、新品が簡単に補充されるのである。

むろん海軍機も陸軍だからといって手を抜くことはなく、むしろ、より丁寧な支援を行なった。

一個小隊程度の兵力では、島の占領はむろんできない。しかし、上空の友軍機の活躍に助けられて、全滅の危機は脱した。島の北部の一角に確保した拠点によって、敵の注意をひきつける効果は十分に発揮した。

ミッドウェー米軍守備隊

ミッドウェーの指揮官はシマード海軍大佐、地上戦の指揮官はシャノン海兵大佐で、二人とも大佐に進級したばかりである。地上戦闘を指揮するシャノン海兵大佐の手元には、第二急襲大隊と第六海兵大隊が主力としてあった。

五月三日、ニミッツ大将（米太平洋艦隊司令長官、山本長官に相当する地位）の視察を受けた後、防衛態勢は急速に強化された。その結果、ミッドウェー海戦を迎えた際は、次の戦備が整っていた。

兵員約三〇〇〇名、軽戦車五両、五インチ（一二七ミリ）砲六門、三インチ（七六ミリ）砲一二門、三七ミリ対空機関砲八門、一二・七ミリ重機関銃三〇梃、これに歩兵用の軽火器が揃っている。

イースタン島に滑走路が整備され、大きいほうのサンド島は、燃料タンクや飛行艇基地があった。火砲は海岸近くに配備された。

また、掩体その他も構築され、海戦前に日本軍の爆撃（友永大尉の第一次攻撃隊）を受けても守備隊の被害は死傷約三〇名に留まった。攻撃は、滑走路や格納庫など露出した施設を主に目標にしたためである。ここまではいい。

海戦の結果、せっかく増援された航空兵力はほぼ壊滅し、脆弱な地上施設も多くが被害を受けた。最大の被害は、上陸前の艦砲射撃で、被害規模は格別だった。一過性で数十発程度の爆撃と違い、数千発の砲弾が与えた被害は、死傷一〇〇〇名を超えた。上陸予想海岸に敷設した急造の手製地雷や鉄条網などは、事前の砲撃で大半が無力化されていた。頼みの火砲も破壊された。

機関銃はもとより、砲も本来対空用に装備されている。五インチは駆逐艦の主砲であり、三インチは小型艦の主砲である。これらは大型艦の副砲や対空砲としても使用される。

それらの艦載砲をコンクリートの台座に設置してある。対空用だから、射界を得るため上方には暴露されている。周囲は土嚢などで防護されているから、直撃弾でなければ被害は局限されはする。しかし、絨毯砲撃を受けたため、大半が破壊された。軽戦車が四両残ったことと、分散された弾薬や食料の被害は局限されたのが、わずかな救いである。

日本軍の上陸を迎えたとき、サンド島には軽戦車四両、五インチ砲一門、三インチ砲三門、三七ミリ対空機関砲二門などのほか、兵員約一〇〇〇が配置についていた。

イースタン島には、五インチ砲、三インチ砲が一門ずつ残り、重機関銃以下の兵器と、兵員約八〇〇が日本軍の上陸を迎えた。

強烈な艦砲射撃は先日の空襲の比ではない。まさに制圧された実感と恐怖があった。海上はるかな戦艦や巡洋艦に反撃する手立てはないから、砲撃が終わるのを待って逼塞していた。

そこへ、北部への上陸の報告が来た。

放置すれば背後を脅かされる。小兵力だが、反対方向から猛砲撃を受けている状況では、掃討する余裕はない。前進させないように火力で制圧するだけだ。しかし、その火力を発揮する機関銃や迫撃砲は、上空から銃撃を受けて満足に射撃できない。低空で乱舞する戦闘機を撃墜する対空砲は、砲撃で破壊されてしまった。

厄介な問題を抱えて、米守備隊は不自由な防御戦闘を強いられた。

艦砲射撃が途絶えたので、恐る恐る頭を上げた海兵隊は、海岸に達しようとした舟艇（大発）群を見て慌てた。やはり、南が主攻だった。

日本軍上陸部隊（二連特・歩二十八）

現地時間八時ころ、リーフを越えて陸戦隊と歩兵第二十八連隊が同時に二島に殺到した。

約三時間におよぶ銃砲爆撃にリーフへの雷撃の後である。さらに緻密な日本軍のことで、上陸支援の砲撃は分単位で規制され、リーフを通過するまで敵陣に砲弾を浴びせ続けた。このため、海上移動中に要撃されることはなかったが、海岸線に到着するころには、米軍の散発的な射撃が始まった。

対空用に設置された砲は、水平方向への射撃のため邪魔な土嚢を撤去しなければならず、対応が遅れた。そこで、軽戦車が活躍した。

サンド島に上がった陸戦隊は、至近距離からの銃砲撃に直面し、いきなり二隻の大発が被弾した。残り三隻の大発から上陸した約一〇〇名が散開し、敵陣に肉薄した。歩兵を阻止すべく米軍が設置した鉄条網や手製地雷原は、砲撃で多くが破壊されていたため、陸戦隊員は徐々に内陸部に前進した。後続部隊は、そのため多少は楽に上陸できた。

内陸部といっても、ほぼ平坦な小さな島である。障害になる地形はなく、建物や塹壕、銃座や砲台が防御の拠点で、それを一つ一つ攻略していくのである。

優秀な無線機を持たない日本軍は、こんな状況で海上や航空からの緊密な支援を受けるのがむずかしい。南から上陸した陸戦隊主力も、軍艦旗を最前線に推進することで、上空からの敵味方識別に努めた。

九九艦爆が、火を噴く敵砲を狙って急降下爆撃を加え、機関銃や機関砲座に対しては零戦が二〇ミリと七・七ミリ弾を撃ち込んだ。

旧式だが、軽快な運動性を誇る九六艦戦は、さらに細かな制圧射撃を加えた。九六艦戦の機銃は七・七ミリ二梃と貧弱だが、地上では重機関銃に相当するうえ、三〇キロ爆弾二発を搭載しているから、九九艦爆より柔軟で、零戦より強力な対地攻撃力を発揮した。零戦の二〇ミリ機銃は、対人用には強力すぎるうえ、携行弾数が一梃六〇発に過ぎない。九六艦戦は、ミッドウェー攻略戦において最も効果的な対地攻撃機として評価されることになる。
上陸した陸戦隊を攻撃すべく四両の軽戦車が動き出したが、たちまち零戦の二〇ミリ弾を受けて擱座した。七・七ミリ機銃では破壊できないが、二〇ミリなら十分である。戦車は砲塔や車体前面に厚い装甲があるが、上方は薄い。艦上戦闘機の機銃が、戦車に対して威力を発揮したのは、貴重な戦訓になった。これは、戦後の対戦車攻撃機や対戦車ヘリコプターへの発展につながる。

イースタン島に向かった歩兵二十八連隊の前進は順調だった。サンド島の東隣のイースタン島は、さらに小さく、まったくの平地である。滑走路があるだけで、戦車はなかったため、海岸に達着するまで舟艇の被害は軽微だった。上陸海岸の反対側の北岸に五インチ砲座が一基残っていたが、陽動の小阪小隊に占領されている。

二十八連隊の先陣は第一大隊長が直率する第二中隊約二〇〇名である。この中隊から陽動の小隊を派遣しているだけに、その戦意は格別だった。小阪小隊を全滅から救わなければならない。

上陸二波の一中隊と三中隊とともに、連隊砲や配属の速射砲が続いて揚陸され、擲弾筒とともに火力を増した。砂浜に携帯円匙（スコップ）で個人掩体を掘りながら、いくつかの敵銃座や破壊された砲台を占領して、わずかずつ拠点を確保していった。
海上の連隊本部との連絡を確保するため、二人の兵隊が敵の射撃の下でアンテナの電線を持って直立した。敵陣に銃剣突撃するより勇気がいる。同じ献身は、前年十六年十二月のマレー半島上陸の際にも見られた。当然、敵弾を受けることになり、何人もが人間アンテナを引き継いだ。

これで、連隊長一木大佐は上陸部隊の状況を知ることができ、海軍側に支援を要請、陸戦隊より細やかな支援を受けることができた。

さらにこのとき、第二水雷戦隊（二水戦）司令官田中少将が、機転を利かせた。南と北の日本軍に挟まれた米軍を攻撃するには、東西方向からの砲撃が有効と気づいたのである。

リーフの東に接近した二水戦は、軽巡と駆逐艦の一四センチ砲や一二・七センチ砲で陸上への支援射撃を始めた。左右の照準は容易だから、その方向、南北にいる友軍を誤攻撃することはない。中央部の敵に対して砲弾を降らせた。さらに正確を期して、上空に「神通」の水上偵察機を飛ばせて観測した。サンド島への砲撃は、四水戦が西側から実施することになった。こちらは「由良」の偵察機が観測する。

機転には機転で応えるのが、日本人である。陸戦隊も二十八連隊も、味方の砲撃に応じて、地上に広げていた日章旗や軍艦旗を直立させた。地面に広げた旗と違って、地上の敵の目標になるが、それ以上に両水戦の砲撃の基準になった。旗の南には友軍がいるが、その北は敵地ということが海上からもわかるのである。主力の旗をみた北の陽動部隊も同じ処置をしたから、その中間地帯に照準をつけた。

環礁の西、数キロメートルに接近した四水戦と、東に位置をとった二水戦は、南から北へ航過しながら、両島に砲撃を加えた。つるべ打ちというやつである。それも、弾着精度の優れた砲撃だから、両島とも帯状に爆発が起きた。

戦闘中に砲撃を受けた米軍は、慌てて掩体に避難し塹壕に隠れたため、上陸した日本軍を攻撃するのがむずかしくなった。そのすきに、陸戦隊も二十八連隊も後続部隊を揚陸することができた。

二十八連隊は連隊長と二個大隊の揚陸に成功した。つまり、軍旗が上がったのである。

輸送船に残った一個大隊は、後詰めの予備兵力である。当時の日本陸軍の作戦正面は、歩兵一個中隊で二〇〇メートルが基準である。二個大隊の八個中隊が重機関銃や速射砲などと上陸しているから、狭いイースタン島を攻撃するにはまず、過不足のない体制であろう。

サンド島の陸戦隊は、横五特主力約一〇〇〇名が司令に率いられて上陸に成功している。

主攻の南側海岸に兵力が増加したところで、大田二連特司令官は、さらに手を打った。陽動部隊を送り込んだ北側の環礁の開口部から、掃海艇と哨戒艇で呉五特の一個中隊を送り込んだのである。サンド島北部は三輪大尉の陽動部隊一個小隊が抑えているから、一個中隊の上陸は比較的順調に終わった。中隊規模の機動は、大隊規模の戦勢に決定的な影響を与える。また、苦戦中だった三輪部隊も全滅の危機を脱した。

北上した二、四水戦は、単縦陣のまま反転して南下針路になり、同じ要領で砲撃を繰り返した。南北の上陸部隊の旗は、両島ともじわじわと前進しているのがわかった。

上陸当初の苦戦も峠を越えたとみられた。二水戦は砲撃を中断し、航空部隊と交代した。

第二航空戦隊（二航戦）の二隻の空母（飛龍、蒼龍）と、攻略部隊の軽空母「瑞鳳」から、補給を終えた艦爆と戦闘機が発進した。三機編隊の小隊ごとに目標を定めた波状攻撃が続いた。発砲する火点が優先的に攻撃されたから、破壊をまぬかれた砲座や銃座もしだいに射撃が衰え始めた。

これに反比例して、上陸部隊の攻撃は激しさを増し、あちこちで敵陣への浸透が進んだ。

装備が不足して火力戦闘は劣勢でも、白兵戦を終点にした近接戦闘がお家芸の日本軍は、接近戦では無類の強さを発揮した。とくに歩兵二十八連隊は、銃剣術と歩兵戦術の権威とされた連隊長が、手塩にかけて鍛え上げた現役の精兵揃いである。敵の銃砲撃の中でも匍匐前進をやめなかった。なにしろ、味方の突撃支援射撃に膚接して敵陣に迫り、最終弾の着弾とともに立ち上がって突撃する、そんな危険な戦術が日本歩兵の本領である。

海軍が提供してくれた軽巡や駆逐艦からの突撃支援射撃は、陸軍なら重砲に相当する。質も量も日本陸軍としては空前絶後の贅沢な支援射撃を受けてきた。さらに、上空には海軍機が銃爆撃で細かい支援をする。二十八連隊の中小隊長の中には、倒すべき敵兵が残っていないのではないか、と心配する若い尉官も少なくなかった。海軍の砲爆撃で敵が壊滅した後に、ただ前進するだけでは精鋭歩二十八の面目がないと、突撃を進言する下士官もあった。

このため、二個水雷戦隊の砲撃や味方機の銃爆撃で敵の砲火が弱まってからは、軍刀を振るう指揮官に率いられて躍進する小隊が続出した。

海兵隊も弱兵ではないが、白兵戦には恐怖を感じる。白人は白刃に弱いのである。現代のアンケートでも、アメリカ人は拳銃よりナイフを怖がる傾向が強い。

浸透してくる日本兵は、無言で銃剣を突き出してくる。塹壕に飛び込まれたら終わりだ。必死で機関銃を連射すれば、上空から戦闘機の銃撃で制圧される。発火が見えにくい迫撃砲だけが活躍していたが、それも近距離の混戦ではもう使えない。むしろ日本軍の擲弾筒に押されている。

現地時間午後五時ころ、ついにイースタン島では南北で同時に日章旗が振られた。同時突撃の合図である。

銃砲撃の騒音の中、数ヵ所から突撃ラッパが鳴り響いた。地上で駆けているのは日本軍であり、彼らを外した航空支援が行なわれた。

低空を駆け抜け抜ける戦闘機の射撃は、正確である。陽光にきらめく白刃や銃剣に挟撃されたうえ、上空から銃撃された米軍は戦意を喪失した。

イースタン島に上がった白旗を見て、サンド島の米軍もあきらめた。

ミッドウェーは攻略されたのである。

第七章

第二段作戦

ミッドウェー作戦は終了した。二隻の空母と多くの艦載機や搭乗員などを失った厳しい結果ではあったが、作戦目的は達せられた、とみてよい。

ミッドウェーは攻略され、ハワイに米空母はいなくなった。真珠湾で戦艦を、ミッドウェーで空母を失った米太平洋艦隊は、大西洋艦隊から有力な兵力を回航するまで、作戦ができない事態になった。わずかに潜水艦のみが活動できるだけである。当面、ハワイに逼塞する羽目になったが、目と鼻の先のミッドウェーに日本軍が進出したため、ハワイの防衛が重大な問題になったはずである。

捕虜と死傷者、それと歩兵第二十八連隊は、攻略部隊を運んできた輸送船で去った。ミッドウェーの守備は、二連特に任された。大田司令官は、二個の設営隊に滑走路の復旧と防御施設の建設を命じ、陸戦隊は鹵獲武器を加えて部隊を再編成した。

こうして、ミッドウェーの日本軍は、陸軍が引き揚げた後も、防御態勢を強化しつつあった。

二島は、陸上を第三連合陸戦隊（三連特）が守備し、海上防衛のため魚雷艇と特殊潜航艇も配備された。鹵獲した米軍の魚雷艇も活用された。基地航空部隊も配備予定である。

特殊潜航艇は、三連特司令部付関戸少佐指揮下に、八基が待機している。秘匿のため格納筒と呼ばれていた。準備不足で出撃して、呉工廠の工員約一〇〇名が同行したほどだったが、占領後は十分な整備ができた。

掃海艇は、環礁内の掃海を実施し、島の桟橋が使えるようにした。環礁内の泊地に輸送船が投錨し、人員機材の揚陸が本格化した。また、砂浜を利用して大発が揚陸作業に活躍した。

当面は、第四測量隊や第十一、第十二設営隊が忙しい。両隊司令を兼任する門前大佐は、滑走路復旧を優先させた。基地航空隊が進出すれば、防御態勢は一挙に強化される。鹵獲したブルドーザー二両は、設営隊員数十名、いや数百名以上の作業をこなして、作業は予想以上に進捗した。

ミッドウェーは本来航空基地である。滑走路の復旧とともに、日本海軍も航空部隊を進出させた。航空部隊は、新編されたばかりの第二十六航空戦隊（二十六航戦）で、一式陸上攻撃機の三沢航空隊（三沢空）及び木更津航空隊（木更津空）、それに零式艦上戦闘機の第六航空隊（六空）の三個航空隊で編成されている。

まず、ウェーク島で待機中の三沢空の陸上攻撃機（陸攻）一二機が進出してきた。残りの一四機と木更津航空隊の陸攻二七機は、飛行場整備が進んだ八月に進出した。

第六航空隊（六空）の戦闘機二七機は、内地から空母に搭載されて運ばれてきた。それまで、「鳳翔」が残した九六艦戦が防空任務についていたが、零戦と交代して内地に帰還した。

このほか、二十四航戦から十四空の九七式飛行艇六機、二式飛行艇二機も配属された。飛行艇は、主としてその長大な航続能力を活用した洋上哨戒任務につく。

これら基地航空隊の地上要員は、攻略部隊とともに先行しており、飛行機が到着するころには、すでにミッドウェー基地で受け入れ準備を整えていたのである。もし、敵艦隊が接近すれば、飛行艇がこれを発見し、陸上攻撃機が攻撃をかける、手筈である。戦闘機は、基地の防空と、攻撃隊の護衛任務にあたる。しかし、当分米海軍に攻撃の余裕はないだろう。

二連特司令部には、電波探信儀（レーダー）講習修了者一六名が含まれており、米軍の機材の修復に努めた。被害を受けたのは地上に露出していたアンテナ部で、大半の機材は掩体の中で無事だった。アンテナも金網みたいな構造だから爆風の影響は少なく、弾片も多くが隙間を通過していて、修復は順調だった。

米軍のレーダーも修復されてからは、数十浬（数十〜一〇〇キロ）の空域監視ができるようになったから、奇襲を受ける恐れはない。ミッドウェー海戦で米軍が実践したように、敵編隊をレーダー探知してから、戦闘機を上げて要撃体制をとり、地上でも準備することができる。

さらに、ハワイとの間に潜水艦の哨戒線も敷かれた。ウェークや内地から出撃する必要はなくなり、ミッドウェーを前進基地にできるから、哨戒効率は格段に向上する。

真珠湾　米太平洋艦隊司令部

米海軍は、補強されるミッドウェーの日本軍の様子を把握していたものの、手を出せずにいた。補給の輸送船を潜水艦で攻撃するのが精いっぱいで、ハワイから重爆撃機を飛ばすのは見合わせられていた。爆撃の効果が見込めないうえ、損害が出てハワイの防衛体制に穴が空くことが懸念されたためである。

日本のミッドウェーへの補給は、ウェークから行なわれている模様である。ウェークを中継地として資材が集積され、基地航空隊の哨戒飛行の下、航海するのである。

日本軍はウェークとミッドウェー双方から哨戒機が飛ばせ、補給船の安全を確保するようになって、米潜水艦も行動を封じられた。ウェークとミッドウェー間は一〇〇〇浬強（二〇〇〇キロ弱）だから、三〇〇〇浬以上の航続力のある陸攻や飛行艇が両側から飛べば、軽くカバーできるのである。

ちなみに、ミッドウェーと真珠湾は一一〇〇浬強（約二〇〇〇キロ）だから、ミッドウェーからの攻撃圏内に入ってしまった。米海軍にとってみれば、こちらのほうが深刻である。ハワイがいきなり攻略されるとは思わないが、空襲はいつ受けるかわからない。さらに、日本の空母機動部隊が、真珠湾をまた襲う可能性も十分にあるのである。開戦時には、ミッドウェーの哨戒圏を避ける奇襲が必要だったが、もうそんな制限はない。いや、ミッドウェーが前線基地になっている以上、ミッドウェーに艦隊が集結して攻めてくることすら、具体的な危機になった。

米国領のアリューシャン（アッツ、キスカ）とミッドウェーが日本の占領下に入ったことは、政治的な影響も小さくない。米海軍は、メンツを失った。ハワイや西海岸が日本海軍の脅威にさらされている事態を、米海軍は打開できないのである。日本海軍を駆逐するどころか、真珠湾やサンディエゴを守ることを優先せざるを得ない。

わずかに使える潜水艦も、日本の後方連絡線の攻撃より、ハワイや西海岸の警戒に向けられた。攻勢から守勢に変換せざるを得なくなった。その結果、ミッドウェーに対する日本の補給は、さらに楽になった。シーソーは大きく日本に有利に振れたのである。

ホワイトハウスも世論も、ハワイや西海岸の安全を確保するよう海軍に要求した。ニミッツ長官は、窮地に陥った。合衆国艦隊司令長官を兼任する海軍作戦部長キング大将は、大西洋艦隊から対独潜水艦戦に必要な兵力以外、太平洋に回航することにした。といっても、当面は空母「レンジャー」くらいしかない。あと「ワスプ」「レキシントン」が太平洋に残っている。

大西洋艦隊の回航と、太平洋艦隊の修理で再編成が終わったら、ミッドウェーの奪還が最優先で実施されることになった。

当面、真珠湾で撃沈破された戦艦以下の修理が急がれた。その結果、比較的損害の少なかった戦艦「メリーランド」「ペンシルバニア」「テネシー」の三隻が八月までに戦列復帰した。軽巡「ローリー」「ヘレナ」「ホノルル」他、駆逐艦三隻が修理を終わった。しかし、日本海軍に対する劣勢は否めず、空母機動部隊の戦力化を優先することとされた。大量建造中の「エセックス」級空母は、一番艦がやっと年内に就役できるが、当面は保有空母だけでしのがなければならず、それ以上に搭乗員の練度の低さが問題視されていたのだ。

八月一日　トラック島

聯合艦隊司令長官山本大将は、この幸運な情勢を分析した上で、今後の方針を検討するため、主要指揮官をトラックに集めた。内地ではなくトラックにしたのは、前進配備についているミッドウェーやウェーク、ハワイや西海岸で活動している部隊の便宜を考慮したためである。そこに、本居2佐の姿もあった。彼は、海軍中佐の制服を着て、聯合艦隊司令部の席についていたから、ほとんどの参会者は彼に注意を払わなかった。

山本長官の発言で、会議は開始された。

「ミッドウェー作戦が成功した結果、太平洋に米軍の正規空母は二隻となった。米海軍は戦艦と空母を失って、もはや巡洋艦以下の軍艦と基地航空隊のみが戦力である」

艦隊決戦主義の海軍主流の鉄砲屋（砲術出身者）や水雷屋は、長官の航空優先主義に不快感を持ちながら、航空戦力の威力が予想以上であることを認めざるを得ない。

「わが方は、ミッドウェーに基地航空部隊を推進し、空母機動部隊なしで積極的航空作戦が可能となった。敵の哨戒機の行動を抑え込めるから、潜水部隊による活動もより積極的に実施できる情勢になった」

航空はともかく、潜水艦に関しては理解が浅いと思われていた長官が、潜水艦について言及したことに第六艦隊（潜水艦隊）は驚いた。むろん、本居2佐の献策の結果である。一日付で、聯合艦隊司令部に潜水艦参謀が配置されたのも、関係者を驚かせている。長官は続けた。

「本職は、開戦前から国力差からみて対米戦は短期決戦でなければならないと考えてきた。この考えには変わりがないが、米国の戦力回復は予想より遅れると思われる。空母や航空機、水上艦の建造には時間がかかる。戦前の計画で建造中のものもあるが、就役にはまだ時間がかかるであろう。となれば、それまでのつなぎとして、大西洋艦隊の太平洋回航しかない」

日露戦争において、日本海軍がロシア太平洋艦隊を撃破して旅順に封じ込めたとき、ロシア海軍は欧州のバルチック艦隊をアジアに派遣した。あれと同じである。

「そこで、当面帝国海軍の採るべき作戦方針を検討するにあたり、諸官の意見をうかがいたい」

しばらく沈黙が続いて、各艦隊司令長官も主要幕僚も互いに顔を見合わせた。数分後に発言したのは、軍令部一部長（作戦部長）である。

「軍令部としては、第一段作戦で南方要域を占領し、自給の体制が整ったと判断しております。第二段作戦については、前に検討された際結論を見なかったため、FS作戦が計画され、MI作戦が実施されたわけであります」

軍令部としては、山本長官の投機的なＭＩ作戦（ミッドウェー、アリューシャン）をしぶしぶ認可したことへのわだかまりは消えていない。そのためＦＳ作戦が宙に浮いたままだ。

一方で、伝統的な長期持久体制のもと、米海軍が根拠地を大艦隊で発航し、日本近海（いまでは内南洋）で、堂々の艦隊決戦で雌雄を決する、という基本戦略が放棄されたわけではないのだ。建前に過ぎない艦隊決戦主義に、まだこだわる勢力は残っている。

「幸い、戦艦や空母を失って能動的な作戦能力を失った米軍が再起するまで、わが方は国力を蓄えて、戦力の増強を図り、敵の来寇を待つべきかと考えます」

これが、山本長官の最も嫌う発想である。

「わが方の国力や戦力の増強と同時に、敵もそれをやるだろう。帝国が南方地域を抑えて石油その他の資源を確保した状況でも、日米の国力差は隔絶している。時間は敵に有利に働くのである」

聯合艦隊の参謀、第一航空艦隊、第十一航空艦隊、そして第四艦隊の井上中将などは、うなずきながら長官の言葉を待った。彼らは、日露戦争型の艦隊決戦主義では米海軍に勝てない、と考えているし、これまでの航空戦の成果をよく知っている。

空母中心の一航艦は、ハワイ、ミッドウェー、そしてインド洋で米英艦隊を撃破してきた。陸上航空部隊の十一航艦は、台湾から長距離攻撃をかけて、フィリピンの米航空兵力を撃滅した。さらにマレー沖では、戦闘航海中の英戦艦二隻を沈めるという快挙を成し遂げた。南洋海域が担当の四艦隊の井上長官は、昔から戦艦無用論を公言している。

対米戦において主役を担う彼らは、山本長官の見通しに期待をもっている。

「持久すればするほど、敵がより強大になる。将来の決戦兵力は空母機動部隊と潜水艦になるだろう。それらが整備される前に、敵に決戦を強いる体制をとり続けることが唯一無二の方針と信ずる」

ハーバード大学に留学して、米国の国力を痛感した長官の意見は、観念論に生きてきた多くの提督たちの反論を許さない迫力と信念に満ちていた。

同志ともいうべき第四艦隊司令長官井上中将が発言した。

「長官の言われることはまったく至当と考えます。しかし、勢力が衰退して、ハワイや西海岸に逼塞している米艦隊を決戦場に引き出すことは、ミッドウェー以上に困難ではないでしょうか」

そこが、問題だと皆考えている。そこで山本長官は腹案を述べた。

「ミッドウェー以上の敵の痛点を攻撃する。それには危険もあるが、開戦時の真珠湾奇襲やミッドウェー作戦のころよりは条件がいい。本職は、ハワイと西海岸を攻撃するつもりである」

軍令部の面々は渋い顔をしたが、聯合艦隊の各級指揮官や参謀たちは明るい表情を浮かべた。反対するだけの根拠はない。一部長は、しぶしぶ同意した。

これからは、参謀の詳細説明である。聯合艦隊参謀黒島大佐が詳細説明をした。

「ハワイ作戦の結果、在泊の戦艦八隻のうち、撃沈五、大破三の戦果を得ています。これらは戦線復帰の可能性はないでしょう」

実は、大破はもちろん、沈没した戦艦も引き揚げられて、戦線に復帰するのだが、日本側ではそれはわからない。

「次は空母ですが、珊瑚海で『レキシントン』が沈没しています。ミッドウェーでは、正規空母三隻を失いました。捕虜などの情報から、『エンタープライズ』『ヨークタウン』『ホーネット』と判明しています。残るのは本土にある『サラトガ』『ワスプ』『レンジャー』の三隻です。このほか搭載機が三〇機程度の小型空母がありますが、それらは、主として大西洋での対潜水艦作戦に使用されています」

正規空母は三隻だが、大西洋に一乃至二隻とみられるから、太平洋には最大二隻、これに小型空母（米海軍では護衛空母）数隻があるということだ。ただ小型空母は、大西洋での対潜水艦作戦に忙しいし、日本の正規空母にはとても太刀打ちできない。

「さらに、戦前から計画されていた新型空母が大量に建造中ですが、一番艦の就役は本年末になるでしょうから、数がそろって訓練が終わり戦力になるのは十八年春以降とみられます」

戦艦は、真珠湾で壊滅したと判断されるが、「サウスダコタ」及び「アイオワ」級新型戦艦が十八年以降就役するし、その前に大西洋にいる旧式戦艦四隻が回航される可能性がある。しかし、当面は太平洋には皆無である。

これに対し、わが方は新型の「大和」「武蔵」など戦艦一二が無傷である。正規空母は

「飛龍」「蒼龍」「翔鶴」「瑞鶴」の四隻と、これに準じる能力の「飛鷹」「隼鷹」の二隻が機動部隊としての作戦に使用できるほか、小型空母「鳳翔」「龍驤」「瑞鳳」「翔鳳」などがある。さらに、商船などから改造中の空母も間もなく戦列に加わる。戦艦のほかに重巡以下の水上艦も米国に対して圧倒的優勢にある。

戦艦、空母とも米新造艦が就役を始める前に、大西洋から回航されるか太平洋に残った兵力を撃破する。急がなければ現在の優勢が崩れ始めるであろう。勝負は、今年（昭和十七年）中だ。それには、米国にとっての戦略的痛点を刺激し続けなければならないし、そのための犠牲はやむを得ない。

具体的には、ハワイや西海岸への襲撃行動が有効と考えられた。そのほか、連合国の分断のため、豪州へ脅威を与えることと、インド洋での通商破壊も戦略的見地から併行されることになった。

インド洋での作戦は潜水艦や仮装巡洋艦だから、聯合艦隊主力は太平洋での米豪遮断と西海岸やハワイへの襲撃に重点を置く。わが方が主体性を維持して敵を刺激し続け、米国世論の圧力で、無理な決戦を強要するのである。

西海岸は、軍港や軍事施設のほか、油田など攻撃目標は多いから、米軍の警戒は薄くならざるを得ない。ハワイは、真珠湾や周辺航空基地など、地理的には絞り込まれるが、時期はこちらの都合しだいである。さらに、ミッドウェーにある飛行艇や陸上攻撃機も使える。

第二段作戦は、ミッドウェー攻略を受けて大幅に修正された。

柱は二つである。

一、豪州に対して積極的に脅威を与え、米豪遮断を図る。米艦隊の出撃があれば、これを撃滅する。

二、機動部隊とミッドウェー基地航空部隊でハワイ及び米西海岸へ襲撃行動を反復して、米豪遮断とともに、米国へ脅威を与える。（HW作戦）

米豪遮断作戦でも出撃しない米艦隊も、ハワイや西海岸を攻撃されれば座視できない。これらと並行して第六艦隊の一部でインド洋方面の通商破壊戦を実施して、英国の脱落を図る。英東洋艦隊は、作戦の大きな障害になるまで、特段の処置は取らない。本作戦は、第二段作戦とは別に特令するまで、継続することとされた。

米豪遮断を目的とする対豪州作戦は、FS作戦とMO作戦が比較検討された。フィジー、サモア等を占領するFS作戦と、珊瑚海海戦の結果中止されたポートモレスビー攻略のMO作戦の利害得失、実現の可能性などが再検討されたのである。

FS作戦は、根拠地ラバウルからの距離が約一七〇〇浬（約三一〇〇キロ）と長大で、占領は可能としても補給に不安がある。ラバウルからフィジー方面への長い補給線は、豪州からの脅威を受けるのである。

また、ハワイ～豪州間の海上交通路は、フィジー～サモア～ニューカレドニアが最短ではあるが、そこをわが方が占領しても、迂回して十分海上交通は維持できる。

一方、ニューギニア南のポートモレスビーは、ラバウルから約四三〇浬（約八〇〇キロ）にすぎず、珊瑚海を隔てて三〇〇浬に満たない豪州に対し、直接の脅威を与えられる。ラバウルからのわが補給線は、ニューギニアとソロモン諸島に挟まれたソロモン海を使用するが、ここは十分制圧できるから、補給も安全に実施できるだろう。

ＦＳ作戦は、米豪間の交通連絡線を遮断する効果が決定的でないうえ、占領の維持に不安がある。

ＭＯ作戦は、米豪二ヵ国を遮断する効果はさらに小さいが、豪州への脅威は大きく、占領維持は容易である。そして、ニューギニア北側の連合軍を孤立させることができる。

また、珊瑚海海戦の結果中止されたとはいえ、すでにニューギニアの北東、ラエ、サラモアは占領済みであり、ソロモン諸島のガダルカナルやツラギの基地建設とともに、ソロモン海への制海能力はさらに向上する。

当時、もともと小規模な豪州軍は、英本国の危機に際し、アフリカその他に相当な兵力を送っていて、豪州防衛に不安があった。北部海岸の要塞には多くの婦人兵が配置されていたのも、兵力不足のためである。数百キロメートル先に日本軍の拠点が出現すれば、大きな脅威を与え、米豪軍は対応を迫られるはずだ。

陸軍も反対しているし、豪州大陸に進攻することまでは考えていない。空襲や小部隊の襲撃行動くらいはできるだろうが、その程度でも、連合国側には重大な圧力になる。

米豪遮断にはＭＯ作戦が再興されることになった。それを含めて大きく修正された第二段作戦の概要は次のとおりである。

HW（ハワイ、西海岸襲撃）作戦

一、目的

ハワイ及び米西海岸の要地を攻撃することにより、米国に直接の脅威を与え、米海軍に早期の決戦を強いる。

不利な体制のまま決戦を強いられる米海軍、とくに空母機動部隊を撃滅することにより、対米戦の終結を図る。

二　兵力及び任務

第一機動部隊（第二航空戦隊「飛龍」「蒼龍」基幹）

第二機動部隊（第五航空戦隊「翔鶴」「瑞鶴」「瑞鳳」基幹）

ハワイ及び米西海岸要地襲撃

基地航空部隊（第二十六航空戦隊「三沢空」「木更津空」「六空」）

ミッドウェー防衛及びハワイ空襲

防御部隊（第二連合陸戦隊「横五特」「呉五特」）

ミッドウェー防衛

先遣部隊（第六艦隊）

第一潜水部隊（第一潜水戦隊）

通商破壊および哨戒

三、作戦要領

第一、第二機動部隊の艦載機により、西海岸及びハワイ要地を襲撃する。

事前偵察や情報収集に努め、敵基地航空部隊の脅威の低い目標を空襲する。実質的な破壊効果より、米国民の戦意喪失や軍への非難を醸成するよう配慮する。

状況が許せば、艦砲射撃も実施する。

作戦を容易にするため、初期にハワイの航空基地を攻撃し、敵の航空哨戒能力を低下させておく。

HW作戦での主役は第一、第二機動部隊であり、なかでも艦載機によるヒットエンドラン的襲撃を自在に実施して、米国世論や政治指導者に海軍への圧力をかけさせることが目的である。ミッドウェーの基地航空部隊や潜水艦は、これを支援するのである。

弱体化した米海軍に、わが機動部隊を攻撃する能力はないだろう。せいぜい、飛行艇や陸軍の爆撃機が対応するだろうが、その攻撃力は脅威にはならないとみられた。

第二次MO（ポートモレスビー攻略）作戦

一、目的

ポートモレスビーを攻略し、航空基地を確保する。ラバウルから進出した基地航空部隊により、豪州北部への継続的な空襲を実施する。また、同地を維持することで北部ニューギニアの連合軍を無力化する。

豪州本土へ脅威を与えることにより、米豪遮断を図り、できれば豪州を戦列から離脱させる。

二、兵力及び任務

第三機動部隊（第四航空戦隊「隼鷹」「飛鷹」「龍驤」基幹）

攻略部隊の支援、所在連合軍海上、航空部隊の撃破

攻略部隊（第四艦隊、陸軍南海支隊等）

ポートモレスビー攻略

基地航空部隊（第二十五航空戦隊「台南空」「横浜空」「四空」）

　　ニューギニア方面敵航空兵力撃破
　ポートモレスビー攻略後は、豪州本土への空襲

　先遣部隊（第六艦隊）
　第二潜水部隊（第二潜水戦隊）
　通商破壊及び哨戒

三、作戦要領
　機動部隊は攻略部隊の作戦に先立ち、制海制空のためニューギニア及び豪州北部の連合軍基地に対して、航空撃滅戦を実施する。ラバウルの基地航空部隊もこれに協力する。敵航空兵力撃破ののち、ポートモレスビー付近に上陸部隊を揚陸、所在の敵を撃破して、航空基地を確保する。
　航空基地確保ののち、速やかに基地航空部隊を進出させる。基地航空部隊の体制が整うまで、機動部隊は付近でこれを支援する。

　ポートモレスビーには、キラキラ、ボナマなど五ヵ所の連合軍飛行場があった。これを落とせば、三月以来の航空戦にも決着がつき、オーストラリア北部への大きな脅威を与えうる。ソロモン諸島の基地とともに、オーストラリア孤立化にかなりの効果もあるはずである。費

用対効果の面からも戦略的にも価値ある作戦と考えられた。そのため陸軍も選りすぐりの部隊を準備した。

ＦＳ（フィジー、サモア）作戦が中止されたため、その方面に使用する兵力を南海支隊に増強すべく、大本営陸軍部は、歩兵第四十一連隊と独立工兵第十五連隊を加えて、南海支隊の戦闘序列を発令した。上級部隊は、第十七軍である。

支隊長　第五十五歩兵団長
第五十五歩兵団司令部
歩兵第四十一連隊
歩兵第百四十四連隊
山砲兵第五十五連隊第一大隊
独立工兵第十五連隊
工兵第五十五連隊第一中隊
輜重兵第五十五連隊第二中隊
衛生隊、野戦病院、病馬廠、防疫給水部の各一部
野戦高射砲第四十七大隊（一中隊欠）

歩兵二個連隊、工兵一個連隊強、山砲一個大隊などに後方支援部隊を配した、単独作戦可

能な旅団規模の支隊である。日本陸軍の歩兵連隊は、歩兵大隊三個を基幹とするから、戦術単位の歩兵大隊六個が戦闘力の中核である。

第十七軍司令官は、南海支隊を海軍第四艦隊司令長官の指揮下に入れた。

第四艦隊には、別に海軍特別陸戦隊一個（増強歩兵大隊相当）があって、陸軍に協力し、占領後の警備を受け持つことになっている。南海支隊は攻略後、一定期間陸上守備に任じた後、陸軍の別の計画に転用される。


ＨＷ及び第二次ＭＯ両作戦は、連合軍の対応を混乱させる効果を狙って、八月十五日に同時に発動された。

ＨＷ作戦は、攻撃の時期と場所を敵情に応じて柔軟に選ぶ計画だが、ＭＯ作戦は八月十八日にポートモレスビー上陸日と決定しているので、これに従って動き始めた。

オーストラリアの北にあるニューギニア島と周辺海域が主戦場になる。ニューギニア島は、東がオーストラリアの委任統治領で、西半分がオランダ領である。蘭印が日本軍に占領されたことにともない、西ニューギニアは自動的に日本軍の勢力圏になった。だから、東部ニューギニアにあるオーストラリア（連合軍）の拠点の攻略乃至無力化が米豪遮断作戦の柱になる。

第二段作戦が具体化する前の一月、ラバウル南西約一六〇浬（約三〇〇キロ）のスルミに連合軍の飛行場が発見された。二月に舞鶴第二特別陸戦隊がこれを攻略、設営隊が進出して中旬には戦闘機が使用可能となった。

また、ニューギニア北東のラエとサラモアにも同規模（八〇〇〜一〇〇〇×一〇〇メートル）の飛行場が確認されたため、三月にこれらも占領した。ラエは海軍陸戦隊、サラモアは南海支隊歩兵第百四十四連隊第二大隊が攻略した。第四艦隊から護衛と支援が提供され、上陸も地上戦闘も順調だった。しかし、攻略が大体完了しようとしたところ、連合軍の空襲があり、輸送船四隻沈没他の被害があった。ラエに進出した艦上戦闘機が要撃したが、敵は艦爆約四〇、艦攻約二〇、陸軍の戦闘機八、重爆撃機八という大兵力だったため、サラモアの泊地にいた艦船に開戦以来最大の被害が出た。この後もニューギニアの日本軍は、たびたび空襲にさらされた。

サラモア攻略後、陸軍部隊は守備を陸戦隊に任せて原隊に復帰したため、MO作戦時には、南海支隊は完全編成に戻っていた。

第二次MO作戦は、こういう情勢のもと発動された。

八月十五日、攻略の前衛というべき第三機動部隊がラバウルを出撃、ソロモン海を南下して珊瑚海に出た。上陸作戦の障害になる敵の海空軍を排除するため、付近を哨戒したが、有力な敵艦隊を見なかった。

一日遅れて、第四艦隊司令長官が率いる攻略部隊が出撃した。

機動部隊が珊瑚海に出るころ、ラバウルの二十五航戦がポートモレスビーを空襲して、空の脅威を排除し始めた。攻略部隊の中核になる上陸部隊は、陸軍南海支隊に歩兵第四十一連隊、独立工兵第十五連隊が増援されている。歩四十一連隊と独工十五連隊はマレー攻略で功績を挙げた歴戦の連隊である。南海支隊は、開戦前の昭和十六年十一月に編成されたばかりである。第五十五歩兵団司令部に歩兵第百四十四連隊、山砲兵第五十五連隊第一大隊、第一野戦病院などからなり、グアムやラバウルを攻略した戦歴を持つ。

基幹兵力が歴戦の歩兵二個連隊に増強された南海支隊は、当時の日本陸軍でも虎の子の精鋭部隊である。ポートモレスビー攻略には自信を持っていた。

珊瑚海に出た第三機動部隊は、二十五航戦の空襲の直後、ポートモレスビーへ攻撃をかけ、空襲を避けて空中にあった連合軍機が着陸したころ、これを地上で撃破した。連携のとれた波状攻撃で、ポートモレスビーの連合軍航空部隊は、ほぼ壊滅した。

ツラギやガダルカナルの基地から行動した航空部隊は、珊瑚海東方海上を哨戒して連合国海軍を警戒したが、有力な敵部隊は発見できなかった。

第二潜水部隊の潜水艦は、ニューカレドニア島ヌーメアやフィジー諸島スバ、オーストラリア南東シドニーなどの連合軍海軍基地の沖で警戒したが、敵艦隊の出撃はなかった。日本の機動部隊に対し、空母を持たない巡洋艦以下の小兵力で挑戦しても、勝利が望めないと判断して、艦隊を保全する方針をとったものであろう。

第三機動部隊は、ポートモレスビー付近に遊弋して、豪州北部の空軍基地タウンズビルへもたびたび空襲をかけ、連合国空軍の活動を封じた。

ニューギニア北部に所在する日本の陸海軍は、所在の連合軍に対して攻勢をとり、とくにココダの豪陸軍を圧迫した。

これらの支援体制のもと、攻略部隊はポートモレスビー西方と南方の二ヵ所に上陸部隊を上げ、海上と航空からその進撃を支援した。井上四艦隊司令長官は、先の珊瑚海海戦の不手際を酷評されていたが、その作戦指揮は緻密だった。海上作戦と上陸作戦を連携して実施する作戦は、欧米では両用戦とよばれ、海軍作戦の中でも最も複雑で困難なものとされている。日本海軍では、強襲して陸戦隊や陸軍部隊を上陸させる、比較的強引な作戦であった。それを、井上長官は、連携のとれたものにするよう努力した。上陸部隊と海上部隊との通信の不備を考慮して、時間で統制するやり方を取り、かつ時間的に余裕をもたせた。

行動にもっとも制約の大きい上陸部隊に主導権を持たせ、無線が通じない場合に備えて、視覚信号を活用する工夫をした。細部は事前につめてあって、支援射撃や航空支援開始のタイミングは上陸部隊に一任した。上陸部隊は、敵味方識別と合図のため、信号弾や煙、旗などを併用して、無線通信の不備を補った。

駆逐艦が海岸付近に接近して、上陸部隊と手旗や発光信号で連絡を取り、それを四艦隊や機動部隊に中継するなどの処置を取った結果、効率は落ちるが通信はかろうじて維持された。

このため、艦爆や艦戦の銃爆撃と支援部隊の艦砲射撃は、上陸部隊の進出を助けた。二日間の戦闘で、ポートモレスビーは攻略された。ただちに設営隊が進出して破壊された滑走路を修復、三ヵ所の飛行場が使用可能となった九月一日には、ラバウルから基地航空隊が進出してきた。機動部隊主力はそのまま珊瑚海の制圧を続けながら、空母は一隻ずつラバウルに帰って補給と修理に従事したため、十月に基地航空部隊の体制が整うまで、珊瑚海の制空と制海は維持された。

ラバウルが強化されるにともない、ニューギニア東部に確保された日本の拠点も、支援後拠を得て安定度を増した。北岸はもちろん南岸のポートモレスビーも、ソロモン海の海上補給線が安全なため、補給も順調であった。

航空戦は、日本のポートモレスビーと連合軍のタウンズビルが主基地として、戦われた。双方とも、後方に十分な支援体制があるため、戦闘被害はすぐに回復されて戦況は膠着状態となった。両基地が約五八〇浬（約一一〇〇キロ）と遠距離で、相互に大規模攻撃をかけにくい事情もあった。

並行してガダルカナルに建設された飛行場にも、日本の基地航空隊が進出して、珊瑚海東方の連合国船舶を攻撃し、ヌーメア、スパの海軍基地のほか、バヌアツのエスピリッサント基地への補給を妨害した。珊瑚海の制空、制海が日本軍に傾いていたため、連合軍の哨戒飛行も希薄にならざるを得ず、日本の潜水艦もこの海域で猛威を振るった。これらの事情から、ハワイとオーストラリアの海上交通路は、南に下げざるを得ず、ニュージーランド沖まで大きく迂回することを強いられた。

オーストラリア本国より、ニューギニアの連合軍はさらに深刻な事態に陥った。南側の拠点ポートモレスビーは、オーストラリア大陸に向かって開けたニューギニアの玄関である。これを失陥した後、北部ニューギニアに散在する連合軍陸軍部隊への補給は、海と空が日本の支配下にあるため、きわめて危険になった。ラバウルとポートモレスビーに展開している基地航空部隊が主体だが、ソロモン諸島のブインやガダルカナルからも哨戒機が飛んで、ソロモン海を航行する連合軍船舶を攻撃した。駆逐艦や潜水艦もソロモン海で通商破壊に従事したため、連合軍は補給が途絶しがちになった。

補給線確保のためには、ソロモン海や珊瑚海の海上と空中を支配する必要があり、そのためには、日本海軍に対して決戦を挑まなければならない。

連合軍は空軍はともかく、海軍は圧倒的に劣勢で、その余裕はなかった。重要船舶の護衛は、主として空から実施されたが、日本海軍基地航空隊との空中戦で、多くが失われていった。

この状況は、オーストラリアに危機感を募らせた。北部に日本軍が上陸する事態をも想定しなければならない。兵力は不足しているうえ、人口がもともと希薄な国である。人気のないところに奇襲上陸されたら防ぎようがない。

日本軍が上陸することの軍事的合理性はない、と冷静に判断する職業軍人は少数派で、五月にシドニーに特殊潜航艇が進入した事件はまだ記憶に新しい。同じころ、日本の潜水艦が砲弾を住宅地に撃ち込んだこともあった。

本格的な空襲や上陸があったらどうする、という素朴な国民感情は冷静なプロの意見など吹き飛ばしてしまう。沿岸要塞には婦人兵も配置されるほどの兵力不足だから、不安は自己増幅していった。

ハワイ近海や米西岸にも日本海軍が出没し、空襲を繰り返しているという。欧州やアフリカ戦線の不利な情報とともに、オーストラリアには敗北感や焦燥感が増していった。

米豪遮断、豪州孤立を狙ったMO作戦は、徐々にではあるが、効果を上げつつあった。

ミッドウェー　第二十六航空戦隊

オーストラリアの状況が厳しさを増す一方で、アメリカもまた日本の脅威を受けていた。

MO作戦と並行して、八月十五日に発動したHW作戦は、ミッドウェーの二十六航戦がハワイを窺うことから始まった。

レーダー探知を避けるため、少数機による低空進入で、真珠湾の停泊艦船や飛行場を爆撃した。これに対応して、米軍がミッドウェー方向に哨戒艇を出すようになるまで、数回の襲撃が実施された。

機数も少なく、片道一一〇〇浬（二〇〇〇キロ）以上飛ぶため搭載爆弾も少なかったから、戦果はほとんど上がらなかった。陸上攻撃機に六〇キロ爆弾を数発しか搭載できなかったのである。

ハワイから四八〇浬（八九〇キロ）足らずのフレンチ・フリゲート礁を中継地にして、飛行艇による爆撃も併用された。

あまり実質的な効果のない爆撃だったが、ハワイの米軍は警戒に労力を割かれ、疲労も重なった。ミッドウェーを何とかしろ、という声は、軍民からあがった。ドーリットル空襲の裏返しのようなものだ。一過性のドーリットル空襲と違い、ハワイへの空襲は断続的だが、反復された。

米陸軍の爆撃機による報復空襲も実施されたが、ミッドウェーの日本軍にもレーダーはある。米爆撃機の襲来を事前に探知して、空中退避と戦闘機の要撃で対応するから、米軍の爆撃も効果はやはり上がらない。時には、帰投する米爆撃機に日本機が追尾して、敵の対空砲火が自由に射撃できない状態で爆撃したこともあった。

ハワイとミッドウェーはイタチごっこのシーソーゲームのような不安定な均衡状態にあった。

第一潜水部隊（第一潜水戦隊）

航空戦が均衡している中、第一潜水戦隊の潜水艦八隻はハワイと米本土間の通商破壊に従事した。軍需品だけではなく、ハワイ諸島の住民の生存に必要な物資は、米本土から輸送される。無防備な民間商船だから、被害は急増した。米国にとっては、空襲より実害はこちらの方が大きかった。

もちろん、日本潜水艦は米艦隊を発見することも期待していたが、米海軍はほとんど活動していないため、通商破壊戦で成果を上げている。

戦前から、第一次大戦での独Uボートの活躍に刺激された一部の潜水艦乗りの間で、通商破壊戦の有効性が語られてはいた。しかし、艦隊決戦主義が主流の日本海軍においては、航空部隊以上に発言力の弱い潜水艦は、艦隊決戦の補助兵力としての任務が優先されてきた。潜水艦側にも、敵の軍艦攻撃を訓練しておけば、無防備の商船攻撃は容易に実施できるという認識もあって、戦前には通商破壊のための作戦も訓練も行なわれなかった。

開戦後、大西洋における独潜水艦の通商破壊戦が再評価され、インド洋と太平洋で通商破壊作戦が採用されたのである。インド洋の通商破壊戦は、ドイツとの協力関係や英国の脱落を重視する軍令部の意向で、新編の第八潜水戦隊が従事しており、その効果も上がりつつあった。

潜水艦作戦に疎い聯合艦隊も、太平洋でこれを採用したのは、本居2佐の強い進言があったためである。その本居2佐は、ハワイ沖にいた。

ハワイ近海「あらしお」

通商破壊とは別に、真珠湾を監視するため、「あらしお」は、ハワイ沖での哨戒任務につき、八月十五日に真珠湾沖に達した。真珠湾港外数十浬（数十〜一〇〇キロ）で米軍の航空機や艦船の動向を偵察し、聯合艦隊に報告するのが任務である。

「あらしお」の能力をもってすれば、探知されず至近距離での偵察も可能だし、距離をおいても十分な情報は得られる。当面は敵機動部隊の動静把握、次いで航空機の動静、そして可能なら攻撃という優先順位を決めた。これは、出撃前、直属上官の聯合艦隊司令長官の同意を得てある。

つまり偵察を優先させるため、攻撃は控えるのである。海軍の便乗者は、前回同様のメンバーで、当人たちの強い要望による。すなわち、魚雷の上田兵曹長、横山二曹、それに電信の佐々木二曹の三名である。海軍側も、秘密保持の観点から関係者を増やさないほうがいいと判断したし、志願者もいなかったため、彼ら三名の要望を容れた。

開戦直後の真珠湾港外の先遣部隊（第六艦隊）による監視任務は、効果がないと結論された。警戒厳重な敵要地付近では、潜水艦の行動は制約が多すぎて、戦前計画された哨戒はできないと結論された。それは、当時の潜水艦が浮上で哨戒していたためである。要地の警戒は当然厳重で、空母など重要部隊の出撃前には、哨戒機や小型艦艇が港外を警戒する。そのため、昼夜を問わず潜航を余儀なくされる。

当時の潜水艦は、浮上でないと充電も高圧空気の補給もできない。さらに、限られた視野の潜望鏡だけで広い海上を見張ることはむずかしい。結局、制圧されるだけにおわるのである。

しかし、「あらしお」は違う。潜航したまま長期間の哨戒が可能だし、捜索能力も格段に高い。浮上しないので、水面には潜望鏡や小さなアンテナが出ているだけだから、慎重に行動すれば、濃密な敵の哨戒行動にも探知されることはない。

比較的危険性の高いスノーケルも、夜間に実施すれば探知されない。既述のとおり、当時のレーダーでは、スノーケル程度の小目標は探知されないし、まだ、哨戒機にはレーダーは搭載されておらず、陸上基地や大型艦に装備されていただけである。

平成の時代、世界的水準の海上自衛隊対潜部隊相手に、厳しい哨戒訓練を重ねてきた「あらしお」にとっては、この実戦ははるかに楽なものであった。

報告の電波が、敵に捕捉されることだけが心配事である。はるか彼方の聯合艦隊司令部に電報を届けるためには、強い短波を使わなければならない。暗号は解読されている。だから、報告する時に最も気を使った。聯合艦隊からの通信は、潜航したまま受信できるから問題はない。当時から、日本海軍には超長波の対潜水艦通信施設があり、むろん「あらしお」もその電波を受信できるからである。

昼間は、真珠湾の西にあって湾口を見張り、出入港艦船や離着陸する航空機を監視した。それを整理したものを、夜間にまとめて報告する。電波を出すため、位置と時間は頻繁に変えて、規則性をもたせないようにする。電報発信の前にスノーケルを片づけておくから、万が一電波を目当てに敵が捜索に来ても、深深度に入っているから、探知されることはない。オアフの北や南、時には東側に移動して、翌朝に湾口に戻るのである。

こういう監視訓練は、海上自衛隊でもよくやってきた。本居2佐が実習士官のころ、退役寸前の旧式潜水艦「おおしお」で種子島のロケット発射場を対象に訓練したこともある。要地偵察である。

もう少しレベルが上がれば、自衛隊や米軍基地を対象に監視偵察訓練をやる。意地の悪い潜水艦隊司令部は、付近に潜水艦がいることをそっと対潜部隊に教えて、護衛艦や哨戒機が訓練中の潜水艦を探知しようとする。そうして、お互いの練度を上げるのである。

そんなことをやってきた海上自衛隊の潜水艦は、当時の海軍の潜水艦より高い監視能力を持っている。練度に加えて、装備が優れているからだ。これまでも述べてきたとおり、「あらしお」の（パッシブ）ソーナーやＥＳＭ（電波探知機）の捜索範囲は、軽く何十キロメートルにもおよぶ。条件しだいではさらに広がる。それらで探知した目標が、潜望鏡や赤外線の探知距離に入れば、情報の量と質はぐっと向上する。

報告を受けた聯合艦隊や六艦隊では、その内容に舌を巻いていた。真珠湾攻撃の前後に潜水戦隊規模で実施した監視では、ほとんど成果がなかったのに、さらに警戒が厳重になったハワイ近海で、たった一隻の潜水艦が敵情を詳しく把握しているのである。この内容は、近くのミッドウェーでも傍受している。敵の哨戒機の飛行パターンがとくに参考になった。

米海軍情報部は、その動きや電波の品質などから、ハワイ近海に敵新型潜水艦の存在を察知していた。ミッドウェー海戦前、米機動部隊を発見したうえ、一隻以上の空母を撃沈したやつである。あいつのせいで、海戦がひっくり返されたのだ。米軍は警戒を強めたが、結局、探知されることなく「あらしお」は監視任務を継続した。

ミッドウェー　第二十六航空戦隊

ハワイ沖　第二機動部隊（第五航空戦隊）

「あらしお」の情報に基づき、八月二十日（現地十九日）、偵察を兼ねて、真珠湾空襲が実施された。基地航空部隊と空母艦載機による協同作戦である。

ミッドウェーから陸攻二四機が出撃した。これを援護するため、オアフ西方二〇〇浬（三七〇キロ）に第二機動部隊が接近し、米軍基地を空襲した。艦上攻撃機も爆弾を抱えて飛行場を爆撃し、艦爆も格納庫や滑走路を攻撃した。

今回は開戦時と違って、航空基地を重点的に攻撃した。陸攻が到着する前に、敵の要撃機が上がらないようにすることを主眼としたのである。

これは開戦時、台湾からフィリピンのクラークフィールドを襲った時に似ている。あの時は、幸い悪天候で日本側の出撃が遅れたため、要撃体制にあった戦闘機が燃料切れで着陸した、ちょうどそのタイミングで空襲できた。今度は、そんな幸運をあてにできない。そのための機動部隊と基地航空部隊との二段作戦である。中旬にポートモレスビーで成果をあげている。

また、クラークフィールドやポートモレスビー空襲のような航空撃滅戦でもない。フィリピンは陸軍の進攻を前に制空権を獲得する必要があったが、今回はハワイを攻略するわけではないから、一過性で十分効果はある。ハワイが大規模な空襲を受けた、という戦略的効果が戦術的な戦果より重要なのだ。

ハワイも西海岸要地も、日本がその気になれば、いつでも襲撃できるという事実は、独立以来、本土への敵襲がなかった米国には深刻な事態である。アリューシャンの一部が日本に占領されたこととは比較にならない脅威なのである。

早朝にフォード島（ホイラー）とヒッカム飛行場への攻撃が始まった。真珠湾口が開いている南からの正攻法である。

機動部隊は米軍の哨戒機に発見されており、オアフ島高地に設置されたレーダーが、四〇浬（七四キロ）前から攻撃編隊を探知して警報が出ていた。停泊中の艦艇は対空戦闘に備え、戦闘機は二〇浬（三七キロ）前方で要撃体制についた。爆撃機などは空中へ避退するか、日本機動部隊へ攻撃に向かった。

機動部隊艦載機が、敵戦闘機の要撃や対空砲火を冒して、空き家同然の真珠湾の飛行場攻撃をしたほぼ一時間後、ミッドウェーの二十六航空戦隊の陸攻が殺到した。ちょうど、避退や要撃に上がった米軍機が着陸した直後で、対空砲火と緊急離陸に間に合った少数の戦闘機だけが、これに反撃した。相変わらず、爆弾は小型で数も少なかったが、滑走路や駐機場にばらまいた爆弾は、脆弱な敵機をかなり破壊することができた。

日本側は、母艦に待機していた戦闘機を送って援護をしたから、敵戦闘機の妨害は効果を上げず、機動部隊の一次攻撃より大きな戦果を挙げることができた。

基地航空部隊と機動部隊の連携は、通信能力の欠如にもかかわらず、時刻を守る日本人の特性が発揮されて、成功裏に終わった。

ハワイ　米太平洋艦隊

機動部隊の一次攻撃、基地航空部隊の二次攻撃で、米軍の受けた被害は壊滅的ではないものの、無視できないものであった。

撃墜破二四機　地上撃破二八機。このほか、全半壊した格納庫一二などである。一方、日本機は、艦攻八、艦爆六、艦戦七、陸攻六を失った。

日本機動部隊を攻撃した米陸軍の爆撃機は二機を失って、戦果はなかった。

戦術的にも敗北した米軍にとって戦略的な痛手はさらに大きい。太平洋艦隊の拠点が自在に敵の攻撃を受けることが、白日の下にさらされた。

反撃しなければならない。その準備が急がれ、徐々に条件が整いつつあった。

ハワイ時間八月三十日午後、サンディエゴから空母「ワスプ」「サラトガ」が真珠湾に進出してきた。「レンジャー」も大西洋から回航され、いったんサンディエゴに入った。

これで、太平洋艦隊に三隻の空母がそろったが、艦載航空隊（空母航空団）の準備はまだかかる。とくに「サラトガ」の航空隊は、「ヨークタウン」に搭載されてミッドウェーで壊滅した。ミッドウェーで日本海軍の艦載航空隊の練度が高いことは痛感したし、味方の練度の低さもわかっている。しかし、のんびり練成している暇はない。

西海岸で蠢動する日本機動部隊やミッドウェーを放置すれば、海軍の面目はない。ホワイトハウスからは、連日催促が来る。海軍作戦部長（合衆国艦隊司令長官兼務）はさすがに理解しているようだが、統合参謀本部の陸軍の連中や国防長官、そしてなにより世論を重視する大統領がうるさい。正規空母が三隻揃った段階で、何もしないわけにはいかない。

米太平洋艦隊司令長官ニミッツ提督は、壊滅して欠番になった任務部隊の番号を復活させて、第一六（ワスプ）、第一七（サラトガ）、第一八（レンジャー）の三つの任務部隊を再編成した。

編成にあたり、大西洋艦隊の旧式戦艦の回航を待つことはない、とされた。作戦を急ぐ必要もあるが、協同すべき空母機動部隊についていけるだけの速力が出せず、役に立たないからである。これは日本海軍も同様で、機動部隊と行動を共にするのは、高速を出せる「金剛」型戦艦だけである。

珊瑚海海戦以来、太平洋の戦いは、航続距離の長い陸上機と機動部隊の艦載機が中心となった。真珠湾とマレー沖海戦で、戦艦は航空攻撃に脆弱であることが証明されている。旧式の戦艦が数隻加わっても、たいした戦力にはならない。

米海軍は、空母一隻ずつの任務部隊を別行動させる方針である。

空母を二隻以上集中させないのは、ミッドウェーの教訓であるが、米海軍の通信能力が日本海軍より優れており、任務部隊が離れて行動しても、艦載機の集中運用が可能と考えられたからである。

日本の機動部隊が、空母を集中運用する理由はその裏返しで、戦術通信が事実上使えない状態では、発進直後から編隊を組まなければならない。ミッドウェーで、被害が大きくなる痛い経験をしたが、真珠湾では六隻、ミッドウェーでは四隻集中させた空母を、二、三隻ずつ、機動部隊二つに分けるのが精いっぱいである。

米海軍は、空母数隻を中核とした二個の日本機動部隊の蠢動を承知していたが、陸上基地との協同なくして対抗できないため、事実上放置してきた。練成中の艦載航空隊では日本機動部隊にたどり着く前に撃墜されてしまうのは、ミッドウェー海戦で経験済みである。

ニミッツ提督は、「レンジャー」の到着を待って、ハワイの陸上機の行動圏内での空母決戦を企図した。

米側の陸上機は、陸軍のB‐17やB‐25、B‐26など、航続力や搭載量に優れた爆撃機がそろっており、日本海軍の陸上攻撃機をはるかに凌ぐ戦力を有する。問題は、対艦攻撃の訓練不足だが、現段階では空母艦載機よりむしろ雷撃訓練も爆撃訓練も進んでいる。

ミッドウェーでの戦訓の反映である。あの時は、陸軍機はまったく戦果を挙げられなかった。ドーリットル中佐の日本本土空襲で海軍の鼻を明かした陸軍航空隊が、プライドをかけて励んだ結果である。とくに中型爆撃機の雷撃訓練に力が入れられてきた。重爆編隊の水平爆撃は、投下爆弾数が多くてもほとんど命中弾が期待できない。パイロットというものは、搭乗機が小さいほど勇敢な傾向がある。ドーリットル中佐の後輩たちは、B‐25やB‐26での雷撃訓練に熱心に取り組んだ。

航続距離の短いB‐25でも、飛ぶだけなら二三〇〇浬（四三〇〇キロ）飛べる。作戦航続距離の場合は半分以下になるが、一〇〇〇浬（約一九〇〇キロ）程度のミッドウェーは十分に攻撃できる。重爆撃機B‐17なら敵戦闘機の妨害を受けても、広い飛行場の爆撃くらいはできる。

重爆でミッドウェーを攻撃して、航空機や基地を破壊し、中爆撃機で日本機動部隊艦載機の行動圏外からこれを攻撃する。これら陸軍機の勢力圏で、三個の任務部隊を上手に使えば、日本機動部隊を撃破できるかもしれない。日本機動部隊が撃破できれば、陸海軍が協力してミッドウェーに海兵隊を逆上陸させて、これを奪還する。

作戦計画が徐々に具体化するにつれ、ニミッツ長官以下米太平洋艦隊には自信がわいてきた。「レンジャー」のハワイ回航がその仕上げになるだろう。

艦載機と陸上機の訓練が急がれ、西海岸を出港する「レンジャー」に新しい艦載機が搭載され、巡洋艦や駆逐艦に護衛されてハワイに向かった。

「あらしお」は、八月末に空母二隻の真珠湾入港を報告した後、出港すれば雷撃する態勢で監視行動を続けていた。しかし、なかなか出港せず半月が過ぎた。粗食には耐えられても、燃料不足は対処できない。

後ろ髪を引かれる思いで「あらしお」は、ウェークに補給に戻った。九月十六日（十五日）のことである。

二十一日（二十日）、西海岸で行動中の第一潜水戦隊が、サンディエゴを出港した空母を発見したが、哨戒機に制圧されて、追従することはできなかった。おそらく、ハワイに向かったものと思われた。

ハワイ　米太平洋艦隊

太平洋艦隊司令部情報部は、通信傍受と行動分析で新型潜水艦がハワイ近海に行動していることは承知していた。濃密な対潜哨戒に引っ掛からず、自在に情報収集している様子から、空母を真珠湾に出入りさせると雷撃されることを恐れた。撃沈はもちろん、発見すらむずかしいこの潜水艦の対処には、もっとも単純な方法が採られた。

行動日数を一乃至二ヵ月と見積もり、基地からの往復日数を考慮して、一ヵ月程度の間は、ハワイ周辺で米空母を行動させないようにしたのである。攻撃目標を与えなければ、被害もない。

同潜水艦が哨区を離れる時期を九月中旬と見積もり、二十日に「レンジャー」をサンディエゴから真珠湾に向けて出航させたのも、そのためである。単純で合理的なアイディアは図に当たった。

「レンジャー」が無事に真珠湾に到着し、新型潜水艦特有の電波も探知できなかったため、翌週から三個の任務部隊は外洋で訓練に入った。発着艦は、空母が航行しないと訓練できないから、機動部隊としての総合訓練は本格化した。

三個の任務部隊は、相互に攻撃訓練を行ない、ハワイをミッドウェーに見立てた空襲の演習を繰り返した。緊迫感は搭乗員の士気を高め、米海軍機動部隊は、開戦以来最高の練度に達した。

「レンジャー」に乗艦して訓練を視察したニミッツ長官は、予想以上の練成ぶりに満足した。

ミッドウェーを攻撃して日本艦隊をおびき出し、空母決戦で戦況を挽回する作戦を発動することにした。

むろん、大統領も喜んだ。

虎の子の空母機動部隊（任務部隊）三個全部を投入する作戦計画は、ワシントンの承認を得た。ハワイの陸軍航空隊も増強され、太平洋艦隊司令長官ニミッツ大将の指揮下に入った。

作戦目的は、ハワイと西海岸の安全確保であり、具体的にはミッドウェーの奪還が企てられた。

ミッドウェーを奪還することで、そこを基地としている日本の陸上機と飛行艇の活動を封じ、ハワイの安全が確保できる。また、出撃してくる日本機動部隊を、米任務部隊と陸軍の爆撃機で撃破する。これで、西海岸への脅威も下がるはずだ。

兵力の中核は三個の任務部隊である。

第一六任務部隊（空母「ワスプ」、重巡洋艦一隻、駆逐艦六隻、戦闘機一八機、爆撃機三六機、雷撃機一八機）

第一七任務部隊（空母「サラトガ」、重巡洋艦一隻、軽巡洋艦一隻、駆逐艦五隻、戦闘機一八機、爆撃機三六機、雷撃機一八機）

第一八任務部隊（空母「レンジャー」、重巡洋艦一隻、軽巡洋艦一隻、駆逐艦六隻、戦闘機一八機、爆撃機三六機、雷撃機一八機）

これに、指揮下に入った陸軍航空隊のB‐17重爆撃機二四機、B‐25爆撃機四八機、B‐

26爆撃機三六機が加わる。

潜水艦一六隻が前方配置され、日本艦隊の捕捉と攻撃に向かう。

先のミッドウェー海戦では、潜水艦一九隻が空母機動部隊と協同した。日本艦隊の行動を予測できてミッドウェー西方に配備された一二隻でも、日本艦隊を発見したのは三隻に過ぎず、攻撃できた艦はなかったのである。今回はその戦訓に鑑み、独立行動をさせたのである。

潜水艦に与えられた任務は、味方哨戒機の行動圏外で日本艦隊を探知し、その動静を報告することで、味方の空母や爆撃機の作戦に寄与するものである。

同じような戦例として、マレー沖海戦で日本海軍潜水艦が英東洋艦隊を探知、報告した。あの時は、電報の遅延や不達で作戦に齟齬があったが、米軍は通信能力に優れているから、潜水艦の発見報告は直接役に立つであろう。

潜水艦は、ウェーク、トラック方面を重点に配置された。ウェークはミッドウェーへの補給拠点と作戦支援拠点だし、トラックは日本海軍にとっては、真珠湾に相当する重要拠点である。日本艦隊は、その両島から行動するはずだ。

十月二十日（十九日）、ニミッツ長官は、ミッドウェー奪還作戦の発動を命じた。

十月二日　トラック　聯合艦隊

九月以降、米海軍の活動が活発化していたことは、通信傍受でわかっていた。わが方のハワイ、西海岸方面の機動作戦への対応だけでなく、独自の動きが感得された。これは、米海軍の次期作戦準備と見積もられ、新しい空母の出現も、その一環とみられた。サンディエゴを出港した米空母は、ハワイに向かうものと判断され、到着は九月末と見積もられた。これで、ハワイには三隻の空母が揃うことになる。

配備中の第一潜水戦隊は、夜間のみの浮上航行では新しい空母の追従はできず、ハワイ沖の「あらしお」も補給のためウェークに戻った、その間隙を突かれた。

米主力空母のハワイ集結は、米海軍の反攻作戦の兆候とみた聯合艦隊は、この三隻を撃沈することは、対米戦の詰めになると期待した。米空母は、真珠湾で準備を整え、ミッドウェーの奪還に動くだろう。

第二次ミッドウェー海戦である。前回と主客は逆転している。攻撃側となった米海軍には主導権があり、とくに時期選定の自由がある。防御側の日本に有利な点は、ミッドウェーが敵の目標であることと、兵力の優位である。そして、「あらしお」の存在がある。

聯合艦隊は、米機動部隊の出撃に備えて、要撃態勢をとった。米軍の作戦開始時期は不明ながら、敵にとって事態は逼迫しているから、先のことではあるまい。

内地で整備補給と訓練をしていた第一、第二機動部隊の出撃準備を促進した。ミッドウェーの第二連合特別陸戦隊（二連特）と二十六航戦に警報を発し、補給を促進した。トラックにある聯合艦隊直率の「大和」以下第一戦隊の戦艦や重巡なども待機に入った。

先遣部隊（第六艦隊）の稼働潜水艦は、ミッドウェーの東側に散開線を張るべく、ウェークと内地を出撃した。西海岸の第一潜水戦隊も、ハワイ沖へ移動を命じられたが、それより補給が必要だった。

これらの対応を済ませるのに、聯合艦隊は二週間以上を要した。米海軍はこの空隙を利用するべきだったが、訓練ができていなかったため、この貴重な二週間は、それに費やされた。日米双方とも、作戦準備に励んだのである。

日本時間十月二十五日、ついに聯合艦隊は、米海軍のミッドウェー攻撃に備えた行動を開始した。HW作戦の大詰めである。

米軍による暗号解読について本居2佐の助言を受けていた聯合艦隊は、各部隊に命令書を直接配布する手段をとった。いつどこからどの部隊がどの針路でミッドウェーに向かうか、は秘匿された。行動中は電波封止も命じられている。

日本陸軍が海軍に対して、比較的保全がうまくいった理由の一つは、上級司令部からの命令書が文書で配布される習慣があることだ。おそらく、電報では通知不可能な地図が作戦計画の要素であるためだと筆者は推測している。海軍は、緯度経度や島で位置と部隊配備を表現するから、複雑な情報が記入された地図は不要である。

もう一つは、陸軍の暗号強度が海軍より高かったこともあろう。現に、陸軍が海軍の暗号を解読して、敵による解読の危険性を指摘したこともある。その伝統を引き継ぐ自衛隊も、陸上が海上より暗号が進んでいた。

陸軍は、有線通信が使いやすい点も、傍受されにくい特長がある。

電波封止の例外は、敵の発見報告だけである。部隊としての例外は、散開線で敵を索敵する潜水艦の報告である。そして、今回も「あらしお」の活躍が期待されている。補給を終えた「あらしお」は、すでに日本時間の十月五日、ウェークを急遽出港、真珠湾外に向かっていた。

十月二十日　ミッドウェー　二連特

八月のHW作戦と並行して、攻撃が予期されるミッドウェーへの補給が促進され、防衛態勢は強化されていた。

占領前に米軍が分散設置した弾薬庫や食料庫を再利用して、さらに強化された。米海軍には艦砲射撃に使用できる戦艦はないはずだし、重巡洋艦以下も、わが方の制空、制海下では接近すら困難だろう。火力による面制圧はまずない。

当面の脅威は米陸軍の爆撃機だが、高高度水平爆撃だから命中率は低く、滑走路などは破壊できても、砲座やレーダーアンテナなどの点の破壊はむずかしい。これらに対しては、空母艦載機の急降下爆撃が必要だ。

二連特司令部に所属する電波探知班は、ハワイから飛来する陸軍爆撃機を警戒し、奇襲に備えた。航空兵力は、地上にあるときは無力である。空襲が奇襲にならなければ、空戦能力のない飛行艇や爆撃機は空中に退避し、戦闘機は要撃態勢をとることができれば、被害は地上施設だけで済む。問題は、礁内の船舶である。潜航できる甲標的はいいとしても、輸送船や魚雷艇、掃海艇などは被害を受けるであろう。

ともかく日本軍としては、初めての早期警戒態勢を採ることができたのである。防御指揮官の二連特司令官大田少将は、さらに念を入れた。配備された哨戒艇と掃海艇を交代で南東に出した。レーダーの探知距離が数十浬（一〇〇キロ以下）で、対処の時間的余裕が二〇分程度だから、三〇分以上の余裕時間を確保するため、ミッドウェーから一〇〇浬以上前方に哨戒線を敷いたのである。無力な哨戒艇や掃海艇は、敵の水上艦には弱いが、爆撃機に攻撃される危険性は低い。水平爆撃では命中弾はない。攻撃するには、低空に降りて効率の悪い機銃掃射をするしかないが、哨戒艇や掃海艇にも機銃はある。サンゴ礁内の泊地で一方的に攻撃されるより、ずっとましだ。

このほか、特殊潜航艇（甲標的）も、敵艦隊への攻撃能力もわずかながら有していた。しかし米艦隊が本格的に進攻すれば、この程度の兵力では鎧袖一触である。基地航空隊が健闘しても時間の問題だし、孤立すればいずれは玉砕するであろう。

米艦隊が来寇したら、聯合艦隊が出撃しなければミッドウェーは維持できない。しかし、それが山本長官の狙いでもある。ミッドウェーを餌に、残存の米海軍の新しい主力部隊、空母を撃滅して太平洋の戦いを終結させようというのである。

日米双方が、ミッドウェーを天王山として乾坤一擲の決戦を企図している。

日本側の優位は、ミッドウェーを確保していること。空母機動部隊はもとより、戦艦や重巡洋艦以下の兵力の圧倒的優位である。ただ、間に合うかどうか。

ハワイ　米太平洋艦隊

米側の優位は、戦場が根拠地の真珠湾に近いこと。日本軍の暗号解読に成功している点。これに、国力の優位があるが、戦力として反映されるまでには、半年から一年は待たなければならない。

もう一つの優位は、アメリカは攻撃側だということだ。時期と手段と場所の選択権はアメリカにある。奇襲ができるということだ。

奇襲とは、時期だけでなく手段と場所も相手の予期しない点を突く攻撃のことだ。開戦時の真珠湾は、暗号解読によって時期は特定されたが、場所（ハワイ）と手段（空母艦載機による攻撃）が、米海軍の意表をついて成功した。今回は、逆だ。場所（ミッドウェー）と手段（機動部隊による事前攻撃と海兵隊の揚陸）は選択肢がない。唯一時期の選択権があるだけである。日本海軍の隙を突くしかない。

ニミッツ提督は太平洋艦隊の情報能力をあげて、日本海軍の動静把握に努めた。

八月以来、西海岸やハワイを襲撃して脅威を与えていた複数の日本機動部隊は、一ヵ月以上活動していない。日本に帰ったものとみられる。

同様に、西海岸で蠢動していた数隻の潜水艦も、ハワイ〜西海岸間での行動は確認されていない。基地に帰ったか、少なくともハワイ以西に移動したものであろう。

ハワイ沖で行動していた問題の新型潜水艦も、九月中旬以降兆候がない。

　これらを総合して、八月中旬以来実施されていた対米積極行動が、補給や整備上の限界で中断せざるを得なくなったものと判断された。動くなら今である。米海軍の準備は整っている。

　ニミッツ大将は、ミッドウェー奪還作戦の発動を決めた。

　十月二十日（十九日）、米艦隊の三群の空母機動部隊（任務群）が真珠湾から出撃した。ハワイの複数の飛行場から、陸軍の爆撃機がミッドウェーに向かって発進した。さらに、第一海兵師団を乗せた上陸船団が、二十一日（二十日）に出港した。これには、機動部隊に補給すべき補給艦も同行している。護衛艦が不足しているため、飛行艇や陸軍機が上空から対潜警戒についている。

　作戦発動に際しては、多数の哨戒機や艦艇がハワイ近海を制圧して、日本の潜水艦の行動を封じ、作戦発動を秘匿した。むろん作戦部隊も無線封止をして、日本の通信傍受に捉えられないようにしている。

　ミッドウェー奪還の成否は、作戦のスピードにかかっている。事前攻撃開始まで、日本側に知られてはならない。

　ミッドウェーを空襲し、艦砲射撃で地上部隊と航空機を制圧して、速やかに海兵隊を上陸させる。日本の機動部隊が出てくる前に、地上戦闘のかたをつけてしまうことである。

　それは、実現できそうに見えたが、任務群の出撃直前、陸軍の爆撃隊が発進した直後に、例の潜水艦の電波が傍受された。複数の通信所で傍受したため、その交点が真珠湾北西約六〇浬（約一一〇キロ）とかなり正確に出た。

飛行艇二機と駆逐艦二隻が現場に急行して、発見に努めたが、成果はなかった。電波は太平洋艦隊司令部他数ヵ所の陸上通信所や艦艇で傍受されたため、その方位線の交点は誤差約一マイル（浬、約二キロ）である。それを中心に半径五マイル（約九キロ）を魚雷艇二隻と掃海艇が担当。その外周二〇マイル（三七キロ）を旧式駆逐艦二隻、その外側五〇マイル（約九〇キロ）までを飛行艇が捜索するものである。

米太平洋艦隊は、潜水艦の速力を四ノット（時速約七キロ）と見積もり、半日で五〇マイル弱（九〇キロ）まで移動したものとした。この場合、電池はもうないはずだから、早晩浮上して充電するはずである。電池を節約してほぼ移動しなかった場合でも、一日もすれば電池は切れるし、換気もしなければならないはずだ。その場合、水上艦艇の網にかかる。探知は〇八：〇〇頃だったから、日没後に浮上したとしても、快晴の月明かりで発見できるだろう。

しかし、意外なことに半日たっても、潜水艦は頭を出さない。距離を稼ぐために移動したなら、それだけ電池を消耗するはずだし、電池を節約したならその辺りをうろうろしているはずだ。どこへ消えたというのだ。

当惑した太平洋艦隊司令部は、この潜水艦をしとめるため、さらに飛行艇を二機飛ばして、水上艦艇の捜索海域の外側を飛ばした。潜水艦が電波を出した地点を中心に捜索計画が練り直された。

出港したばかりの三個の任務群は、潜水艦を回避するため、いったん南に大きく迂回して、西に向かう針路をとった。虎の子の空母三隻を、ここで失うわけにはいかない。

「あらしお」

日本時間十月五日にウェーク島を出た「あらしお」は、まずミッドウェー沖に達し、そこからハワイに向かった。直接ハワイに向かって、入れ違いに出撃するかもしれない米機動部隊を取り逃がすことを恐れたからである。真珠湾の北西一〇浬（約一九キロ）に到着したのは、十九日（現地十八日の早朝）である。

例によって、すべての捜索手段で海上と空中を監視した。米軍の警戒は厳重で、駆逐艦や掃海艇、魚雷艇などが少なくとも三隻は確認された。上空には飛行艇が低高度で飛行しており、今までとはまるで違う厳しさである。理由はあるはずだ。

大事をとった本居2佐は、監視位置を北西へ二〇マイル（約三七キロ）移動した。これで敵の哨戒艦艇の脅威は一隻になった。一番近い旧式駆逐艦が、ときどき水平線上に見える程度である。この監視位置は、敵機動部隊がミッドウェーに向かう予想針路上にあるから、取り逃がすことはないだろう。その代わり、機動部隊の前程哨戒に、飛行艇や水上偵察機が飛んでくることも覚悟しなければならない。潜望鏡すら発見される可能性がある。

前回の監視と違い、敵機動部隊を絶対逃さないため、スノーケルも哨戒位置で実施した。スノーケルは夜間だから、敵に探知される危険性はほとんどないが、緊張感は高まった。

艦長の緊張は、敏感に部下に伝染する。相変わらず冗談や軽妙な会話で部下に接するが、艦内の緊張度はこれまでにない雰囲気である。かといって、ストレスや不安感が増すわけではない。真剣度が増しただけで、「あらしお」の士気はさらに上がった。

翌日の朝、大型機大編隊が北西に向かったのを見て、ミッドウェー進攻作戦の開始と判断、ミッドウェーへの警報を兼ねて、これを速報した。

聯合艦隊以下、二連特でもこれを傍受したが、真珠湾から至近距離での電波発射は、米軍の探知を覚悟しなければならない。

「あらしお」は、深度二〇〇メートル、速力六ノット（時速一一キロ）でさらに北西に移動した。一二時間後には、約七〇浬（約一三〇キロ）離れたから、水上を捜索する艦艇の脅威は去った。飛行艇の存在は予測されたから、日没まで露頂せずに水中で過ごした。

日没後、慎重に露頂したが、付近に米軍の飛行機も艦艇も見えなかった。当時まだ小艦艇や航空機にはレーダーは搭載されていないから、ＥＳＭ（電波探知機）にも信号はなく、南東方向にソーナーやエンジン音が聞こえるだけである。赤外線には、航空機が一機南西方向低高度に探知されたが、すぐに消えた。夜では、航空哨戒は意味がないから、粘っていた哨戒機も帰ったのであろう。できるときにスノーケルをこまめにやるのが、電池潜水艦の戦術行動の基本である。一時間ほどスノーケルをして、充電と換気、高圧空気の補充をした。電池も高圧空気も満タンになった。汚水タンクも空にした。

スノーケル中、ＥＳＭに空母らしいレーダー波が探知され、ＴＡＳＳ（曳航ソーナー）にも集団音が入ってきた。問題は機動部隊だが、空母らしいレーダー電波は、南に遠ざかってしまった。エンジン音も集団音が三つ、大きく南に迂回してから西に向かった様子である。大きく迂回して雷撃を避けるつもりだろう。遠距離でも探知はできるが、電池だとスピードが出ないから、捕捉はむずかしい。しかし、考えようである。

ここで、敵の空母を一隻でも撃沈すれば、せっかく出てきた敵の主力が、また真珠湾に逃げ込んでしまうかもしれない。聯合艦隊の主力が出てきて、海戦で撃滅する方が作戦目的にかなう。

どうせ行く先はミッドウェーだ。どっちが先につくかわからないが、決戦の場に移動しよう。

移動するなら、電波を出しても害は少ない。報告しておこう。

「オアフ南方に敵艦隊三群行動中。空母三隻を伴う。ミッドウェーに向かう公算大」

「あらしお」としては珍しい雑な報告だが、情報が少ない以上、やむを得ない。暗号解読されるだろうから、ミッドウェーに移動することは伏せておいた。

スノーケルしつつ電報を発信、終わったところで深度一〇〇メートルに潜入し、ミッドウェーへの最短針路三〇〇度一二ノットで急行した。当時の潜水艦水中最高速力以上の高速である。むろん電池は消耗するが、ハワイから遠ざかれば米哨戒機は飛んでこないから、あとで充電できる。

朝の警報でミッドウェーの基地は被害が局限できたか気になっていたところ、ちょうど、六艦隊経由で聯合艦隊の作戦発起が伝えられ、ミッドウェーも地上施設の一部に被害が出ただけで、大事ないとの情報が得られた。警報が功を奏したようだ。

米軍の暗号解読を考えると、味方の情報があまり細かいのも問題だが、単独行動をしている「あらしお」には、それも貴重な情報である。痛し痒しとはこれである。山本長官以下、主要なメンバーは暗号解読の危険性は理解しているから、必要最低限の情報に絞られていることもうかがえる。

日時や地点表示は、隠語で示されているから、暗号が解読されても、最低限の保全は保たれるはずだ。隠語表も二ヵ月前に更新され、直接配布の方法が採られているから、漏洩はない。5W1Hのうち、「どこ」はほぼ保全され、「いつ」もかなり保全されると期待できる。

「あらしお」は、ミッドウェーに向かった。

味方潜水艦との競合の心配はない。味方潜水艦が「あらしお」を探知する可能性はほぼゼロだし、「あらしお」は味方潜水艦の音響特性を把握しているから、米潜水艦と誤認することはなく、味方打ちの危険も回避できるからである。

現在は、味方の潜水艦を二隻以上、狭い海域に配備することは、避けるのが常識である。大戦中と違って、常に潜航している潜水艦同士は、雑音で他の潜水艦の存在を知る。敵味方の識別が極めて難しいから、一隻だけを配備するのだ。探知した潜水艦は味方ではない状態にしておくのである。

そんな厳しいソーナー戦を訓練しているから、これまでの作戦行動や聯合艦隊の協力を得て、「あらしお」のソーナーデータベースには、日米双方の軍艦の音響データがそろっている。空母、戦艦、巡洋艦、駆逐艦、そして潜水艦などである。艦種だけでなく艦型別の詳細なデータがそろっており、水測員（ソーナーマン）たちも、これまでの長期の航海中にその音に習熟している。

魚雷も海軍から補給を受けているが、「あらしお」魚雷員たちもその整備能力が上がっている。海軍の魚雷員たちは、あっという間に仕事を覚えてしまう平成の後輩たちに舌を巻いた。便利な新しい工具や測定器具などを活用して、海軍の水準以上の整備をするから、今では指導する側とされる側が逆転した。

このころには、「あらしお」乗員の一部に残っていた歴史介入の不安も、消えていた。艦長が根拠を示して説明した並行宇宙説が受け入れられたし、自分たちの価値の高さに充足感を覚えていたせいだろう。ミッドウェー海戦をひっくり返し、その後の対米戦争の帰趨を自分たちが変えたことへの自信と、やはり愛国心である。

今ここで、自分たちのできることをする方が、くよくよ悩むよりずっといい。

もともと高かった練度が、実戦を経験することで自信を得て、加速度的に向上したこともさらに自信を深めた。相乗効果というやつである。

軍隊というものは、訓練を経て自信を得ることで精鋭となる。練度と自信の融合が戦力の基盤なのである。優れた指揮官は、士気の下がった軍隊を再建するとき、訓練と勝利の経験を部下に与える。敗北感に冒された軍隊も、適切な訓練と作戦で回復するのである。

ビルマの英軍を立て直したスリム中将、北アフリカで退勢を挽回したロンメル将軍が好例である。

実戦では被害が出るから、その分練度も低下する。死傷した古参兵の補充に新兵が来ること、顔ぶれが変わってチームワークが崩れることなどが原因である。実戦経験を積むには、それなりの犠牲もあるのだ。その点、「あらしお」は無傷のまま実戦経験を重ねてきたから、理想的な状況にある。ドイツのアフリカ軍団やビルマの英軍のような再建すべき敗残部隊ではなく、本来が常勝潜水艦なのだ。

「あらしお」は、ベストコンディションで決戦の海にいる。

警報を発して敵にその電波を捕捉されてから二日が過ぎて、二十二日(二十一日)になった。敵は捜索をあきらめたとみえ、水上艦も航空機も一、二が散発的に探知される程度になった。


二十二日(二十一日)　オアフ南方　米機動部隊

三個の任務群は、「レンジャー」に将旗を揚げているハルゼー提督の指揮下にあった。

彼は先のミッドウェー海戦では、急性の皮膚病のため入院を余儀なくされ、その間に部隊が全滅するという悲劇に遭った。誰よりも雪辱を期している。それに、機動部隊の指揮能力は米海軍一と自他ともに認めている。

出撃早々、日本の新型潜水艦の電波を捕捉したため、大事をとってこれを回避、大きく南うまい。

に迂回してから西に針路をとった。いかに新型潜水艦といえども、機動部隊の高速にはかな

三個の任務群は、二〇〜三〇マイル（浬、三七〜五五キロ）離れて、おおむね正三角形で行動している。これだけ離しておけば、日本機の空襲を受けても、同時に二隻以上が被害を受けることはあるまい。発見されていても、日本機は分散せざるを得ないから、その攻撃力は分散される。

迂回航路をとったため、ミッドウェー到着は速くても二十五日（二十四日夜）になる。作戦発動から五日経つ。速戦即決が作戦成功のカギだから、迂回で失われる時間は惜しいが、空母を失うよりはいい。

その間、陸軍機がミッドウェーを十分爆撃してくれるだろうから、機動部隊への反撃は弱くなっているはずだ。

問題は、日本艦隊の動静だ。通信傍受の結果、活動が確認されていないから、本国で整備補給中であろう。

わが機動部隊の出撃を知っても、即日出撃はできない。一隻や二隻ではなく大艦隊ともなれば、一週間程度は準備が必要だろう。航海日数に一〇日として、最悪でも二週間、おそらく三週間は日本艦隊のミッドウェー救援はないとみていい。日本艦隊のミッドウェー到着は、速くても来月上旬、おそらく中旬であろうから、それまでに奪還する。

二〜三日の空襲と艦砲射撃で地上を制圧し、海兵隊を上陸させる。海兵隊の地上戦闘は、

島の地積からみて一日以上はかからないはずである。

ハルゼー提督は、作戦所要日数を約一週間とみていた。そのため、補給艦はともなわず、上陸船団とともに、直接ミッドウェーに向かわせている。そのほうが、空母機動部隊の高速機動性が十分発揮できるからである。

高速機動は、攻撃にも防御にも強力な手段になる。戦闘力の要素は、攻撃力、防御力、通信力と並んで、機動力が重要である。とくに、敵潜水艦を相手にするときは、大きな威力を発揮する。

大西洋で船団がUボートの餌食になっているのは、低速だからである。潜水艦の水上速力のほうが早いのだから、捕まるに決まっている。

機動部隊は、艦載機を飛ばして警戒することができるから、潜水艦は浮上できない。浮上できない潜水艦は数ノット(時速一〇キロ以下)しか出せない。人間の歩行程度だ。十数ノット(時速二十数キロ)の機動部隊を捕捉することはできない。幸運にして前方で待ち伏せしていても、高速でジグザグ針路をとる軍艦に、遠距離から魚雷を当てるのは至難だ。それも、潜望鏡を上げさせないように飛行機を活用する。

そうして潜水艦の行動を抑え込むのを、制圧という。

ハルゼー提督は、制圧に絶対の自信を持っていた。護衛の巡洋艦から、水上偵察機を間断なく飛ばして、艦隊の前方を警戒させている。広範な海域をあてなく捜索するのではなく、艦隊が通過する航路の前方だけを捜索するのだから、低速の水上偵察機にも狭い海域である。

浮上潜水艦はもちろん、潜望鏡すら見逃すことはないはずだ。潜水艦が先に飛行機を発見すれば、潜望鏡を下ろして水面下に隠れるだろうが、そうすれば、こっちを発見することはできない。潜望鏡が使えなければ、雷撃もできない。

そういう計画である。十分な合理性、実現性を備えた完全無欠の戦術であると信じられた。


「あらしお」


しかし、「あらしお」には潜望鏡以外に遠距離の目標を捕捉できる手段がそろっている。敵機動部隊の近くの空と水面を制圧されても、問題はない。遠距離からＥＳＭとソーナーで米機動部隊の動静を把握しつつ、ミッドウェーに先回りすべく移動した。

「あらしお」がミッドウェーで待ち伏せしていることは、敵に知られてはまずいため、電波封止をしたままだ。敵は、オアフの北西方でうろうろしている、と考えているはずだ。

ミッドウェーの味方哨戒圏に入ってからは、スノーケルも自由になったから、一〇ノット以上（時速約二〇キロ）で航海し、二十五日昼（二十四日午後）にはミッドウェーに達した。

このころには、南から接近する米機動部隊の電波とソーナーの探振音が探知され、南東からは、上陸船団と思われる集団音が聴こえてきた。

聯合艦隊

二十日（十九日）の「あらしお」の警報を受け、敵艦隊出撃に備えて待機していた第一、

第二機動部隊は、翌日出撃した。警報は爆撃機大編隊がミッドウェーへ向かったことを報じ、米艦隊の出撃には触れられていなかった。しかし、聯合艦隊司令部は、それを米側のミッドウェー奪還作戦の発動と判断した。その後、「あらしお」の続報で三群の米艦隊の出動が報じられた。空母三隻の出撃である。

ミッドウェーの二連特からの報告でも、二十日（十九日）以降の空襲は規模も大きく連続しており、従来の散発的な空襲とは明らかに性格が違う。攻略の事前爆撃とみられた。

内地からミッドウェーまでは、約二六〇〇浬（約四八〇〇キロ）あるから、一二ノットで九日かかる。一五ノットでも一週間だ。二個機動部隊は神速に出撃したものの、月末に間に合うかどうかという厳しさだ。ミッドウェーの二連特が月末まで抵抗してくれることを祈るのみだ。

ただ、作戦準備は先のミッドウェー作戦よりは整っていた。米艦隊の出撃は予測されていたし、米西岸やハワイに対する襲撃行動で練度は上がっていた。先の海戦での反省もあって、人事異動もなく決戦に備えて内地でも訓練は続けられていた。

補給は済んでいたし、訓練で陸上基地に移動していた艦載機を収容しつつ、二個の機動部隊は、柱島から豊後水道、そして太平洋に出た。対潜警戒のため、巡洋艦や戦艦搭載の水上偵察機が前方を警戒しつつ進撃した。

ウェークの潜水艦基地からミッドウェーまでは一〇〇〇浬強（二〇〇〇キロ弱）である。

だから、一旦補給に戻った第一潜水部隊（一潜戦）も、数日でミッドウェーとハワイの間に散開線を敷けるはずだった。しかし進撃途上、浮上で航海していたため、敵機動部隊の哨戒機に発見された。米機動部隊が大きく南に迂回していることを考慮しなかった失策である。二隻が撃沈され、進出が大きく遅れた。

米機動部隊が航海を急いでいたため、残りの潜水艦は半日の潜航で難を逃れたが、敵を逸した以上、予定された散開線を構成する意義がなくなってしまった。

先遣部隊（第六艦隊）は第一潜水部隊に、ミッドウェーに向かった米機動部隊の追従を命じた。ミッドウェーに着けば、敵も高速移動をやめ、周辺で作戦を始めるはずだ。そこを攻撃する機会はあるだろう。ミッドウェー付近には、敵の攻略部隊を載せた船団もいるはずだから、目標には困らない。

聯合艦隊司令部や第一、第二機動部隊は、第一潜水部隊の発見報告を受けて敵機動部隊の動きを詳細に知ることができた。

「あらしお」が捕捉することを期待したが、敵は「あらしお」を嫌って迂回航路をとった結果、第一潜水部隊に遭遇する結果になった。いずれにせよ、まず敵を発見するのが潜水艦の任務だから、二隻喪失を代償にそれは達成された。

聯合艦隊では、これに基づきミッドウェー防御と米機動部隊要撃の要領を再検討した。

一、敵の行動見積もり

一、敵機動部隊のミッドウェー着は、二十五日（二十四日）前後。到着後、空襲や砲撃を実施後、海兵隊を上陸させる。

二、それまで、ハワイからの陸軍機による爆撃が継続される。

三、潜水艦は、ミッドウェー～日本本土間にあって、わが艦隊の動静偵察および攻撃を実施する。

二、情勢判断

一、わが機動部隊のミッドウェー到着は、三十日（二十九日）前後。

二、二連特は、月末までミッドウェーを保持し得るが、砲爆撃を受け続ければ、退避に限界がある基地航空部隊の被害は甚大であろう。

三、敵と接触した第一潜水部隊（一潜戦）は、敵の制圧を受けて十分な作戦は望めないが「あらしお」の活動には期待してよい。

三、行動方針

一、行動秘匿

主力の第一、第二機動部隊は速やかにミッドウェーに進撃する。行動秘匿のため、敵に発見されるまでは電波封止とする。

二、対敵行動

敵情は、二連特および潜水部隊（一潜戦、「あらしお」）からの通報に期待する。

潜水部隊は、敵情報告とともに、可能な限り敵機動部隊、特に空母攻撃に努める。

ミッドウェー基地航空部隊は、敵機動部隊の接近まで極力兵力を温存し、可能な限り敵機動部隊の撃破に努める。

二連特は持久に努め、わが機動部隊の到着まで、付近海面に敵機動部隊を拘束する。


前回のミッドウェー海戦とちょうど逆の状態と言えるだろう。

米軍は、日本軍を出し抜いたと考えているが、日本側は米軍の行動を把握している。

米軍は、陸軍、海兵隊を指揮下においた太平洋艦隊が、機動部隊三個任務群を主力にミッドウェーを攻撃（空襲に続く艦砲射撃）する。

ミッドウェーには、日本の陸戦隊や航空隊が守りについており、二個機動部隊がこれを救援、敵機動部隊を撃滅する。機動部隊到着までにミッドウェーが陥落すれば、敵機動部隊はハワイに帰還して、これを逸するであろう。時間との戦いであり、その時間は二連特が稼ぎ出さなければならない。

日米戦の帰趨を決める陸海空での戦が始まる。

米機動部隊

三個の任務群は、二十五日午後（二十四日夜）、ミッドウェーの南方約一五〇マイル（浬、約二八〇キロ）に達した。ミッドウェーからの空襲に備え、各任務群はさらに間隔を広げて被害局限を図った。

翌日早朝、艦載機による空襲をかけた。約一週間かけて陸軍の爆撃が狭い島内に実施されたが、そこは高高度水平爆撃である。かなりの重要目標が健在とみられた。

偵察機を飛ばして、攻撃目標が慎重に選定された。レーダーや通信アンテナ、燃料タンクや砲台などに対しては、急降下爆撃が加えられた。一方、雷撃機は低高度水平爆撃で滑走路や格納庫を攻撃した。

日本軍の対空砲火は効率が悪いようだが、相変わらず戦闘機は強力だった。

日本機は、双発機（陸攻）は空中に逃れたが、戦闘機は全力で要撃してきた。艦載機同様陸上機も、日本の戦闘機の練度は極めて高く、水平爆撃の編隊はとくに被害が多かった。太平洋艦隊の情報部によれば、この戦闘機隊は開戦劈頭フィリピンのクラークフィールドを襲った台湾空の後身らしく、あの長距離を飛行して陸軍航空隊を壊滅させた歴戦の航空隊らしい。要撃戦闘などはお手の物であろう。

機動部隊が島を空襲する間、日本の双発機が機動部隊を襲ったが、任務群はそれぞれ五〇～六〇マイル（約一〇〇キロ）離れていたため、攻撃は分散された。そのうえ、日本機は大型で鈍重なため、戦闘機や対空砲火で大半が撃墜され、空母「レンジャー」が至近弾で小破したにとどまった。日本の双発攻撃機は簡単に発火する弱点があって、撃墜は容易だった。

日本の基地航空隊と米機動部隊の海空戦は、米側の勝利に終わった。これは、日米を入れ替えれば、先のミッドウェー海戦の緒戦に似ている。マレー沖で英戦艦二隻を撃沈したほど、日本攻撃隊の練度は高かったが、英艦隊と違って戦闘機のエアカバーがある米機動部隊は防空戦に強かった。

米軍の爆撃と自らの攻撃被害で、日本の基地航空部隊は一日でほとんど壊滅した。空中では無敵の戦闘機隊も、燃料切れで着陸したときに爆撃されて、大半が地上撃破された。

二十七日（二十六日）に至り、米機動部隊は、基地航空隊の脅威がなくなったと判断し、巡洋艦や駆逐艦を接近させて砲撃を加えた。空母艦載の戦闘機が上空を援護した。

観測機を飛ばしての対地砲撃だから、日本軍の施設や残存機が爆撃以上の効果で破壊された。既述のとおり、砲撃は爆撃より効果が大きいのである。数日間砲撃を続けたいところだが、のんびりしていると日本の機動部隊が現われる。海兵隊が到着しだい、上陸をする計画だ。

ミッドウェー　米海兵隊

第一海兵師団を載せた輸送船団が到着したのは、砲撃たけなわの夕刻である。
同海兵師団は、この年の二月に師団編成になったばかりで、基幹構成部隊は三個の歩兵連隊で、砲兵連隊や工兵大隊が含まれるのは、陸軍の師団と同様である。ただ、水陸両用戦専門部隊として、訓練と装備の充実に努めてきた。その初陣である。（戦史では八月にガダルカナルに上陸して、弱小な日本海軍陸戦隊や設営隊を駆逐して、飛行場を確保した）
米海兵隊は、朝に上陸するのを常とする。沖合で待機する船上では、海兵隊の各級指揮官が連隊の幕僚から細部の指示を受け、下士官以下は中隊先任下士官の説明を受けた。

主力は、南からリーフを越えて上陸する。日本軍が破壊したリーフの位置は把握していた。上陸第一波は、第一海兵連隊。第一大隊がサンド島に向かう。イースタン島は、サンド島上陸成功後、第五海兵連隊が向かう。リーフの開放部分が狭く、両島への舟艇を同時に進入させるのはむずかしいと判断され、まずは大きなサンド島に全力を向けることにしたのである。イースタン島の日本軍からの砲撃は、海上の艦隊と艦載機が制圧する。

師団予備の第七海兵連隊から、一個中隊が陽動のため、北からサンド島を攻撃するのは、日本軍の戦法に倣った。一方向からだけの、正面切った馬鹿正直な攻撃をすることはない。

二十八日（二十七日朝）、ビフテキと目玉焼きの朝食をとった海兵たちは、上陸用舟艇（ＬＣＶＰ）に縄梯子で移乗、上陸態勢に入った。大隊長と三人の中隊長は、それぞれ水陸両用戦闘車（ＬＶＴ）に本部要員とともに乗り込んだ。

その最中、輸送船の一隻に水柱が上がった。潜水艦の雷撃と思われ、機動部隊の駆逐艦が周辺に爆雷をばらまいた。水深の浅い海面だったから、深深度に調定された爆雷は、海底の泥を巻き上げた。そのため、海水があちこちで茶色く濁って、水中が見にくくなってしまった。

この混乱の中、小さな司令塔が水面に出ているのが発見されたため、対潜戦闘は爆雷攻撃から砲撃に変わった。昨年十二月の真珠湾奇襲の直前、湾口を警備していた旧式駆逐艦「ウォード」が、湾内に進入を試みた小型潜水艦の司令塔を発見して砲撃、撃沈したが、あれと同じ状況が再現されたのである。

輸送船一隻が中破したが、小型潜水艦が少なくとも三隻は撃沈されて事態は収拾された。上陸作戦が再開された。

上陸作戦は、通常広い海岸線にできるだけ多くの舟艇が横一線に達着する。それが何線も連続する。波が海岸に打ち寄せる状態に似ているから、波状攻撃という。できるだけ大兵力を短時間に上陸させないと、防御を固める敵に各個撃破される。

海兵隊は、平底で海岸に達すると前の扉が下に開くLCVPのほかに、LVTを少数使用している。キャタピラを装備しているため、サンゴ礁の突破も可能だが、もともと低速なため、サンゴ礁を乗り越える際、さらに速力が低下し、バランスを失うことは避けられない。それでも転覆することなく突破に成功した。

上陸部隊の大半は、主として限られたリーフの間隙をぬって上陸用舟艇（LCVP）を侵入させざるを得ないため、同時に海岸に達する舟艇は数隻に過ぎず、その衝力は弱い。一隻に約一〇〇名の歩兵か、軽戦車一両を乗せている。まず、A中隊が足を濡らして海岸にたどり着いた。さらに数両のLVTが遅れて到着した。

大隊長とA中隊長が、中隊を掌握する前に、戦闘が始まっていた。

舟艇がリーフを通過する前に、艦砲射撃は終わっているから、舟艇が海岸に達着する前から日本の射撃を受けた。これでLCVP二隻が破壊され、三隻目が最初に海岸に達した。舟艇の前が下に開いて、海兵が左右に散開し、遮蔽物の少ない砂浜に伏せた様子が、上空の観測機からよく見えた。

日本軍の視界を奪うため、上陸海岸には発煙弾が撃ち込まれ、周囲はもうもうたる白煙に包まれた。その中を日本軍の銃砲撃が始まった。銃弾はさほど効果を揚げなかったが、砲撃は意外に精度がよかった。

日本軍は、リーフから海岸に至る地域を精密に標定済みとみえ、迫撃砲が正確に落ちてきた。携帯式の小型迫撃砲を活用しているとみえ、上空から発火が見えず、爆弾を搭載した戦闘機の支援もなかなか効果を揚げない。自軍の煙幕のため、地上がよく見えないのも航空支援を阻害した。

上陸第一波は、大隊長とA中隊の半分、それに軽戦車一両が上陸に成功したが、中隊の半分と軽戦車一両は海中に没した。

必死に拠点を確保して、前進の態勢を整えようとする海兵隊に対し、安全な掩体に保護されているはずの敵が、なんと攻撃してきた。世界で最も恐れられている銃剣突撃である。あちこちで朝日を反射する侍サーベル（軍刀）が見え、海兵たちの恐怖心は倍増した。

穴に隠れていれば安全なのに、刀や銃剣をふるって湧き出してくる日本兵は、海兵には悪魔に見えた。後退するにも後ろは海である。

上陸したばかりで組織戦闘ができず、機関銃や小銃を必死に乱射するしかない。小隊長や軍曹たちが必死で指揮する声も、銃声や悲鳴にかき消された。海兵たちは、個人で訓練と本能を頼りに必死で引き金を引くのみだ。ほとんどパニックである。

至近距離からの日本兵の銃剣突撃は、あっという間に海兵隊の間に浸透し、そこここで格闘が始まった。選抜志願兵で構成される屈強な海兵たちからみれば、子供のような日本兵だが、彼らの繰り出す銃剣は、長い小銃とよく訓練された技術で、防ぐのがむずかしい。力任せに小銃を振り回しても、軽く外されてしまうのだ。呼吸や距離を巧妙に計算しているとみえ、騙されているような気がしているうちに、手元に踏み込まれて刺されるのである。サムライたちの魔法のようなブジュツに翻弄され、海兵たちに死傷者が続出した。

この時点で海岸で戦闘しているのは、海兵隊一個中隊に過ぎず、後続の舟艇はリーフに進入する際、隘路のような場所で狙い撃ちされている。日本の射撃はだんだん正確さを増してくるし、どこから撃ってくるかがわからないのである。

海兵の持つ小銃は、採用されたばかりの世界初の半自動小銃M-1だったが、発射速度の速さが裏目に出た。あっという間に弾薬不足に陥ったのである。

そもそも、半自動小銃を歩兵に持たせるためには、安定した弾薬補給が前提である。大陸ならば、後方にしっかりとした兵站組織を構成できるはずだった。海兵の場合、当座は手持ちの約九〇発でしのがなければならない。小銃の八発と、ベルトのポーチに八〇発である。

日本や、英独などはボルトアクションの手動小銃だから、一発ずつ弾倉から薬室にカートリッジを送り込む。発射速度は落ちるが、照準も丁寧になる。パニックになった海兵が引き金を引き続けると、数秒で八発が撃ち尽くされる。この問題は、後年ベトナムで全自動小銃

M‐16でさらに深刻な弾薬不足を生じ、そのため三発しか連射できない機能（スリーバースト）が追加された。それが、戦場心理である。

ともかく、上陸戦闘が始まったとたん、海兵たちは小銃と軽機関銃（BAR）の弾薬が尽きた。上陸第二波のB中隊が到着するまでは手榴弾を用いて、白兵戦で凄惨な状況になった。日本兵が白兵戦を仕掛けたことが海兵の乱射を招き、弾薬が尽きたため白兵戦に陥るという事態になったのである。

混乱している海兵隊に対して、個々に浸透してくる日本兵の動きは、無駄がないように見えた。兵力に過不足がなく、地理的位置を把握しているようで、ほぼ一線に並んで浸透してくるのである。分隊長らしい下士官の間隔が均等だし、サーベルをふるう士官も数十ヤード間隔に等距離に見える。第一大隊長がそんな状況を観察しているうちに、やっとB中隊が上陸してきた。

B中隊は、三両の軽戦車ともに、LCVP六隻でリーフの間を抜けて礁内に入り、そこで散開して海岸に向かったのは、第一波と同様である。したがって、日本軍からの砲撃は同様の効果を発揮した。

軽戦車二両と引き換えに、中隊の半数は水没した。先行していた中隊長が待ち構えていたので、B中隊はそのまま組織的戦闘に入り、海岸の一角に拠点が確保された。大隊本部もそこで指揮機能を発揮し始めた。しかし、とても海岸堡とよべるほどのしろものではない。なんとか弾薬が集積されただけである。

軽戦車三両とＬＶＴ二両、それに海岸で破壊されたＬＣＶＰを利用して大隊本部とＢ中隊本部が腰を据え、そこに細々と弾薬が集積されていった。

正午頃、日本軍の攻撃は小康状態になったが、それは力尽きたというより計画的にみえ、かえって不気味である。現にリーフを通過する舟艇に対する正確な砲撃は衰えず、補給や増援の海上輸送はほぼ半数が撃沈されている。それも同じ場所だから、通過の際に沈没した舟艇の残骸がさらに通過を困難にしている。

第五連隊のイースタン島攻略は、まだはじまっていない。第一連隊への増援と補給が優先された。

ミッドウェー　第二連合特別陸戦隊（二連特）

二十七日（二十六日）に空襲で始まった敵の攻撃は、艦砲射撃に移って翌日にはついに海兵隊が上陸してきた。二十六航戦は善戦したが、一日で壊滅した。これからは、陸戦隊の戦いである。

機動部隊の到着まで、敵の機動部隊を島周辺に拘束するため、それまでは敵の占領を許してはならない。海兵隊の地上戦闘が続く限り、補給や支援のために、機動部隊や船団が付近海面にとどまるはずだ。敵の攻撃を撃退することが最善だが、最低でも三十日（二十九日）まで、島を維持する。

これが、二連特の使命である。そのために、全滅しても敵機動部隊が撃滅できれば、十分報われる。

サンゴ礁は敵にも障害になるはずで、日本軍が上陸の際に作った進入路は、一つを残して塞がれている。その一つには機雷が敷設され、陸上からの砲撃の照準は精密にあわせてある。

切り札はまだある。甲標的である。爆撃や故障で稼働はわずかに五隻ではあるが、乗員は敵に一矢報いる覚悟を固めている。甲標的をミッドウェーに輸送し、整備その他の支援に残っていた母艦「千代田」は、他の方面に転用されるため島を去って空襲からはまぬかれた。

甲標的という兵器は、艦隊決戦の場で補助兵力として使用されるべく整備された。決戦海面まで母艦で運ばれ、海戦後に回収するはずだった。艦隊決戦の可能性がなくなったため、要地防御に使用されるようになった。ミッドウェーがその最初である。

甲標的は、敵艦隊の接近まで待機し、上陸船団を攻撃する。限られた能力では、航行する敵艦の攻撃は無理と判断されたため、停止している上陸船団の攻撃に目標を絞った。指揮官関戸少佐の判断である。

空襲の際には水中に隠れて攻撃時機を待った。二十七日（二十六日）、上陸船団が南方海面に到着、漂泊して上陸準備に入ったため、翌日早朝の攻撃が命じられた。

攻撃は、各艇艇長の自由裁量に任されたが、雷撃は前後一時間に集中した。帰還した艇はなかったが、島に残って作戦をモニターしていた関戸少佐は、三発の命中魚雷を大田司令官に報告した。

陸攻と甲標的の攻撃で、船団は一〇隻程度が作戦から脱落したと判断された。

しかし、米海兵隊は上陸を開始した。十数隻の舟艇が島に殺到した。リーフの開放部分に敷設された機雷は、数隻の上陸用舟艇を沈めたが、サンゴ礁を乗り越える新型の水陸両用車を使った海兵隊は、予想以上の兵力を揚げてきた。

二連特は意外な敵の新兵器にも動ぜず、事前に精密に測定した砲撃諸元に基づいて砲撃を開始した。機雷と砲撃で、敵の第一波上陸兵力は半減したと判断された。しかし、後続部隊は機雷のなくなった海面を通過する。砲撃でできるだけ敵を減らし、上がった海兵隊への反撃を加える。

上陸したばかりの敵は、まだ態勢が整っていないはずだ。指揮官は部隊を掌握するのに苦労しており、補給物資はまだ補給船の上だろうし、身を隠す場所も少ない。

この機に反撃して、敵を海に追い落とす。夜襲が望ましいが、島が狭くて夜まで待てば敵が内陸部に進入する恐れがあるし、敵に時間を与えるのも得策ではない。視界を遮るために煙幕が準備されたが、敵が先に発煙弾を撃ち込んできた。好都合である。

煙幕にまぎれて、横五特の一個中隊が、白兵突撃を敢行した。それも、夜襲の要領で隠密裏に接近し、無言で敵を刺殺するやり方で、射撃は禁止されている。夜襲と違って、昼間の戦場には騒音が満ちており、音を立てない配慮は不要な分、行動は迅速になる。

中隊は、反撃の先鋒として指定され、夜襲の訓練を重ねてきた。中隊長以下無声指揮に長けており、隊員も相互連携を体得している。煙幕で視界が制限されているが、明るい昼戦は、中隊にとっては訓練以下の容易さに感じられた。自信は士気を高め、冷静な行動につながる。

陸戦隊が採用した攻撃は、一斉突撃ではなく、分隊あるいは個人単位で敵陣に浸透し、接触した敵を刺殺する戦法である。敵は味方の兵力と位置がわからず混乱するはずだ。敵の兵力は過大にみるのが戦場心理である。

兵力が一個中隊と過小であるのは、襲撃目的だからだ。軍事用語を厳密にいうと「攻撃」は占領を目的とするが、「襲撃」は敵兵力の撃破と情報収集が目的である。捕虜を得ればさらに良い。騎兵の攻撃を襲撃というのは、この辺りに理由がある。（理由は違うが、潜水艦も攻撃を襲撃というのである）

襲撃は成功した。陸戦隊は死傷約六〇の損害を出したが、敵に与えた損害は一〇〇程度と判断され、さらに捕虜数名を得た。

当初、予想以上に激しい銃火に見舞われたが、匍匐でこれをしのいだ。終盤に入って、敵の射撃が低調になったのは、弾薬不足のためであろう。

陸戦隊が後退するころ、海兵隊は増援兵力と補給を得た模様であるが、海岸堡はまだ脆弱と見られた。

数両の軽戦車とキャタピラ付きの水陸両用車が、狭い島内での戦闘に障害になるだろうが、掩体に潜んで重火器を装備する陸戦隊は、生身で前進する海兵を阻止できるだろう。物量が強みの米軍も、海上に兵站基地がある不利と、海兵たちの士気の低下の事情が、捕虜の口から語られた。

二連特は、戦意をさらに高揚させた。数日持ちこたえれば、聯合艦隊が救援に来るのである。

米機動部隊

三十日（二十九日）に至っても、海兵隊の前進は進捗しない。

サンド島に第一連隊、イースタン島に第五連隊が上陸したものの、日本軍の抵抗が頑強で海岸から内陸に前進できないでいる。頼みの軽戦車やＬＶＴも、地雷や日本兵の自爆攻撃で破壊される車両が相次ぎ、補充が追いつかない。

上陸初日には昼間煙幕にまぎれて浸透してきた日本兵は、その後、毎晩夜襲を繰り返している。被害はさほどではないが、夜眠れない海兵は疲労と神経衰弱に悩まされているという。

機動部隊の艦載機が上空から支援攻撃を加えているが、掩体に潜り込んでいる日本軍にはさほどの被害を与えていないようである。

日本軍は補給が途絶えているはずだが、戦力に低下は見られない。食料、弾薬の備蓄が十分で、兵力もさほど減少していないからだろう。

狭いイースタン島は、大半が占領された。しかし日本兵が残って抵抗しているうえ、サンド島からの砲撃のため飛行場は使えないが、補給品の集積は可能である。サンド島を含めた海岸堡として機能し始めた。むろん、日本軍からの攻撃は頻発するから、安全な後方基地というわけにはいかない。

一方、サンド島の戦況は膠着した。このまま時間が過ぎれば、日本の救援が到着してしまう。ハルゼー提督は苦境に立った。

悪いことに、三十日（二十九日）、潜水艦が日本艦隊の接近を報じてきた。空母数隻を中心とする大兵力である。潜水艦二隻がなんとか雷撃に成功したが、巡洋艦一隻に魚雷一本を命中させたにとどまった。

日本艦隊が攻撃圏に入るのは二日後であろう。それまでにハワイに避退するか、決戦するか。避退するなら、海兵隊を収容しなければならないが、交戦中の海兵隊を海上に撤収させることは、強襲上陸よりはるかにむずかしい。両用戦は訓練と準備があるが、撤収など想定してもいない。

やむをえまい。もう一度海戦を覚悟することにした。

その決心をハワイのニミッツ提督も支持した。ミッドウェーを奪還しないと、ハワイの脅威はなくならない。このまま作戦を中止しても状況は好転しない以上、無理もしなければならない。陸軍航空隊も全面協力することになった。

ミッドウェーの南西方に哨戒に出ていた潜水艦も、ミッドウェー近海への集中が命じられた。使える兵力はかき集めなければならない。

三個の任務群は、被害局限のためミッドウェーの東海面に移動し、かつ分散した。上陸戦闘中の海兵隊への航空支援は不便になるが、母艦が被害を受けては航空支援もできなくなるから、海兵隊も不承不承了解した。問題は、沖にいる船団の安全である。

船団には、予備兵力一個連隊のほか、師団司令部や砲兵その他が残っている。上陸部隊への食料、弾薬などの補給品もあり、負傷兵のための病院船も含まれている。これらの船団が無事でなければ、上陸した海兵隊は早晩戦力が尽きる。

ハワイから護衛してきた旧式駆逐艦三隻では不安だ。空母の護衛から、軽巡一隻、駆逐艦二隻を抽出して護衛兵力を増強し、機動部隊からも上空警戒機を飛ばすことにした。

ハワイの飛行艇も船団の南と西を飛んで、敵の潜水艦を警戒した。船団の北は島であり、東には機動部隊が行動している。潜水艦が来るなら、南か西であろう。

新型潜水艦以外の日本潜水艦は、これまで航空哨戒で制圧してきた実績がある。問題は、その新型潜水艦である。

「あらしお」

二十五日（二十四日）にミッドウェー北東沖に達し、敵の接近を待っていた。

翌日から、米機動部隊の空襲が始まり、味方の基地航空部隊も反撃したようだが、一日で活動が終わった模様である。ソーナーは数十の敵の存在を示している。機動部隊以外に、上陸船団がいるからだろう。

保有魚雷の何倍、何十倍の目標がいるので、重要目標を選ばなければならない。

聯合艦隊司令部からの情報では、米海兵隊は二十八日（二十七日）に上陸したが、二連特の頑強な抵抗にあって苦戦しているようである。占領が終わらないから、機動部隊は船団の護衛や海兵隊の戦闘支援のため、島の周辺に留まっている。まず、空母を狙うことにした。

船団は漂泊か低速移動だろうが、航空機を発艦させるため、空母は高速で航海しているはずだ。発着艦の際、空母は風上に向かって走るから、行動予測はできる。

レーダー電波は、空母や巡洋艦など大型軍艦から出るから、機動部隊はＥＳＭで捕捉している。ソーナーも、同じ方向を探す。遠距離で信号は弱いが、三群の間隔が開いているようだ。これは、味方の機動部隊接近に備えてのことであろう。

味方の二個機動部隊は、途中で米潜水艦の雷撃を受けて巡洋艦が中破した。駆逐艦一隻が護衛について帰路についたが、残りは十一月一日（十月三十一日）にはミッドウェーの三〇〇マイル（浬、五五五キロ）圏内に達する見込みである。決戦はそのころであろう。それまでに、敵情を味方に通報し、できるだけ敵の空母を減らすことだ。

上空には、ハワイから飛んでくる陸軍機や飛行艇のほか、機動部隊の艦載機が警戒しているから、慎重に接近しなければならない。

二十八日（二十七日）、ほぼ停止していた上陸船団が急に動き始め、それも無統制な混乱が見られた。潜望鏡では見えない水平線の向こうだから、事情はよくわからないが、日本の攻撃を受けたものであろう。基地航空隊は全滅しているはずだから、魚雷艇か特殊潜航艇の活躍と思われた。

当然、敵機動部隊も反応するだろう。敵機動部隊への接近を急いだ。概略距離一〇〇マイル（浬、一八五キロ）。半日もすれば潜望鏡で見えるだろう。

十一月一日（十月三十一日）第一機動部隊

第一機動部隊は、第二航空戦隊の空母「飛龍」「蒼龍」基幹で、前回の海戦でも勇名を馳せた山口少将が指揮を執っている。後続の第二機動部隊（第五航空戦隊「翔鶴」「瑞鶴」「瑞鳳」基幹）は、約二〇〇浬遅れているから、緒戦には参加できないかもしれない。

米潜水艦に接触されたのはわかっていた。近距離で電波が出たからである。すぐに、雷撃された。空母は無事だったが、巡洋艦が中破した。敵に発見されたため、電波封止は解除され、二連特および第二機動部隊との連絡が確立された。

ミッドウェーに上陸した米海兵隊は、二連特の抵抗にあって、苦戦中の模様である。米機動部隊はしばらく島周辺に拘束されることになる。二連特からの情報では、米機動部隊は島から遠ざかったようだが、艦載機が空襲を繰り返しているから、まだ付近にいるはずだ。

ミッドウェーから三〇〇浬に達したので、空母艦載機とくに戦闘機を飛ばして、二連特の援護を始めた。これで、敵の航空機は駆逐され、上陸船団も攻撃目標になってしまった。

機動部隊同士が決戦する前に、ミッドウェーと上陸船団をめぐる空戦が皮切りになった。六月の海戦に比べれば、米軍機の練度は上がっていたが、日本海軍の優位は変わらない。空中戦では、F4Fは零戦の敵ではなく、ミッドウェー島上空は日本の手に戻った。

航空支援を失い、海上の船団の多くが撃沈破された米海兵隊は、活動が停滞したと二連特が知らせてきた。

後は、敵空母を屠るのみだ。

巡洋艦の水上偵察機が、東の海上に捜索の網を広げた。有効性が知れた二式艦偵も四機が東の空へ飛んでいる。敵の艦載機よりわが方の攻撃圏は広い。敵もわが方の空母艦載機の出現で、機動部隊の接近を知ったはずだ。索敵と攻撃を企図しているであろう。航空戦は、先手必勝、分単位の差で勝敗が決する。

山口司令官は攻撃隊の発進準備を命じた。二隻の空母の甲板では第一次攻撃隊が、プロペラを回している。各艦搭載機の半数が飛行甲板にあり、残りは格納庫で二次攻撃の準備をしている。

現地時間三十一日正午頃、二式艦偵が敵機動部隊発見を報じてきた。「飛龍」の東約三〇〇浬（五五五キロ）である。空母は一隻だけだから他の二隻の捜索が継続された。そこへ水偵が敵大編隊の接近を報せてきた。「飛龍」の東南東約二〇〇浬（約三七〇キロ）、大型機約一〇〇機と小型機数十機の大編隊で、第一機動部隊に向かっている模様である。

山口司令官は発進中の第一次攻撃隊を発見した空母へ向かわせ、第二機動部隊から援護戦闘機の派遣を依頼した。敵味方とも約二〇〇浬だから、到着はほぼ一時間後である。

第一次攻撃隊は、艦上攻撃機、艦上爆撃機、艦上戦闘機がそれぞれ一八機の計五四機で、二航戦艦載機の半数である。

三〇分ほどで一次攻撃隊の発艦が終わった飛行甲板には、防空用の零戦が並べられ、次々と飛び立っていった。高高度と低高度に分かれて、爆撃と雷撃の両方に備えたのは前回の戦訓である。空母二隻から一八機が上がっただけだから、第二機動部隊からの援護機が来るまでは相当厳しい戦闘になるだろう。

航空作戦の微妙な呼吸は、米海軍にも十分わかっていた。だからこそ、陸軍機や飛行艇も活用し、虎の子の空母を散開させている。

十一月一日（十月三十一日）米機動部隊

ミッドウェーの東方約二〇〇マイル（浬、三七〇キロ）にそれぞれ数十マイルの距離で散開した三個の任務群は、相互に連携して航空作戦を継続していた。

航空作戦とは、ミッドウェーで上陸戦闘を続ける海兵隊に空から支援すること、それに上陸船団を日本機から守ることである。いずれも、戦闘機が主役である。

空中戦はもちろんだが、F４Fは爆弾を搭載して戦闘爆撃機としても活用できる。昨年、日本軍がウェークを攻略しようとしたとき、数機のF４Fが日本の駆逐艦を撃沈するなど敢闘し、いったんは日本軍を撃退したほどである。

しかし、空中戦では零戦の敵ではなく、徐々にその数を減らした。それにともない、他の機種も被害を増加していった。

米軍の強みは、指揮通信能力である。小型機も機上無線で交話ができる。日本機は複座や三座でなければ無線通信はできないし、それもモールスどまりで、交話はできないようだ。戦闘機に至っては、無線機すら積んでいない模様である。

だから、空母が離れて行動していても、艦載機を集中させることができる。ハワイから陸軍の爆撃機を協同させることで、兵力不足を補える。

ハルゼー提督は、ニミッツ長官に攻撃計画を報告し、陸軍機の協同を要請した。雷撃機が低空から、急降下爆撃機が中高度から、陸軍爆撃機が高空から同時に襲えば、敵戦闘機は分散されるから、攻撃効果も上がるだろう。日本の対空砲火は効果が低いことはわかっている。怖いのはゼロだけだ。

前回の海戦では、艦載機の集中がうまくいかなかった。雷撃機は戦果をあげないまま、ほぼ全滅した。その直後に急降下爆撃が成功したのは、幸運な偶然の結果であり、周到な作戦の成果ではない。しかし今度は、全力を挙げて勝負する。

ミッドウェーの陸上基地が使えないまま、敵と対峙するのは不利だが、敵航空機もミッドウェーを使えないのはお互いさまだ。

お互いさまなのは、空母艦載機が双方ともミッドウェー上空で戦っていることもだ。敵の空母の位置も限定される。近ければ一〇〇マイル、遠くても三〇〇マイル程度である。発見は時間の問題だ。幸いミッドウェー諸島周辺海域は、まだ米軍の制空下にあるから、大型機で哨戒ができる。

（現地時刻）十時頃、わが飛行艇が日本の機動部隊を発見した。空母二隻を中核とする数十隻。情報ではもう一群いるはずだが、位置がわからないから攻撃はできない。雲の下にいて飛行艇の哨戒の網にかからないのであろう。

ハルゼー提督は、発見された機動部隊への攻撃を決心した。ハワイからＢ‐17二二機、Ｂ

-25四二機、B-26三二機がこれに向かい、各任務群の艦載機も発進した。戦闘機は母艦の援護に残し、雷撃機と爆撃機は護衛なしで敵に向かわせる。

米空母は、各艦に戦闘機が二七機、爆撃機（急降下爆撃）が三六機、それに雷撃機が一五機搭載されている。戦闘機は空母の防空に残されて、爆撃機と雷撃機の半数が日本空母二隻に向かうから、急降下爆撃機約四〇機、雷撃機約二〇機が集中する。これに陸軍の爆撃機が加わるからまずいけるだろう。

約一時間後、空母のレーダーに、ハワイから飛来する友軍機の大編隊が映った。まず、雷撃隊が発進し、つづいて爆撃隊が飛びたった。このタイミングなら、陸海軍協同集中攻撃が成立するだろう。

母艦の艦橋では、みな祈るようにして編隊を見送った。

高高度を通過する重爆撃機の下で、艦載機が編隊を組んで敵に向かった。途中で他の空母の艦載機が合流するはずだ。

敵機動部隊には遭遇したくなかったが、やむを得ない仕儀である。ただ、陸軍機約一〇〇機の大編隊は、大いに心強い存在だ。中型爆撃機のB-25とB-26は雷撃訓練をつんでいるから、日本の陸攻並みの戦力を発揮するはずだ。いや、飛行性能や防弾性能ははるかに上だと情報部は太鼓判を押している。マレー沖で英東洋艦隊の戦艦二隻を沈めた日本海軍航空隊の戦力よりはずっと優れていると。

ハルゼー提督は、空母が数隻いるようなものだと考え直して、海戦の前途に光明が見えた気がした。

第一機動部隊

（現地時間）十三時頃、東の空で敵編隊を警戒していた水上偵察機が信号弾を発し、電報でも敵発見を報じた。対空戦闘のラッパが各艦に鳴り響き、上空の零戦は散開した。ちょうどそのころ、第二機動部隊から飛んできた零戦三六機が西の空に見えた。間に合った。これで、防空戦闘機は五四機がそろった。

敵は大型機（B‐17）が高高度から、中高度には艦上爆撃機が急降下の態勢で一列横隊になり、低高度には艦上雷撃機と双発爆撃機が東と北から迫ってきた。

一三・一五、四発重爆撃機約二〇機が高高度から水平爆撃を始めた。一八機の戦闘機がこれに向かったが、空の要塞と呼ばれるB‐17である。重武装の上、防弾も厳重とみえ、命中弾を受けてもなかなか火を噴かない。差し違える覚悟で正面から操縦席を銃撃した一機が撃墜できたほか、数機を撃破したにとどまった。零戦も二機が被弾して母艦にもどった。

敵の爆撃も効果が小さく、空母「蒼龍」が至近弾で小破したにとどまった。

高高度で爆撃を終えた重爆が去ろうとしたころ、低高度から雷撃機の大編隊が来襲した。先の海戦では練度が低くて一発も命中魚雷がなかったが、今回は違った。相当訓練を積んだとみえ、違方向同時攻撃を実施したため、小破した「蒼龍」が被雷して大破した。なにしろ、雷撃機だけで陸海軍機約一〇〇機の連続攻撃である。重爆が帰ったため、防空戦闘機は大半が低高度にあってこれを防いだが、数倍の敵機を相手には限界がある。「蒼龍」が三本目の魚雷を受けた後、敵の攻撃は「飛龍」に集中して二本が命中した。そこへ、急降下爆撃機が襲いかかった。零戦も防戦に努めたが、中高度にあった戦闘機はわずかに九機。撃ちもらした敵艦爆が、「飛龍」に命中弾を与えたのはやむを得なかった。

戦闘が終了した一四：〇〇頃、「飛龍」と「蒼龍」は沈みつつあり、山口司令官は「飛龍」艦橋ですでに戦死していた。

西方約一五〇浬（約二八〇キロ）にまで接近していた第二機動部隊指揮官五航戦司令官原少将は、第一機動部隊の残存兵力を第二機動部隊に吸収して統一指揮することを宣言した。

とりあえず、防空戦闘に従事した戦闘機を収容しつつ、敵機動部隊に向かった第一機動部隊の攻撃隊を収容するため、東に向かって進撃した。急がないと、燃料の尽きた第一次攻撃隊は、海の藻屑になってしまう。

第一次攻撃隊

（現地時間）三十一日一四：〇〇頃、攻撃隊は偵察機の誘導を受けて敵機動部隊上空に達した。発見された空母は一隻のみだが、これに対して突撃した。

空母の三〇浬手前から、敵戦闘機二十数機の要撃を受けた。護衛の零戦一八機がこれに向かったが、艦攻二機、艦爆三機が撃墜された。

指揮官小林少佐から、「トツレ」（突撃隊形作れ）に続き「ト連送」（全軍突撃せよ）が発信され、艦爆は急降下を開始し、艦攻は雷撃針路に入った。

敵の対空砲火は熾烈だったが、護衛は巡洋艦一隻に駆逐艦数隻にすぎず、艦爆は二機を失いつつも、空母に命中弾三発を与えた。艦攻は三機撃墜されたが、魚雷二本を命中させた。

これで、空母は間もなく沈没し、攻撃隊は帰路についた。

母艦が二隻とも沈没したことは通報されたが、後続の第二機動部隊（五航戦）が約三五〇浬（六五〇キロ）まで進出しているという。燃料しだいだが、何割かは洋上に不時着水することになろう。

そこへ、二連特からミッドウェーの滑走路が使えると連絡が来た。戦闘被害でところどころ穴があいた滑走路だが、着水するよりましだ。

五航戦に向かうか、ミッドウェーで危険な着陸をするか、各機の判断にまかされた。空中戦で燃料消費の激しかった戦闘機と、被弾した艦爆二機、艦攻三機がミッドウェーに向かい、残りの艦爆一一機、艦攻一〇機が五航戦に向かった。

小林少佐は、空母撃沈の戦果と被害報告、そして分離帰投を報告して帰路についた。かれの艦爆は燃料に不安があったが、部下を五航戦まで誘導する責任を感じていたので、不時着水は覚悟の上である。

これもまた、帝国海軍伝統の指揮官先頭であろう。

「あらしお」

敵機動部隊が三つに分離して作戦していることはわかっていたから、もっとも東側の集団に接近することにした。西側は日本の機動部隊に近いから、そっちに任せる。東の目標集団は全部で七、八隻と類別が進んだ。敵の針路は概略西。風向が西で、飛行作業に便利だからであろう。

一五：〇〇頃、潜望鏡に駆逐艦一隻と空母が見えた。さかんに飛行作業をしている模様で、小型機が黒点としてたくさん見える。対空砲火は見えないから、空襲は受けていないようだ。これを攻撃する。

「配置につけ、魚雷戦用意」

聞きなれた戦闘準備の号令である。海軍の便乗者もそれぞれの部署に急いだ。

電池はたっぷりあるから、全没して速力を上げる。深度は三〇メートル、速力は一〇ノット（時速一九キロ）。三〇分ほどして速力を落とし、潜望鏡で様子を見る。

「前進微速、深さ二〇、一番（潜望鏡）上げ」

この戦闘状況では、訓練みたいな露頂手続きをいちいちやっていられない。そのために三〇メートルの深度で距離を詰めてきたのだ。

潜望鏡についた本居2佐は、まず全周を見回して安全を確認、さらに上空に敵機のいないことを確かめるのは、身についた習性である。

「近距離、上空異常なし」

と部下に安全であることを報せる。

それから、攻撃目標の空母を観測する。

方位を潜望鏡から指揮装置に送り、距離を分画で目測する。概略距離八〇〇〇（メートル）。方位角はほぼ正横。方位角の判定は、艦首や艦尾からの浅い角度は正確にできるが、真横に近い六〇度あたりからは精度が落ちるものである。北から接近してきた「あらしお」からは、西に向かって走っている空母はその右腹をさらすことになる。そして、真横に見えるということは、これ以降急激に距離が開くことを意味する。空母は高速で走っているから、うかうかしていると魚雷の射程外に逃げてしまう。

ここは、腰ためで撃つべきである、と判断した本居2佐は、

「目標空母、概略距離八〇〇〇（メートル）、方位角右八〇度、的速一八（ノット）調定、三、四番管発射はじめ、アクティブ、高雷速、方位線誘導」

と指示した。すぐに、

「調定よし」

「三、四番管発射はじめよし」

の報告が返ってきた。

空母は「あらしお」のほぼ正面を右に進んでいる。右の三番管を使うほうがいい。

「三番管、次に打つ」

「用意、てーっ」

八〇式魚雷が走り出した直後、空母の左にあった黒点が大きくなってきた。フロートがあ

るから水上偵察機である。対潜警戒で飛んでいるのであろう。このままだとほぼ真上を通過する。仕方ない、全没する。

「潜望鏡おろせ、深さ五〇、魚雷の誘導はソーナーに換え」

「あらしお」は水面下に隠れたが、空母のエンジン音はしっかり捕捉されており、誘導には支障がない。数分後、

「魚雷目標捕捉、追尾に入ります」

と水雷長が報告してきた。

誘導電線を切断し、魚雷の前扉を閉じたころ、命中の衝撃がずしんと伝わってきた。誘導魚雷が探知位置を報せてきたから、距離は七三四〇メートルと正確に分かった。例によって例のごとく、その位置に、とどめの海軍九二式魚雷を二本打ち込んだ。九二式魚雷の射程ぎりぎりである。

ソーナーでも海上の敵の動きが急に活発になったことはわかる。活発といえば聞こえはいいが、つまりは混乱である。

遠距離で小爆発が連続したのは、当てのない爆雷攻撃であろう。それほど、敵は狼狽していることがわかる。

七〇〇〇メートル余は「あらしお」としては短い距離だが、当時の潜水艦雷撃距離の常識を超えている。だから、ここまで敵の捜索がおよぶとは思わないが、念のため水面には潜望鏡などを出さない全没のまま様子を見る。

とどめの九二式も二本とも命中した。届くかどうかぎりぎりの射程だったが、もう海軍の水雷員は当然のこととして冷静に喜んでいる。最初は万歳をしていたのに、今では笑顔で「あらしお」の魚雷員と握手する程度らしい。水雷長も、発令所の下にある魚雷発射管室で、部下が騒がなくなったことに安堵と誇らしさを感じているのが、艦長にはよくわかっていた。

空母の雷撃に成功した後、敵の復讐心に燃えた対潜捜索の危険にさらされるのが、当時の潜水艦だが、「あらしお」は次の目標を求めて、西に針路を取った。電池はまだ六割以上残っている。数時間経てば日没だから、ゆっくりとスノーケルができる。夜間でもレーダーや赤外線で潜水艦を探すP‐3C相手に厳しい訓練を積み重ねてきた「あらしお」には、目視だけで潜水艦を探す当時の対潜機相手では、余裕がありすぎる戦術環境である。

西方のかなたに、レーダー波が探知されているが、相当遠いようで、音は駆逐艦のソーナーしか聞こえない。敵がミッドウェーから離れなければ、捕捉するのは時間の問題である。

空母一隻撃沈の戦闘速報を聯合艦隊司令長官に送ったのは、日没後のことである。その時にはスノーケルをしながら、次の米空母を狙っていた。

雷撃は、日の出前になるだろう。夜間は飛行作業がないから、西に偏位した艦位を東に修正するはずだ。こっちに近づくことになる。

第二機動部隊（第五航空戦隊）

第一機動部隊（第二航空戦隊）の攻撃隊が、空母一隻撃沈の戦果を挙げて、帰りを急いでいる事はわかっていた。

指揮を執る五航戦司令官原少将は、二航戦の攻撃隊の一部がミッドウェーに向かったことに安堵したが、自隊に向かって帰投中の約半数を収容するため、速力を上げさせた。

第五航空戦隊は、開戦以来の戦訓から初めて空母三隻編成になった。二隻（翔鶴、瑞鶴）は従来どおり攻撃隊（艦攻、艦爆、援護戦闘機）を搭載しているが、一隻（瑞鳳）は艦隊防空用の戦闘機を載せている。二隻編成で防空専任艦をもたなかった第一機動部隊（第二航空戦隊）の空母が全滅したのは、新しい編成の有効性が逆に証明されたようなものだ。原司令官はそう考えて自信を深めている。

戦闘機と艦上偵察機だけを搭載している「瑞鳳」は、使ってみるとなかなか便利で、今回のように他の戦隊の艦載機を収容する事態にも対応できる。魚雷や爆弾を積んでいない軽快な戦闘機や偵察機は、簡単に発艦させて上空にあげ、甲板や格納庫を空けて収容スペースを確保しやすいのだ。

「瑞鳳」は、一六：三〇頃から小林少佐以下の攻撃隊二一機を収容し始めた。すぐに格納庫に入れて、整備と燃料補給、弾薬搭載をしておく。空いた飛行甲板には、自艦の戦闘機を着艦させて敵襲に備えた。

小林少佐からの報告を受けて、原司令官は情勢判断をした。

第一次攻撃隊は、空母一隻を確実に仕留めている。「あらしお」の戦闘詳報が発信される前のことで、残存空母を二隻と判断した。

第一機動部隊が出した索敵機を収容、燃料補給した後、自隊の索敵機を加えて捜索を継続しているが、まだ発見できない。ミッドウェーの北と南を捜索しているのだが、第一機動部隊より西に一五〇浬ほど偏位していたため、捜索効率は悪い。

この日の航空作戦は、捜索と第一機動部隊攻撃隊の収容で終わった。日が暮れては、航空戦はできない。明日早朝に捜索を再開することにして、東に向けて警戒航行をつづけることにした。

ところが、翌十一月一日未明（現地時刻）、「あらしお」の戦闘速報が傍受された。空母一隻撃沈確実だという。さらに、すでに一隻を撃沈済みだというから、敵の空母は全滅したことになる。

第二機動部隊は狐につままれたような気がした。あれほど苦労して捜索し、空母二隻の犠牲を払ってやっと一隻撃沈したというのに、簡単に二隻の空母が沈められたのか。

戦場には錯誤が満ちている。安心してはいられない。攻撃隊を準備したうえで、状況確認のために偵察機を出すことにした。

敵の位置がわからない段階では捜索が必要だが、「あらしお」の報告には敵の位置が入っている。ミッドウェーの南東約三〇〇浬である。夜明けには、そこまで二〇〇浬程度になっているだろう。二式艦偵を念のため二機飛ばすことにした。

「あらしお」

現地時間十月三十一日深夜、スノーケルをしながら西に向かう途中、聯合艦隊からの電報が届いた。

第一機動部隊は、空母「飛龍」「蒼龍」が沈没したが、敵空母も一隻仕留めた。さらに、「あらしお」が仕留めた一隻があるから、残る敵空母は一隻のみである。後続の第二機動部隊が追撃しているが、敵は二個の機動部隊の残存兵力を吸収して、最後の敵空母の守りは強化されている模様である。

状況ははっきりした。残る一隻を沈めれば、米海軍は太平洋から正規空母がいなくなる。

歴史を知っている本居2佐は、米国がその工業力を上げてエセックス級空母を量産しているのは承知している。ただ、時間はかかる。一番艦「エセックス」は年末に就役するが、二番艦は来年の四月であり、就役後も訓練が必要である。だから、米海軍に空母戦力がそろうのは早くても来年、つまり昭和十八年後半ということだ。日本の空母戦力に対抗するには、さらにかかるだろうが、少なくとも一年は、米海軍に使える戦力は潜水艦のみ、という状態になる。

その結果、ハワイや西海岸は、これまで以上に日本海軍の脅威にさらされる。ハワイが攻略されることがなくても、本土からの補給は途絶えるだろうし、空襲は覚悟しなければならない。西海岸も艦載機が襲うであろうし、艦砲射撃すらありうる。

そんな状態で一年過ごすことに、米国は耐えられるであろうか。

アメリカだけではない。ニューギニアを日本に占領されたオーストラリアも危機に瀕しており、インド洋での日本海軍の通商破壊戦のため、英本土も補給に苦しんでいる。ただでさえ不利な戦況が、米空母の壊滅となれば決定的になる。

太平洋、インド洋が日本の完全な支配下に入るのである。大西洋ではドイツのUボートが猛威を振るい、インド洋では日本海軍が活動している。英国は食料や原材料の入手が困難になり、アジアにいる英軍は本国からの補給が途絶える。さらに、イラン経由のソ連への補給ラインも危機にさらされる。連合軍に支援されたソ連の対独戦の帰趨も歴史どおりではなくなるだろう。

本居2佐は、改めて次の空母襲撃の意義に震えるような感動を覚えた。日本は敗戦から救われるかもしれない。本土空襲も、原爆投下も、沖縄の悲劇も避けられるかもしれないのだ。

ESMとソーナーは、最後の敵空母機動部隊をしっかりと捕捉していた。

レーダー波は四波。空母と巡洋艦であろう。アクティブソーナーの探振音は一〇以上。エンジン音は方位が重なっているため、八つだけが把握されている。しかし、雑魚はどうでもいい。空母一隻を仕留めればそれでよいのだ。

一日に日が変わった零時頃、充電が完了してスノーケルを止めると、自艦雑音でままならなかったソーナー捜索が始まった。自艦雑音の影響を受けない曳航式ソーナーは低い周波数の目標音をずっと拾っているが、方位の精度がよくないので精密な分析がむずかしい。そこはやはり艦首のソーナーである。これが、活躍を再開した。

パッシブ（受聴）には、大きく分けてソーナーマン（水測員）の耳によるパターン認識と、機械で周波数分析するやり方の二つがある。前者は古いやり方だが、大東亜戦争ではこっちの方が有効である。ソーナー員たちも急速に敵艦の音に慣れてきて、艦種の類別も早い。大型艦と小型艦はエンジンが違うし、推進軸の数も違う。小型艦艇や中型艦は二軸、重巡洋艦以上、空母や戦艦など大型艦は四軸である。優秀な日本の潜水艦水測員は、これらを簡単に区別できる。また、スクリュー回転数を数えることで、速力も分かる。

当時の日本海軍潜水艦にはいいソーナーがなかったから、「あらしお」のようにソーナーを主用した襲撃はできず、ほとんどは潜望鏡のみに頼った雷撃である。当然、雷撃距離も近いし、敵に発見される危険も大きい。

雷撃距離はせいぜい一〇〇〇メートル程度で、多くは数百メートルでの観測と雷撃だった。海で数百メートルは、すぐそこ、指呼の間である。まず、潜望鏡が発見されることになる。「あらしお」は深く潜ったまま、ソーナーだけで遠くの敵艦に魚雷を命中させることができるし、潜望鏡を使っても数千メートルは離しているから、発見の危険もぐっと減る。まして、今は夜である。

夜でも見える赤外線を使って、獲物を探している。

ソーナーで大体の様子はわかっているから、潜望鏡や赤外線で精密に観察するのである。

〇二：〇〇頃、月明かりに照らされた西の海上に、マストが二本見えてきた。駆逐艦と巡洋艦のようである。空母を守るため、外側を警戒しているのであろう。これまで、ソーナーの情報で目標運動解析を続けてきて、敵の基準針路は北東、速力は一二ノットと出ている。

夜間だから之字運動もさぼっている。

当然、潜水艦を警戒しているだろうが、あくまでも浮上潜水艦を探しているはずだ。潜航したままで一二ノットについてこられる潜水艦はないと信じ切っているだろう。日本側に正体不明の新型潜水艦が存在することは承知していても、米国以上の技術があるとは思うまい。傲慢な欧米人は日本を見下していて、それは簡単には払拭できない。

だから、潜航したまま機動部隊を追尾する潜水艦がいる、とは想像もできないのである。

当然、対潜警戒は部隊の前方に限られている。側方やまして後方からの攻撃はないと判断している。

前方を警戒して潜水艦の動きを封じて制圧し、その間にさっさと行き過ぎるつもりだろうが、そうはいかない。

敵は「あらしお」の正面（西）に現われ、斜め右（北東）に向かってその右脇腹をさらして近づいて来る。大雑把にいえばそういう位置関係である。「あらしお」が動かなければ、敵は現在距離の七割の距離を通過していくことになる。十分に攻撃可能な態勢である。

本居2佐は速力を落としてさらに精密な分析を下令した。潜望鏡と赤外線、ソーナーを併用した観測だから精度はあがる。それでも限界はある。そこで、レーダー捜索を決意した。潜航状態でのレーダー捜索は、レーダーアンテナが水面上の低い位置にあるため、遠くの目標を探知しにくい。だから、敵が近づくのを待って深度を浅くし、短時間のレーダー捜索をした。

この戦争の帰趨を決めるかもしれない大事な雷撃だ。できることはすべてやる覚悟である。

「概略距離六〇〇〇から一万（メートル）」の報告を受けてからのことである。

「深さ一六、レーダー捜索はじめ」

深度一六メートルは、海自の潜水艦では普通使わない（異常な）浅さである。セイル上部が海面のすぐ下まで上がっている。その分、レーダーアンテナは高々と水面を切っている。

前回同様、電測長自らがレーダー操作にあたっているから、スリースイープで十分な情報を得られた。言われなくても彼は、

「レーダー捜索おわり、マスト下ろします」

と、さっさとレーダーアンテナを降下した。

間髪を入れず、艦長は
「深さ二〇」

を下令する。

この辺りの呼吸は、艦が一つの生き物のように躍動している感じがする。

レーダーアンテナがブーンと油圧モーターで降りてくるころには、「あらしお」は通常の露頂深度に戻っていた。

深度を浅くしたため、潜望鏡も赤外線も、新しい目標を四つ捉えていたが、レーダーで見た方が早い。潜望鏡を副長に渡した艦長は、電測長がレピーター上に油鉛筆でプロットした敵艦の位置を確認した。それが、ＤＲＴの作図に移され、指揮装置にも入力される。

一瞬のデータだから、針路速力は得られないが、距離と陣形はばっちり把握された。中央にある大きな輝点は空母であろう。これを中心に、やや大きな目標（巡洋艦）が前方と左右に約五〇〇メートルの位置に一隻ずつ計三隻、空母の後方と左右斜め方向約五〇〇メートルに駆逐艦らしい輝点が五隻。それらの外周一〇〇〇乃至二〇〇〇メートルに駆逐艦らしい目標が円形に一二隻、それに補給艦らしいやや大きな目標が二隻縦に並んで、空母の後方約一〇〇〇メートルにいる。合計二三隻の堂々たる艦隊である。おそらく、撃沈された空母の護衛部隊が合流したためであろう。

空母に八〇式を二本、海軍九二式四本は状況しだいだが、全部撃つつもりである。この決戦の場に全力投入する覚悟でいる艦長の意図は、副長以下にも十分理解されている。

空母までの距離は一万一〇〇〇（メートル）。徐々に近づいてくるが、三〇分もすれば最近接点を過ぎて、あとは遠ざかる。焦ることはないが、さっさと雷撃するに越したことはない。

「三、四番管発射はじめ。目標空母。アクティブ、低雷速、見越し誘導」

見越し誘導というのは、命中点に向かって誘導する、つまり無誘導と違いはない。ただ、敵の動きに変化が出て未来の命中点が変化すれば、誘導の必要ができる。

目標の針路、速力、距離の三要素が精確にわかっているうえ、外側の護衛陣形も把握した理想的な態勢では、効率の良い見越し誘導にしておくほうが良い。魚雷の故障がないとも限らない。戦場では不可抗力や事故、故障が起きるものなのである。

「三、四番管、発射はじめよし」の報告がすぐに返り、乾坤一擲の魚雷が発射された。

「三番管用意、てーっ」

四番管の発射は少し間をおかないと、魚雷相互の干渉の恐れがある。二本同時誘導もできるが、無理をすることもない。三番管の魚雷が目標を捕捉した後、打てばよいのだ。敵に気づかれているわけではないし、じっくり攻める。

よし、いつものパターンである。今回は、レーダーでしっかり測的しているからさらに、

「三番管魚雷、目標探知、空母の位置とほぼ一致」

指揮装置についている船務士が報告する。

「三番管誘導止め、ワイヤカット、発射止め。四番管次に打つ、用意、てーっ」

こうして、二本の八〇式魚雷が敵の空母に数分間隔で命中した。沈没はまぬかれまい。厳密な戦果確認は夜が明けないとできないが、それまで無駄に過ごすこともなかろう。

敵の艦隊は蜘蛛の子を散らすように散開したようだが、輸送船二隻はそのまま動きを変えない。魚雷回避の訓練を受けていないのか。よし、これに九二式魚雷をお見舞いしよう。

「あらしお」は、輸送船一隻に四本の九二式魚雷を放って、二本の命中音を聞いた。日の出まで約二時間。二〇〇メートルまで潜って南へ離脱した。

雷撃位置から約二〇マイル（三七キロ）離れたところで露頂し、電報を発信した。攻撃成果の報告（戦闘速報）は、この海戦、いや戦争の行方を決定するものになるだろう。

「発　あらしお艦長　宛ＧＦ（聯合艦隊）司令長官

〇二〇〇三〇（日本時刻二日〇〇：三〇　現地時刻一日〇三：三〇）　ミッドウェー南東三五〇浬（六五〇キロ）において空母一　輸送船一　にそれぞれ魚雷二本命中　いずれも撃沈確実」

例によって、GF司令部から派遣されている佐々木二曹が電鍵をたたいているが、彼もまた喜色満面である。

高々と上がった短波マストが気になるが、距離も遠いしまだ暗い海上である。右往左往する敵は結局気がつかなかった。

第二機動部隊（第五航空戦隊）

東の空が白み始めたころ、「瑞鳳」から二式艦上偵察機が二機発進した。東方約二〇〇浬の敵敗残部隊の偵察である。

二機は南北（左右）に約二〇浬の距離を取って、数十浬の幅で掃航効果を狙った。一時間ほどたって完全に夜が明け放たれた後、二機のほぼ中間前方の海面に敵艦隊が見えた。

陣形は乱れて、個々に運動しており、被害を受けた後の混乱が収拾されていない様子である。レーダーで探知されたとみえ、かなり遠い距離から散発的な対空射撃が始まった。しかし、上空に戦闘機の姿はなく、高速の二式艦偵は対空射撃の中を低空で偵察した。

まず、艦首だけをのぞかせて沈みかけている空母が確認された。このために飛んできたようなものである。平文で速報した。

「空母一隻　沈みつつあり」

さらに、数千メートル離れたところに大きな油紋が広がっていたから、もう一隻沈没した艦船があったことがわかる。

日本機を発見したことが切っ掛けになったようで、敵艦隊は隊形を組みはじめ、対空射撃も組織的になり始めた。フロートがないから空母艦載機とわかるはずだ。それが飛んできたということは、空母が攻撃圏内にいる証拠である。敵は、東に向けて遁走を始めた。

救助作業をしていたようだが、それどころではあるまい。

偵察機の報告は続いた。

「さらに一隻沈没の模様、艦種不明。残存兵力は巡洋艦三、駆逐艦一七、補給艦一、東に遁走中」

この報告を受けた原司令官は、「翔鶴」「瑞鶴」に待機中の攻撃隊を発進させた。

第二次ミッドウェー海戦は勝敗が決し、掃討戦の段階に入った。戦闘機の援護のない艦隊の運命は、マレー沖海戦やインド洋海戦で実証済みである。

攻撃隊が敵艦隊の上空に達し、訓練のような攻撃を始めたとき、晴天の空に雷雲が突如出現し、海面には不気味な紫の濃霧が湧き出した。

敵艦隊と攻撃隊の半分がこれに呑み込まれて、消滅した。

「あらしお」の消息も途絶えた。

報告を受けた聯合艦隊司令長官山本大将は、彼らが別の世界に行ったことを知った。「あらしお」が元の世界に戻ったのか、また別の宇宙に迷い込んだのか、そこまではわからない。「あらしお」のおかげで太平洋とインド洋の制海、制空が日本の手に帰し、戦争終結への光明が見えてきたことは確かだ。

山本長官は、陸海軍の強硬派や、驕り高ぶっている国内世論を相手に、はるかにむずかしい戦いを覚悟した。

おわりに

本書は、歴史的事実を踏まえたシミュレーションという試みである。

既刊の仮想戦記三部作は、日中（尖閣）、日露（北海道）、日韓（対馬）の戦いを、現在や近未来の情勢をもとにしたが、本書では情勢を歴史的事実に替えて、シミュレーションしてみた。

賢者は歴史に学び、愚者は体験に学ぶという。

歴史とは何か、というテーマもむずかしいが、ここでは記録が整理された公刊戦史を歴史として扱っている。完璧な真実ではないが、これ以上のデータもない以上、それをもとに研究することにした。

主に、戦史叢書のデータをもとにして、そこに平成の世から潜水艦が飛び込んだらどうなるか。まじめに楽しい仮想をしてみたのが、本書である。

海戦の後で撃沈される「ヨークタウン」が、海戦前に沈んだらどうなるか、などは戦史マニアの興味をそそる仮説だと思う。その仮説を戦史に基づいて検証すると、「蒼龍」が被爆せずにすみ、第二航空戦隊が戦史の倍の兵力で反撃する、そんな結果になる。その立役者になったはずの有能な提督山口少将を二次ミッドウェー海戦で戦死させたのも、歴史的事実に極力忠実でありたいと考えたからである。

並行宇宙という設定なので、微妙な違いもあることにしたが、基本的な条件は史実に基づく。ある条件でどこまで自由な作戦が可能か、それがシミュレーションであり、図上演習である。知的遊戯として、これ以上のものはそうない。

海上自衛隊の潜水艦が、大東亜戦争ではどんな威力を発揮するか、もテーマのひとつである。荒唐無稽な展開にならないよう、海上自衛隊の潜水艦戦を大東亜戦争という環境で発揮してみた。

今でも、潜水艦といえば戦争中のそれを想像する向きがある。映画の影響であろうが、常に潜って行動できるようになっただけでも、現代と過去との違いは大きい。

原潜は論外としても、電池とディーゼルを動力とする通常型潜水艦も、水上艦や対潜機に対して、圧倒的な優位を確保できるようになった。大きな違いは、捜索兵器（センサー）のソーナー、赤外線、ＥＳＭなどと、攻撃能力。遠距離の高速目標に魚雷を当てることのできる能力は、当時考えられなかったものである。

大戦後期にドイツで発明されたスノーケルも、連合国のレーダーの改良で探知を避けられなくなった。しかし、平成の世では、Ｐ‐３のレーダーにも簡単に探知されないスノーケルが使われる。この時代では、夜間なら探知されることはない装置である。

　地味な通常型の潜水艦でも、堅実な作戦をすると恐るべき威力を発揮することがご理解いただけると思う。現在でも、遅れた海軍が相手なら、これに近い一方的な結果になるであろう。


　仮想シミュレーションも、戦史研究のひとつの手法と考えて、読者にもそれを楽しんでいただければ幸いである。読者諸兄（姉）も、それぞれの好みとネタに応じたシミュレーションを楽しまれることを、お勧めする。

　時間と知性のみがあればよく、あまりお金はかからない遊びである。

NF文庫書き下ろし作品

NF文庫

新説 ミッドウェー海戦

二〇一六年九月十六日 印刷
二〇一六年九月二十二日 発行
著 者 中村秀樹
発行者 高城直一
発行所 株式会社 潮書房光人社
〒102-0073 東京都千代田区九段北一-九-十一
振替/〇〇一七〇-六-五四六九三
電話/〇三-三二六五-一八六四代
印刷所 モリモト印刷株式会社
製本所 東 京 美 術 紙 工
定価はカバーに表示してあります
乱丁・落丁のものはお取りかえ致します。本文は中性紙を使用
ISBN978-4-7698-2965-2 C0195
http://www.kojinsha.co.jp

NF文庫

刊行のことば

第二次世界大戦の戦火が熄んで五〇年——その間、小社は夥しい数の戦争の記録を渉猟し、発掘し、常に公正なる立場を貫いて書誌とし、大方の絶讃を博して今日に及ぶが、その源は、散華された世代への熱き思い入れであり、同時に、その記録を誌して平和の礎とし、後世に伝えんとするにある。

小社の出版物は、戦記、伝記、文学、エッセイ、写真集、その他、すでに一、〇〇〇点を越え、加えて戦後五〇年になんなんとするを契機として、「光人社NF(ノンフィクション)文庫」を創刊して、読者諸賢の熱烈要望におこたえする次第である。人生のバイブルとして、心弱きときの活性の糧として、散華の世代からの感動の肉声に、あなたもぜひ、耳を傾けて下さい。